TROIS FEMMES DE LA BALTIQUE

Publié pour la première fois en finnois par Gummerus sous le titre *Puuvillatehtaan varjossa.*

Publié en accord avec Helsinki Literary Agency, Finland et Nordik Literary Agency, France.

Ann-Christin Antell

TROIS FEMMES DE LA BALTIQUE

1. JENNY

Traduit du finnois par Sébastien Cagnoli

La Belle Étoile

Merci à mes parents, aux écoles, aux bibliothèques, aux musées, aux archives, aux générations passées, à ma famille, à la vie.

I

1

Jenny grelottait sous un vent mordant. Sa jupe de bure lui fouettait les jambes, les feuilles des bouleaux tourbillonnaient dans l'allée de gravier. Elle tenait un bouquet de sapin pour la tombe. Le moment était venu de remplacer les fleurs par des rameaux de conifère. Les plantes d'été avaient tenu fort longtemps, d'ailleurs, mais les récentes gelées nocturnes avaient eu raison de leurs tiges délicates.

La tombe occupait un bel emplacement en contrebas de l'église médiévale Sainte-Carine, sous un pin. Penchée pour balayer la pierre couverte d'aiguilles, Jenny soupira. Matias était mort depuis presque trois ans. Il avait contracté le choléra en rendant visite à des malades dans le cadre de sa fonction ecclésiastique. Des dizaines de villageois avaient succombé au mal. Alors que l'épidémie était quasiment terminée, il en avait été victime à son tour. Et malgré tous les soins prodigués par Jenny et par le docteur Spoof, le jeune et vigoureux vicaire de Lieto n'avait pas survécu.

Jenny esquissa un sourire en repensant à l'allure juvénile de Matias, à ses boucles blondes rebelles. Sa grossesse avait achevé de les combler de bonheur.

Le vent malmenait les arbres et tournoyait dans le clocher. Émergeant de ses pensées, Jenny leva les yeux. Le ciel était sombre, les nuages bas. Elle devait se mettre à l'ouvrage avant la pluie. Empoignant la petite pelle de jardin, elle déterra les fleurs fanées et plaça les nouveaux bouquets devant la pierre tombale. *Vicaire Matias Malmström.* En-dessous : *Mikael. Notre Seigneur est justice et bonheur.* C'était la tombe commune de son mari et de leur enfant mort-né.

Jenny rangea les accessoires dans son petit panier et joignit les mains pour prier. Elle se sentait oppressée. La mélancolie cherchait à l'envahir, mais elle se ressaisit. Le plus gros de la douleur était passée.

Elle posa un dernier regard sur la pierre, prit congé et retourna lentement chez elle, au presbytère.

Le trajet n'était pas long : le presbytère était adjacent à l'église. Après la mort de Matias, Jenny avait quitté la paroisse de Lieto pour rentrer auprès de son père, Waldemar Stenroos, doyen de Sainte-Carine.

Le jaune clair du bâtiment principal se distinguait entre les érables, et la vieille haie de lilas se balançait sous les rafales. Le portail pivota en grinçant. L'annexe rouge était le domicile de la gouvernante Aina et de son mari, le valet Viktor. De l'autre côté, une clôture délimitait le potager.

Un grand chêne poussait en bordure de la cour. Il portait toujours la balançoire de son enfance. Jenny examina le potager. Les fleurs d'été avaient fané, et la récolte avait déjà été effectuée, mais il restait du travail. Il fallait cirer les pommes d'hiver pour les descendre à la cave et rentrer les plantes en pot dans une chambre fraîche. Les feuilles mortes ratissées, il convenait encore de retourner la terre avant la première neige. Viktor accomplirait la plupart de ces tâches, mais Jenny aimait bien le jardinage et tenait à y participer.

Remarquant son arrivée, le chat de ferme vint grimper sur sa jambe en trottinant. Jenny le salua et se baissa pour le gratter derrière l'oreille. Ravi, Hyrry pencha la tête. Il suivit sa maîtresse et s'engouffra rapidement lorsqu'elle ouvrit la porte de la véranda. Elle se doutait qu'il allait se coucher à son endroit préféré : le fauteuil du doyen.

Elle gravit les marches du vestibule. Droit devant, la grande salle n'était utilisée que le dimanche ou pour recevoir des invités. À droite, on accédait à la cuisine ; à gauche se trouvait la chambre du doyen. Celle de Jenny était de l'autre côté de la maison. Orientée à l'ouest, sa fenêtre à croisée donnait sur de vieux érables majestueux, entre lesquels on apercevait le cours argileux de l'Aura.

Jenny rangea sa veste dans le placard de sa chambre. Dans un coin, un poêle blanc occupait une grande partie de cette pièce exiguë. Il ne restait de place que pour un lit, une petite table et une chaise. Jenny avait accouché dans son lit six mois après la mort de Matias. L'opération avait été difficile : l'enfant était corpulent. Finalement, après plusieurs heures d'efforts, le fils était venu au monde, mais tout bleu et sans vie.

Après l'accouchement, son père était venu la voir tous les jours. Il lui avait tenu la main, caressé les cheveux, et ils avaient prié ensemble.

Penser à son père lui réchauffait le cœur. Grâce à lui, peu à peu, elle avait repris des forces, et sa douleur avait légèrement diminué. Mais le vide béant qui l'habitait, son père n'y pouvait rien. Elle avait l'impression qu'on avait enseveli une part d'elle-même avec l'enfant.

L'horloge de la salle sonna cinq coups. Jenny décrocha un tablier blanc pour protéger sa jupe et alla préparer le souper. Son père s'était rendu à Turku pour une réunion mais il n'allait plus tarder. Ils avaient l'habitude de souper ensemble dans la bibliothèque en évoquant les événements de la journée.

Se hissant sur la pointe des pieds devant un placard, Jenny attrapa une boîte métallique contenant des feuilles de thé séchées. Elle fit un feu dans la cuisinière et mit de l'eau à bouillir. Le matin, Aina avait préparé du pain d'orge ; Jenny le sortit du garde-manger. Nul besoin de descendre chercher du beurre à la cave, il en restait dans l'assiette du petit-déjeuner.

Entendant du mouvement dehors, elle guetta par la fenêtre. Il faisait déjà nuit. Le gravier crissait dans la cour sous l'arrivée de l'attelage. Distinguant la grande silhouette du doyen sur le siège du cocher, Jenny prit sa vieille veste en laine dans le vestibule, la jeta sur ses épaules et sortit accueillir son père sur les marches. Les rafales de vent faisaient ployer les arbres, et elle resserra sa veste.

Viktor sortit de son chalet pour venir prendre Virkku par la bride. Tandis que le doyen descendait de calèche, les deux hommes échangèrent quelques mots sur le mauvais temps, puis le valet conduisit le cheval à l'écurie.

Le doyen paraissait fatigué. Jenny se baissa pour ramasser sa sacoche noire et le prit par le bras.

— Venez, père, j'ai fait bouillir l'eau du thé. Vous pourriez aller enfiler quelque chose de plus confortable pendant que j'apporte le souper dans la bibliothèque.

— Merci, Jenny. C'est exactement ce dont j'ai besoin. La réunion du comité de direction s'est éternisée, je dois avouer que je suis fatigué et affamé.

Il gravit les marches d'un pas lourd. Soudain, Jenny remarqua que son père avait vieilli, ces dernières années. Sa démarche était plus laborieuse, sa tête autrefois foncée était devenue toute grise. Un frisson de peur la parcourut.

À l'intérieur, Jenny aida son père à ôter son gros manteau et le pendit dans le vestibule. Pendant que le doyen allait se changer dans sa chambre, elle disposa le souper sur un plateau et l'apporta dans la bibliothèque. Comme elle allumait les lampes à huile sur la table et au plafond, une lumière chaude se répandit dans la pièce aux murs couverts de livres. C'était son endroit préféré dans la maison. Le coin droit était réservé à son père, avec son étagère à tabac et son fauteuil à bascule.

Les rayonnages contenaient des ouvrages que le doyen avait collectionnés inlassablement tout au long de sa vie : littérature religieuse, mais aussi géographie, histoire, botanique, récits de voyage, mythologie antique, philosophie et poésie. Jenny en avait lu la plupart, mais depuis longtemps ils ne lui suffisaient plus. À la librairie Frenckell, à Turku, on pouvait emprunter un livre pendant un mois pour un mark ; elle était une cliente fidèle de ce service de prêt.

Elle posa le plateau devant le sofa vert, sur la table basse revêtue d'une nappe brodée par sa mère. Un grand palmier trônait devant la fenêtre. Son père entra pendant qu'elle servait le thé. Il avait remplacé sa veste et son gilet par un cardigan et des chaussettes en laine. En effet, malgré le poêle, les sols du presbytère étaient froids et venteux. Son père frictionna ses mains engourdies et s'assit sur le sofa en soupirant. Jenny lui tendit une tasse qu'il prit en souriant. Elle vit qu'il tremblait.

— Merci, Jenny ! Ah, un bon thé chaud, voilà qui est bien agréable. Le temps n'était pas idéal, j'ai eu un vent froid durant tout le trajet. Mais heureusement, il n'a pas plu. D'après Viktor, le ciel devrait s'éclaircir demain.

— S'il vous plaît, père, dit Jenny en tendant du fromage et des biscuits au gingembre. Oui, j'ai remarqué le vent en allant au cimetière aujourd'hui… Mais vous ne devriez pas vous rendre si souvent en ville. Vous commencez à prendre de l'âge, et le trajet est pénible. Pourriez-vous au moins songer à réduire votre participation aux comités de direction ? Je me fais du souci pour votre santé.

Le doyen remua son thé et but prudemment.

— Tu as peut-être raison, répondit-il en souriant. Je me sens un peu moins vaillant, mais il est vrai que je ne suis plus tout jeune.

Jenny se resservit du thé et rompit un morceau de pain.

— Quelle réunion aviez-vous aujourd'hui, père ?

— C'était le comité de direction de l'assistance aux pauvres, au domicile de l'industriel Rettig, répondit le doyen en se penchant en avant avec enthousiasme. Quel homme admirablement progressiste ! Tu imagines ? Il veut construire des logements neufs pour les ouvriers à proximité du centre-ville, avec le bois de chauffage inclus dans le loyer ! Il faut dire qu'il a étudié à Stockholm. Décidément, ils ont toujours une longueur d'avance, là-bas.

— Est-ce possible ? s'exclama Jenny. Voilà qui est fort noble de sa part. Je souhaite vraiment que les autres industriels prennent exemple sur lui. Ces taudis des ouvriers de Raunistula sont dans un état épouvantable. Les maladies se propagent vite, dans ces logements humides et moisis.

Le doyen se tamponna la bouche avec sa serviette et prit une autre tartine.

— Tu as parfaitement raison. Ce sont de vraies tanières du diable. Mais je crois fermement que l'exemple de Rettig aura une influence sur les autres industriels.

Jenny remua son thé et réfléchit un instant.

— Nous avons une réunion de l'Association des dames, demain. J'aborderai le sujet avec la consule Malm. Si quelqu'un peut faire tourner les rouages sur ces questions, c'est bien Vivi.

Le doyen sortit ses lunettes rondes de sa poche de poitrine et les chaussa pour lire. Saisissant l'*Åbo Underrättelser*[1] du jour, dont il n'avait pas encore pris connaissance, il regarda Jenny par-dessus ses verres.

— Si j'ai bien compris, la consule Malm est une femme très entreprenante et estimée par tous. Elle a accompli beaucoup de bien. On ne peut qu'admirer son énergie.

1. « Les Nouvelles de Turku », en suédois. Dans le grand-duché de Finlande, possession du tsar de Russie prise au royaume de Suède en 1809, la haute société parlait suédois, tandis que le finnois était la langue de la classe populaire. [Toutes les notes sont du traducteur.]

— En effet, sourit Jenny. Vivi Malm est incroyablement efficace quand il s'agit de récolter de l'argent pour les bonnes œuvres. Elle connaît les cercles mondains.

Le doyen prit place dans son fauteuil et alluma sa pipe. Se balançant en silence, il se plongea dans son journal en fumant.

L'orage grondait dans le noir et faisait trembler les vitres. L'horloge cliquetait doucement contre le mur. Jenny regarda tendrement son père : comme d'habitude, il était tellement absorbé par sa lecture qu'il n'entendait ni ne voyait plus rien. Elle rassembla les couverts sur le plateau et alla faire la vaisselle.

2

— *L'boulanger r'garda dans l'four si les brioches étaient chaudes, si elles sont pas chaudes, il les r'mettra dans l'four...*

Jenny ouvrit les yeux, réveillée par ce chant dissonant au milieu de bruits de cuisine. Elle s'habilla vite et alla voir si Aina avait préparé le café. Sur le pas de la porte, elle s'arrêta avec plaisir : la gouvernante aux joues rouges fredonnait en pétrissant de la pâte, sans doute en vue du dîner. Aina chantait souvent. C'était une femme plantureuse, joyeuse et directe, qui ne rechignait jamais à la tâche et s'occupait de la maisonnée comme de sa propre famille.

Remarquant Jenny dans l'embrasure, la gouvernante sursauta et posa une main sur son cœur.

— Grands dieux, qu'est-ce qu'elle m'a fait peur ! On a pas idée de s'faufiler comme ça ! s'exclama-t-elle en agitant ses mains farineuses. Que madame, elle aille s'asseoir. L'café est dans la casserole et j'ai fait quelques tartines. Là j'prépare une tarte aux pommes pour l'café du soir.

Jenny lui souhaita le bonjour en souriant. Pour agrémenter son café, elle alla prendre une larme de lait dans le garde-manger. Aina était allée traire Orvokki de bonne heure. C'était l'unique vache du presbytère, et elle donnait assez de lait pour les besoins de leur petite maisonnée.

Aujourd'hui, Jenny avait intérêt à prendre un petit-déjeuner copieux car elle allait se rendre à Turku avec Viktor. Ce n'était qu'à trois verstes, mais elle se ferait déposer près de la cathédrale, au niveau du pont de l'Église, le valet devant s'y arrêter pour faire des courses au port de pêche. Mieux valait acheter le poisson salé maintenant en prévision de l'hiver. De là, Jenny irait à pied chez la consule. La famille Malm résidait à proximité de la cour d'appel, dans une somptueuse maison en pierre à deux étages. À pied, ce n'était qu'à quelques minutes du pont.

Quand elle eut fini ses tartines, Jenny alla faire sa toilette dans sa chambre. Elle remplit la cuve à l'aide de la cruche, puis se lava le visage et les dents. Elle brossa ses longs cheveux bruns pour les faire briller, après quoi elle les tressa et les plaça sommairement sur sa tête au moyen de longues épingles. Pour couronner le tout, elle mit son chapeau et s'examina dans le grand miroir ovale. Elle avait hérité de son père ses yeux bleus ; de sa mère, son nez effilé et son teint pâle.

Jenny se tapota les joues pour leur donner un semblant de couleur. Elle enfila un chemisier noir à col montant et manches bouffantes, qu'elle assortit avec une longue jupe de même couleur descendant jusqu'aux chevilles. Pour finir, elle boutonna une courte veste moulante bordée d'une bande de velours, le tout également noir. Elle avait fait faire cette toilette en ville, chez une couturière, avant la grossesse. Enfin, elle sortit ses chaussures les plus chic de la penderie, un modèle en cuir noir, à haute tige, avec un petit talon. Elles étaient difficiles à enfiler, car il fallait boutonner la longue rangée de tout petits boutons sur le côté au moyen d'un crochet. Elle glissa aussi dans son sac à main de quoi prendre des notes, son petit almanach et un peu d'argent pour les achats de Viktor.

Dehors, l'attelage l'attendait. Heureusement le vent était tombé, mais le temps était d'une grisaille et d'une humidité automnales. Jenny grimpa sur le siège du cocher à côté de Viktor ; ils échangèrent le bonjour, et le valet donna à Virkku le signal du départ. Ils traversèrent Nummenpakka par la grand-route pour rejoindre la route du Häme en direction de Turku. Ils passèrent ainsi devant la ferme de Simola, dont l'écurie était tournée vers la grand-route. Virkku salua d'un hennissement aigu, auquel répondirent les chevaux de Simola.

Les résidents de Nummenpakka étaient essentiellement des ouvriers pauvres. Les cabanes grises n'étaient que des planches assemblées le long de la route. Ces logements de travailleurs étaient petits et exigus : une famille de dix personnes pouvait vivre dans une même pièce. À l'intérieur, il n'y avait guère de place pour autre chose que les lits. Lorsqu'ils étaient dépliés, il ne restait qu'un étroit passage le long du mur. Jenny était souvent allée livrer l'argent de la quête aux familles les plus démunies, frappées par la maladie ou la mort.

Jenny plissa le nez. Le fumier de la porcherie de Lehtonen était entassé au bord de la route, la puanteur était répugnante. Les poules rousses couraient en liberté, les cochons sales fouillaient la terre. Un caprin bêlait sur le toit de tourbe de la chèvrerie. Les enfants loqueteux s'amusaient dans la cour, poussant des cris joyeux et lançant un cerceau. Par temps lumineux, les jeunes jouaient toujours dehors, faute de place à l'intérieur. Ils s'arrêtèrent pour faire de grands signes. Jenny sourit et leva la main en réponse. Elle les connaissait tous.

Derrière le virage, un gros sac gris était abandonné au bord de la grand-route. Jenny gémit. C'était Kalle Lehtonen qui s'était encore endormi dans le fossé. Vautré sur le dos, il ronflait, un filet de bave sur la joue, fermement cramponné à sa bouteille d'eau-de-vie. Il avait encore bu l'argent destiné à nourrir sa famille, fidèle à l'archétype de l'éternel ivrogne. Viktor lorgna Kalle sous son chapeau de feutre, se contenta de grogner et cracha sur le bas-côté.

Au bout d'une demi-heure, ils arrivèrent en ville. La cathédrale de Turku s'élevait au milieu de la place Nicolas, toujours aussi impressionnante avec son immense clocher. Penchant la tête en arrière, Jenny observa les hauteurs. Les corneilles faisaient un certain vacarme dans la tour ; de temps à autre, elles s'envolaient en grands essaims noirs. Devant l'église, les sabots de Virkku claquaient contre les pavés.

Aux abords de la cathédrale et de la berge, de riches bourgeois et fonctionnaires avaient fait construire en pierre des maisons à étage. Ailleurs, il n'y avait que des bâtisses de bois, rouges, jaunes et grises, aux fenêtres peintes en blanc. Depuis le grand incendie de Turku[1], on avait planté des arbres feuillus entre les bâtiments.

Viktor arrêta Virkku derrière les autres chevaux, en bordure du parc de l'Église, et attacha les rênes à la barrière. Gratifiée d'un sac autour du cou, la bête se mit à croquer tranquillement son fourrage en balançant la queue. Jenny sortit de l'argent de son sac à main et le confia à Viktor pour les achats ; ils se donnèrent rendez-vous trois heures plus tard afin de rentrer à la maison. Viktor descendit sur la berge, où les paysans de l'archipel étaient venus en bateau vendre des pommes de terre, des pommes et des poissons salés dans des tonneaux. Les apostrophes tonitruantes des bonnes femmes retentissaient dans le port de pêche – « *Köp fisk ! Köp fisk !* »[2] –, accompagnées par le cri strident des mouettes qui se disputaient les restes.

---

1. En 1827.
2. En suédois : « Poisson à vendre ! Achetez mon poisson ! »

De son côté, Jenny se rendit derrière la cour d'appel, sur la place Nicolas, où résidait le consul Malm.

Devant la maison du consul, de hautes colonnes blanches soutenaient un balcon en fer forgé. Jenny gravit les marches, rajusta son chapeau et frappa à la porte. Une jeune femme de chambre vint lui ouvrir et la conduisit dans la grande salle du bas, où d'autres membres de l'Association des dames étaient déjà arrivées. Elles étaient assises en compagnie de la maîtresse de maison dans des sofas de soie jaune. Les rideaux étaient de la même étoffe, et la table basse était garnie d'un arrangement de fleurs de soie. Les murs étaient couverts de papier peint et ornés de peintures à l'huile d'artistes célèbres représentant des marines. Fervent amateur d'art, le consul collectionnait aussi des porcelaines orientales, exposées un peu partout dans la pièce.

Remarquant Jenny dans l'embrasure, la maîtresse de maison vint à sa rencontre en tendant les bras.

— Formidable ! Jenny est là aussi ! Viens donc t'asseoir sur le sofa avec nous. Tu peux confier ta veste et ton chapeau à Emma. Nous aurons bientôt du thé, des scones et des gâteaux au miel.

Vivi Malm était une belle quinquagénaire brune. Elle avait un maintien fier et était réputée pour son bon goût. C'était une personne obstinée, cultivée, prodigieusement énergique et envoûtante : la coqueluche des cercles mondains !

L'Association des dames avait cinq ans d'existence. Elle réunissait une dizaine de femmes influentes de la haute société. Leurs activités consistaient à collecter de l'argent en organisant diverses manifestations et festivités, le but étant de financer la scolarité des enfants indigents, car elles étaient persuadées que l'éducation était le seul moyen de vaincre la pauvreté.

Jenny salua les femmes présentes. Mme Elviira Westling, épouse de maître verrier, avait pris place dans un fauteuil ; à côté d'elle, Mme Augusta Nasaroff, dont le mari était marchand.

Olga von Willebrandt, l'épouse du procureur municipal, était assise sur le sofa, à côté de Jenny. Toutes étaient des femmes mûres et respectables. Elles la saluèrent chaleureusement.

La femme de chambre entra, en robe noire et tablier blanc, poussant le chariot de service pour venir dresser la table basse. Le puissant arôme du thé se répandit dans la salle. S'installant à l'autre bout du sofa, Mme Malm porta sur ses invitées un regard clair et enthousiaste.

— Eh bien, très chères, nous n'attendons plus que Helene von Heideken et Hanna Cedercreutz pour commencer notre réunion. Fredrika Berg et Eva Aminoff sont excusées, mais la majorité est présente, nous aurons donc le quorum.

Au même moment, une domestique annonça Helene et Hanna, qui entrèrent dans la salle un peu essoufflées.

— Nous vous prions de nous pardonner ce retard. Nous avons pris le même fiacre, et le pont de l'Église était encombré.

— Oh, ce n'est rien, mesdames, nous n'avions pas commencé, les accueillit Vivi Malm en souriant. Laissez vos chapeaux et vos vestes à Emma et joignez-vous à nous.

Les femmes échangèrent d'abord des nouvelles à bâtons rompus. Puis, après avoir bu son thé, Vivi Malm fit tinter sa cuillère pour demander le silence.

— Très chères, bienvenue à la réunion d'automne de notre association. Comme je l'écrivais dans la convocation, cette séance a pour but de trouver une activité à organiser en fin d'année pour venir en aide aux personnes démunies. Auriez-vous des suggestions ?

Les femmes se regardèrent, et Olga von Willebrandt prit la parole :

— L'an dernier, il y a eu le patinage sur l'Aura gelé. Ce fut un succès ! Mais cette fois-ci, je suggère que nous reportions cette manifestation à la fin d'hiver, pour changer. En attendant, cet automne, nous pourrions organiser un bal masqué.

— Voilà une excellente idée ! s'exclama Helene von Heideken au milieu des hochements de tête approbateurs. Le précédent s'était tenu au domicile de Petrelius, mais cela doit faire deux ans.

Mme von Willebrandt acquiesca avec satisfaction :

— Puisqu'il s'agit de ma proposition, je me suis dit que le bal masqué pourrait être organisé chez nous, dans le palais du magistrat du ministère public.

La suggestion fut accueillie par un brouhaha approbatif. Après une brève discussion, on convint que le bal masqué serait donné le premier samedi de décembre et que les invitations seraient envoyées aux notables de la ville. Le prix d'entrée inclurait du punch et des amuse-gueule.

Elles débattirent un moment des questions de décoration et d'autres détails. Augusta Nasaroff s'engagea à demander un ensemble instrumental à la société philharmonique de Turku. Un quatuor serait suffisant, et peut-être accepteraient-ils même de venir jouer gracieusement dans le cadre de cette initiative caritative. Mme Malm promit de rédiger les invitations et de les expédier.

La maîtresse de maison regarda la pendule dorée.

— Il est donc convenu à l'unanimité que notre manifestation d'automne sera un bal masqué. Aviez-vous d'autres sujets à aborder ?

Jenny posa sa tasse sur la soucoupe.

— Mon père, le doyen Stenroos, m'a appris hier que l'industriel Rettig avait l'intention de faire construire des logements neufs pour les ouvriers de Turku, avec le bois de chauffage inclus dans le loyer. Je pense que nous pourrions aborder ce sujet avec les autres industriels de la ville. Il paraît qu'à Tampere également des logements neufs sont en construction pour les travailleurs des usines Finlayson. À ce jour, les conditions de vie des ouvriers sont insoutenables. À mon avis, si nous pouvions faire évoluer ce sujet à Turku, ce serait dans l'intérêt de tous.

Elle interrogea les dames du regard. Sa proposition reçut des acquiescements discrets. Puis Helene von Heideken demanda la parole.

— Le directeur du chantier naval Crichton est un ami de la famille. Je peux en toucher deux mots à sa femme. Dès lors que Rettig a fait le premier pas, les autres industriels ne pourront pas se permettre de rester en retrait. Je crois que nous serons en position de force dans ces négociations.

Il fut convenu que Vivi Malm prendrait contact avec Magnus Dahlström, directeur général de la sucrerie Aura, tandis que Jenny se chargerait de John Barker. Avec son usine de coton au bord du fleuve, Barker était l'un des plus grands employeurs de Turku.

Comme aucun autre sujet ne se présentait, elles fixèrent la prochaine réunion au 1er novembre. Mme Malm leva la séance, et les femmes sortirent se rhabiller dans le hall en bavardant gaiement. Tout émoustillées par la perspective du bal masqué, elles imaginaient déjà leurs déguisements. Jenny ne les écoutait que d'une oreille : dans sa tête, elle élaborait la lettre qu'elle enverrait à M. Barker.

Le doyen attendait sa fille à table, une serviette blanche autour du cou. Il avait passé l'après-midi dans sa chambre à rédiger son sermon dominical. Aina avait servi le repas dans la salle à manger. Pendant qu'ils dégustaient un bouillon de viande en entrée, le père demanda comment s'était passée la réunion de l'Association des dames. Jenny parla du bal masqué et de l'idée des logements ouvriers qu'elle allait aborder avec John Barker.

— Je ne le connais pas très bien, dit le doyen en fronçant un peu les sourcils. Je l'ai seulement rencontré quelques fois en réunion. À vrai dire, il a l'air d'un homme assez froid et sévère. Prépare-toi à ne pas recevoir un accueil des plus chaleureux.

Jenny posa sa cuillère dans son assiette, un peu ennuyée.

— Je n'ai jamais vu M. Barker, mais il me semble que c'est un avantage. Je pourrai lui exposer mon affaire sans préjugés. Je m'en tiendrai aux faits, ensuite ses actes ne dépendront que de lui. Mais je crois que c'est le bon moment pour aborder la question, maintenant que Rettig a fait le premier pas.

Le doyen rit et regarda sa fille avec approbation.

— Tu es exactement comme ta mère. C'était une femme très courageuse. Et sans courage, on ne peut rien accomplir en ce monde.

Un moment de compassion emplit l'esprit de Jenny. Sa mère était morte alors qu'elle n'avait que six ans. Elle la revoyait vaguement dans un costume blanc à col montant, avec de longs cheveux bruns en chignon. Sa mère l'avait souvent prise sur ses genoux, avec un rire cristallin, des yeux doux et rassurants. Elle était morte d'une maladie des poumons. Depuis lors, le doyen considérait Jenny comme la prunelle de ses yeux.

En plat principal, Aina leur servit du ragoût de brochet avec des pommes de terre et des carottes. Après le repas, Jenny se retira dans sa chambre et prit son nécessaire d'écriture dans le tiroir de son secrétaire. Elle réfléchit longuement, trempa la plume dans l'encrier et rédigea une lettre dans laquelle elle exposait poliment sa requête et demandait une audience à M. Barker. Elle cacheta le pli et confia à Viktor le soin de le porter à la poste. Enfin, elle enfila ses vêtements de travail et sortit retourner la terre du potager.

La réponse de John Barker arriva deux jours plus tard. Il était disposé à recevoir Jenny le lendemain à son bureau, au 34, rue du Château, à deux heures de l'après-midi. M. Barker précisait qu'il était pressé et qu'il ne pourrait lui accorder que quelques minutes.

Ce ton brusque la fit sourire. Elle avait intérêt à bien se préparer. Cependant, elle n'avait pas peur d'un simple directeur d'usine. Ce n'était pas la première fois qu'elle défendait la cause ouvrière, et elle avait eu affaire à des interlocuteurs bien plus difficiles.

3

Jenny fit la grimace quand Aina serra les lacets de son corset. En général, elle refusait de subir cet instrument de torture, mais pour cette fois elle était disposée à le porter sous sa robe de mousseline verte à col montant, évasée vers le bas. Celle-ci allongeait et mettait en valeur la silhouette svelte de Jenny. Le corset était inconfortable mais donnait du maintien. Et du maintien, la jeune femme en aurait besoin pour exposer sa requête de manière convaincante.

Tandis qu'Aina retournait en cuisine pour plumer un poulet, Jenny enfila une veste moulante bordée de velours et des chaussures de cuir à boutons. Elle se fit un chignon et attacha par-dessus un petit chapeau noir orné de soie au moyen d'une épingle, un peu en biais sur son front. Elle accrocha à ses oreilles les boucles en or héritées de sa mère, en forme de larmes. S'examinant dans le miroir, elle trouva le résultat satisfaisant. L'ensemble donnait une impression aussi sobre qu'élégante.

Entendant le cheval hennir dans la cour, elle prit son sac à main sur la commode du vestibule et s'empressa de sortir. Viktor était en train de harnacher Virkku pour aller acheter de la viande et du fromage sur la place Alexandre. Jenny profiterait de leur course pour se rendre en centre-ville.

La journée était claire, et la terre encore givrée par le gel nocturne. Jenny inspira profondément le lourd air automnal. Les flaques gelées craquaient sous les sabots de Virkku. Sur la route du Häme, ils passèrent devant des paysannes à fichu qui tiraient des bidons de lait sur des charrettes pour les vendre au marché. Près de la caserne, un corps de soldats russes marchaient au pas. Jenny les lorgna en fronçant les sourcils. Elle n'aimait pas spécialement les soldats. Durant leur temps libre, ils menaient une vie dissolue, buvaient et importunaient les femmes. Les fonctionnaires russes et leurs épouses, en revanche, étaient des gens bien élevés, à la conduite honnête. Elle en rencontrait souvent lors des événements mondains.

Sur la place, des garçonnets vendaient les journaux du jour, poussant des cris perçants pour attirer l'attention. Jenny quitta la calèche et se dirigea vers la rue de l'Aura. Elle comptait continuer le trajet en fiacre, il y en avait une longue file. Soulevant sa robe, elle tâcha d'éviter les tas de crottin qui fumaient de-ci de-là sur la route. De squelettiques chiens errants zigzaguaient entre les diligences. Les cochers piquaient du nez sur leur siège, dans leurs manteaux bleu marine élimés. Certains s'étaient regroupés au bord de la rue pour bavarder et fumer du tabac bon marché, dont l'odeur amère fit tousser Jenny.

Elle s'installa sur la banquette arrière du premier fiacre de la file, dont le cocher barbu ronflait, les bras croisés et le menton posé sur la poitrine. Quand Jenny lui cria l'adresse, il se réveilla en sursaut et cligna des yeux. Tout étonné, il se retourna, puis poussa un grognement et lança son cheval.

La cotonnerie Barker était à l'autre bout de la rue du Château, près du fort médiéval. C'était à deux verstes environ. Jenny avait pris la route de bonne heure pour ne pas être en retard.

Son ventre la tiraillait. Elle n'avait pas voulu l'avouer à son père mais elle était anxieuse de rencontrer M. Barker. Elle se répéta encore une fois ce qu'elle devait dire.

Son père lui avait raconté que l'Anglais John Barker était venu autrefois en Finlande pour construire les usines Finlayson à Tampere. Ensuite, il avait créé son propre établissement à Turku. Au début, il n'avait que quelques dizaines d'employés ; maintenant, une petite centaine. Le complexe grossissait sans cesse, il occupait déjà un vaste terrain au bord de l'Aura. La plupart des employés étaient des femmes, qui faisaient de longues journées pour la moitié du salaire des hommes.

Jenny n'aimait pas cela. Le monde appartenait aux hommes, ils avaient le pouvoir de décision sur les affaires des femmes et sur leurs salaires. Elle remerciait le Seigneur de lui avoir donné un père assez sage pour la laisser étudier et payer sa scolarité. Un jour, les femmes aussi pourraient étudier dans les universités, et elles auraient les mêmes droits que les hommes. En tout cas, elle voulait y croire et faisait tout son possible en ce sens. Elle était sûre que les femmes étaient aussi intelligentes et aussi capables que les hommes, à condition qu'on leur en accorde la chance ; mais les femmes instruites comme elle étaient très mal vues en société. La femme était censée s'occuper du domicile et des enfants.

Lorsque le fiacre s'arrêta devant une maison en pierre à étage, Jenny émergea de ses pensées. Elle paya la course et mit pied à terre. L'entrée principale se trouvait sur la rue, selon l'usage moderne. Bien droite, elle rajusta ses vêtements et frappa à la porte. Au bout d'un moment, un domestique en costume sombre vint lui ouvrir. Elle déclina son nom et déclara avoir rendez-vous avec le directeur Barker. Le domestique hocha la tête et la conduisit dans un couloir pour traverser le rez-de-chaussée, avant de monter à l'étage principal. Jenny observait autour d'elle avec curiosité.

La cuisine était placée dans un coin et donnait sur la cour, à côté d'une salle de buffet puis d'une salle à manger. Les embrasures étaient occultées par des rideaux de velours vert à pompons. Ils traversèrent une pièce fastueuse. Le plancher composait un beau motif de damier. Les murs étaient tapissés de papier peint à rayures claires, et un piano occupait un angle. Des socles surmontés de statues représentant des divinités de la Grèce antique et un immense palmier encadraient chacune des ouvertures sur l'extérieur.

Le domestique conduisit Jenny dans une pièce aux murs couverts de livres. Un bureau massif trônait devant la fenêtre, avec un fauteuil en cuir qui paraissait confortable. Le sol était revêtu d'épais tapis orientaux dans les tons rouges, et il flottait une légère odeur de cigare. C'était une pièce austère et masculine, mais agréable.

Jenny s'assit bien droite sur une chaise en bois ouvragé. Une horloge dorée à coupole de verre indiquait deux heures moins cinq. Elle se félicita de ne pas être en retard.

Sur le mur opposé était accroché un portrait, vraisemblablement hollandais, d'un homme sinistre au regard désapprobateur. Il avait une fraise blanche amidonnée autour du cou, large comme une pierre de meule. M. Barker avait-il choisi ce tableau pour mettre ses visiteurs mal à l'aise ? Et puis d'abord, comment pouvait-on manger avec une chose pareille autour du cou ? Surtout de la soupe. Jenny éclata de rire.

Elle regarda ensuite la belle boîte à cigares posée sur le bureau, ornée d'ivoire sculpté. Du coin de l'œil, elle parcourut la bibliothèque. Les livres traitaient surtout de commerce, en anglais ou en allemand. Nerveuse, elle changea de position sur son siège et regarda l'horloge. M. Barker avait-il oublié leur rendez-vous ou se faisait-il attendre exprès ? Devrait-elle se renseigner auprès du domestique ? Elle était mal à l'aise. Ses vêtements d'extérieur tenaient chaud et le corset lui écrasait les côtes. Assise, elle avait du mal à respirer et la sueur coulait dans son dos. La situation commençait à l'agacer.

Au moment où elle se levait, un homme entra dans la pièce. Grand et large d'épaules, il portait un costume noir seyant et un gilet. Jenny tressaillit. C'était un bel homme au physique impressionnant. Il avait des cheveux foncés, courts et peignés en arrière, un menton large et robuste couvert d'une courte barbe noire. Il donnait une impression d'assurance et de puissance.

L'homme s'arrêta, surpris. Il toisa Jenny effrontément de la tête aux pieds.

— Mme Malmström, je présume ?

Comme elle acquiesçait, il vint lui serrer la main.

— Je suis Fredrik Barker, le fils de John Barker. Mon père étant trop occupé, il m'a délégué cette affaire.

Il la scrutait avec insistance. Se sentant rougir, Jenny avait envie de baisser la tête.

— Avec votre permission, je dois dire que je ne m'attendais pas à rencontrer une femme si jeune. Mon père m'a parlé d'une veuve de pasteur qui devait venir le voir.

Jenny sentit sa tête bourdonner. Elle ignorait que John Barker avait un fils. Pourquoi n'en avait-elle jamais entendu parler ? Elle s'éclaircit la gorge et tâcha de dissimuler sa confusion.

— Parfaitement, M. Barker. Je suis Mme Malmström. Mon mari était Matias Malmström, vicaire de Lieto. Il est décédé voici trois ans.

— Mes condoléances, répondit Fredrik Barker.

Il l'invita à s'asseoir tandis que lui-même prenait place derrière le bureau. Il tendit ses longues jambes devant lui et s'appuya confortablement contre le dossier.

— En quoi puis-je vous être utile, Mme Malmström ?

Jenny rougit de nouveau en se surprenant à regarder les jambes de son hôte. Elle se redressa, leva les yeux et prit son souffle en tâchant de faire abstraction des papillons dans son ventre.

— Si vous le voulez bien, j'irai droit au fait. Vous avez peut-être appris que l'industriel Rettig est en train de construire des logements pour les ouvriers dans le centre de Turku. Ils seront modernes et le loyer inclura le bois de chauffage. À l'Association des dames, nous avons pris note de ce progrès, qui nous paraît fort bienvenu, aussi suis-je venue demander si l'usine Barker serait également désireuse de contribuer à l'amélioration des conditions de vie des ouvriers.

Penchant la tête, elle dévisagea son hôte avec espoir.

Suivit un long silence. Fredrik Barker l'examinait comme s'il pesait soigneusement ses paroles. Jenny faisait des efforts pour ne pas détourner les yeux, mais sa détermination commençait à vaciller.

— Et en quoi cela vous serait-il profitable ? demanda enfin M. Barker.

Il se pencha en avant et appuya ses paumes sur le bureau, sans détacher son regard un seul instant de son visage. Jenny cligna un peu des yeux, gênée.

— En rien. Nous n'en tirons aucun profit.

Fredrik Barker se redressa et toussota.

— Il se pourrait que je ne sois pas du même avis, déclara-t-il avec un sourire ironique. L'Association des dames a de nobles idées quant à l'amélioration des conditions de vie des ouvriers, certes, mais vous ne faites qu'escroquer des donateurs crédules. Ne vous vient-il pas à l'esprit qu'il est parfaitement inutile de soutenir les ouvriers ? Cet argent sera vite englouti, comme dans la gueule du Moloch. À la première occasion, ces nigauds n'achèteront que de l'alcool et des vanités.

Jenny déglutit, bouleversée. Elle secoua la tête.

— Vous vous trompez, M. Barker. Il ne s'agit pas de leur donner de l'argent mais des logements convenables, qui ne soient pas en proie aux moisissures et aux maladies contagieuses. N'est-ce pas aussi dans l'intérêt de l'employeur, que les travailleurs soient en bonne santé ?

— À l'usine Barker, ce ne sont pas les travailleurs qui manquent, répondit Fredrik Barker d'un air las. En outre, nous donnons déjà bien assez d'argent à nos employés. Nous sommes l'un des plus grands employeurs de la ville.

Il s'appuya contre son dossier.

— Pour parler franchement, je ne comprends pas pourquoi Rettig tient tellement à construire des logements pour ses employés. Les ouvriers pourraient dépenser leur argent plus sagement et s'acheter leur propre logement. Nous ne pouvons quand même pas tout faire à leur place ! Ce n'est pas un progrès, c'est presque un danger.

Jenny en resta bouche bée. Elle s'attendait à tout sauf à cela. Elle s'était laissé tromper par l'apparence avenante de son interlocuteur. C'était en fait un homme inconcevablement froid et hautain. Sentant monter la colère, elle le regarda sévèrement dans les yeux.

— M. Barker, si je puis me permettre, non, vos salaires ne sont pas suffisants, loin de là. Ils suffisent à peine à manger ; mais pour une femme qui entretient seule sa famille, par exemple, la paye ne couvre même pas le loyer. Comment pouvez-vous imaginer qu'on puisse acheter son propre appartement dans ces conditions ?

Fredrik Barker fit tourner son stylo-plume entre ses doigts.

— Mme Malmström, les salaires que nous payons sont parfaitement conformes à l'usage. Ce n'est pas la faute de l'employeur si les employés ne savent pas économiser leur argent ou le placer comme il faut. Au demeurant, je doute que la présente discussion ait quelque chose à gagner à ce que vous critiquiez l'employeur qu'est l'usine Barker. Cela ne fera nullement avancer votre projet.

Blasé, il jeta un coup d'œil à l'horloge posée sur le bureau.

— Je crois que votre temps est écoulé. J'appelle le domestique pour vous raccompagner.

Jenny avait rarement été aussi mal reçue. Elle ne comptait pas tolérer cet affront un instant de plus. Cramoisie, elle se leva d'un bond.

— Inutile, je retrouverai mon chemin.

Elle hocha la tête le plus dignement possible, se redressa et fit une sortie martiale tandis que Fredrik Barker la regardait s'éloigner en haussant un sourcil. Le domestique ahuri la vit se ruer sur la porte d'entrée. Elle l'ouvrit à la volée et dut se retenir pour ne pas la claquer derrière elle.

Comme il n'y avait évidemment aucun fiacre en vue, elle décida de regagner la rue de l'Aura à pied. Son sang bouillait de colère. Quel épouvantable malotru ! Une telle morgue, une telle arrogance, elle n'avait jamais vu cela. Aucune pitié à l'égard des pauvres. Et c'était entre les mains de ces monstres-là que reposaient le travail et la subsistance d'une infinité de gens ! Elle espérait ne plus jamais revoir Fredrik Barker de sa vie.

Sans chercher à tempérer sa colère, elle battit les pavés dans la direction d'où elle était venue. À l'étage de la demeure, derrière les rideaux, la grande silhouette de Fredrik Barker suivait ses pas.

Lorsqu'elle rentra au presbytère en calèche, le doyen l'attendait dans la bibliothèque. Elle passa dans sa chambre pour se changer avant de venir le chercher. Assis dans son fauteuil à bascule, il lisait *Sanomia Turusta*[1]. Voyant sa fille faire les cent pas, il posa son journal et leva les yeux par-dessus ses lunettes.

— Eh bien, Jenny, qu'est-ce qui te tracasse, pour que tu sois dans une telle colère ?

— Père, c'était épouvantable ! suffoqua Jenny en se tordant les mains. John Barker n'avait pas le temps de me recevoir, j'ai eu affaire à son fils. De toute ma vie, je n'ai jamais rencontré

1. « Les Nouvelles de Turku », en finnois.

un homme aussi arrogant et désagréable ! Il n'a pas la moindre compassion pour les indigents, impossible de lui faire approuver le projet de logements ouvriers !

— Son fils, dis-tu ? répéta le doyen en fumant sa pipe, songeur. J'ai appris par les Dahlström qu'il était revenu auprès de sa famille. Il a étudié l'économie à l'étranger pendant au moins sept ans. Il doit en avoir un peu plus de trente. Je me souviens vaguement de lui. Assez grand, brun ? Dommage qu'il tienne de son père dans le domaine des valeurs.

Le doyen reprit son journal.

— Mais écoute un peu ce qu'ils disent ici : « Dr A. V. Jahnsson et Me K. Vanhanen ont fondé la Société finnoise de Turku. D'après Vanhanen, Turku a besoin d'un journal finnois, afin de représenter le point de vue national finnois dans le sud-ouest de la Finlande, ainsi que les idéaux et activités y afférents dans la localité. Ce nouveau journal s'appellera *Aura.* »

Il posa le journal et médita à voix haute :

— J'ai entendu beaucoup de bien de ce jeune M. Vanhanen. Il a obtenu une maîtrise à l'université de Helsinki et enseigne au lycée finnois de Turku. À présent, il effectue des études de droit parce qu'il souhaite défendre les libertés des travailleurs finnophones.

— Quel homme admirable et courageux ! s'exclama Jenny devant la bibliothèque où elle cherchait quelque chose à lire. Il va certainement se faire des ennemis, mais sa démarche donne de l'espoir. Les conditions de vie des ouvriers sont épouvantables. Nous ne pouvons pas nous contenter de garder les bras croisés pendant qu'ils se font exploiter. J'espère que j'aurai l'occasion de rencontrer ce M. Vanhanen. J'aimerais bien bavarder avec lui.

Son père souffla la fumée de sa pipe et regarda les volutes grises se disperser dans l'air.

— Tu le verras plus tôt que tu ne le crois. Il devrait venir à la conférence du Cercle éducatif de Pinello vendredi prochain.

4

Le docteur Pinello avait fondé le Cercle éducatif quelques années auparavant. Grâce à une modeste cotisation annuelle versée par les enthousiastes, il invitait des conférenciers à son domicile pour parler de sujets intéressants. Après l'exposé, la conversation continuait avec entrain autour d'un souper frugal. Bon ami du docteur Pinello, le père de Jenny participait à ces rencontres depuis le début. Elle-même était venue en quelques occasions.

Cette fois, le conférencier était particulièrement alléchant : professeur de littérature orientale à l'université de Helsinki, Georg Wallin avait mené plusieurs expéditions de recherche au Proche-Orient, y compris à La Mecque, où très peu d'Occidentaux avaient eu l'audace de s'aventurer. En effet, les mécréants y étaient passibles de la peine de mort.

Jenny entra dans une salle déjà presque pleine. Son père était encore dans le hall, échangeant les dernières nouvelles avec le doyen Renwall, en poste à la cathédrale. Un joyeux brouhaha emplissait la pièce.

Jenny observait autour d'elle avec curiosité. Elle connaissait la plupart des invités : des lecteurs et des pasteurs avec leur épouse, ainsi que des fonctionnaires municipaux et autres notables. Elle les saluait d'un hochement de tête. Au premier rang était assis le docteur Jahnsson, à côté d'un homme plutôt jeune, à costume marron et cheveux blonds. Était-ce le journaliste dont son père lui avait parlé ?

La pendule sonna une fois. Il restait un quart d'heure avant la conférence, et les gens continuaient d'entrer sans interruption. L'invité du jour avait attiré beaucoup de monde. C'est alors que Jenny sursauta, car la grande silhouette à la porte ne prêtait pas à confusion : c'était Fredrik Barker, qui entrait avec son père – ce dernier était plus petit et trapu, mais la ressemblance était frappante. Il s'arrêta pour parcourir la salle du regard, cherchant des connaissances.

Se surprenant à le regarder fixement, Jenny rougit et détourna la tête. L'humiliation de leur dernière rencontre lui revenait à l'esprit. Elle ne voulait en aucun cas avoir affaire à lui.

En attendant son père, Jenny resta assise toute seule, un peu à l'écart. Alors qu'elle contemplait les tableaux accrochés au mur, elle entendit une voix grave dans son dos :

— Bonsoir, Mme Malmström. Je n'aurais pas cru que vous fussiez intéressée par les cultures du Proche-Orient.

Stupéfaite, elle pivota pour faire face à Fredrik, qui avait pris place derrière elle. John Barker n'était pas là.

— Bonsoir, M. Barker, répondit-elle en hochant la tête le plus légèrement possible. Pourquoi pensez-vous que je ne sois pas intéressée ?

— Les femmes ne s'intéressent-elles pas moins aux conférences scientifiques qu'aux chapeaux à la mode à Paris pour le printemps prochain ? répondit-il avec un sourire arrogant.

Jenny blêmit de colère. Curieusement, les yeux de son interlocuteur dénotaient une lueur amusée. De toute évidence, il la taquinait. Elle tâcha de garder son calme.

— Parfaitement, M. Barker. En général, je ne m'intéresse qu'aux chapeaux à la mode, et mon petit cerveau féminin est incapable de comprendre des choses aussi complexes, répondit-elle en penchant la tête avant d'ajouter d'une voix mielleuse : Mais heureusement, il y a ici bien des hommes avisés qui sauront sans doute m'éclairer après la conférence.

Fredrik Barker plissa les yeux. Puis, contre toute attente, il éclata de rire.

— Mme Malmström, vous êtes formidable !

Il reprit son sérieux et se rapprocha. Jenny perçut les effluves d'un après-rasage de luxe.

— Je vous éclairerai volontiers après la conférence sur les propos du professeur Wallin, proposa-t-il en baissant la voix et en haussant les sourcils d'un air coquin.

Jenny était scandalisée. Fredrik Barker était d'une outrecuidance absolument incroyable. Elle avait envie de lui jeter son sac à main sur la tête. Toutefois, elle se tempéra et pencha la tête dignement.

— Cette conversation est absolument ridicule. Merci, je n'ai nul besoin de votre aide. J'ai déjà repéré des hommes bien plus avisés.

Elle lui tourna le dos avec ostentation. Heureusement, il y avait déjà du mouvement devant la salle, et le doyen revint auprès de sa fille. Il remarqua alors Fredrik Barker, assis derrière elle, qui se levait pour lui tendre la main.

— Doyen Stenroos, je présume. Je suis Fredrik Barker, le fils de John Barker. J'ai rencontré votre fille la semaine dernière dans mon bureau.

Ils se serrèrent la main.

— Tout à fait, tout à fait, dit le doyen en examinant le jeune homme avec bienveillance. D'ailleurs, je me souviens de vous, du temps où vous étiez encore un jeune garçon. Je présume que vous avez mené vos études à leur terme et que vous êtes revenu en apprentissage chez votre père ?

— Exactement. J'ai encore beaucoup à apprendre, mais mon objectif est de lui succéder à la tête de l'usine.

— Voilà qui est très digne, déclara le doyen en hochant la tête avec satisfaction. L'usine Barker est un employeur considérable, d'une grande importance pour la ville.

Jenny roula des yeux et toussota. Elle était agacée par tant de flagornerie. Les Barker n'étaient que des exploiteurs ! Cela avait l'air d'amuser Fredrik...

— Merci, M. Stenroos. Je crois que l'usine a encore de beaux jours devant elle à Turku. Le marché intérieur se porte bien, et les exportations vers la Russie se montrent prometteuses.

Remarquant son fils auprès de Jenny et du doyen, John Barker se joignit à eux. Ils échangèrent des poignées de main. Jenny vit là un homme conscient de sa valeur, dont le visage rayonnait d'une sereine indifférence. Comme il n'avait fermé que le bouton supérieur de sa veste, l'épaisse chaîne en or de sa montre dépassait de son gousset avec ostentation.

— Ravi de vous revoir après si longtemps, doyen Stenroos, de même que votre charmante fille, déclara-t-il en s'inclinant devant Jenny.

Au même moment, le docteur Pinello monta sur la petite estrade et annonça l'invité de la soirée. Le public se leva pour applaudir le professeur Wallin.

Jenny et le doyen s'assirent, et les Barker prirent place derrière eux. Sentant le regard de Fredrik Barker dans son dos, Jenny se tint bien droite. Elle ne comprenait pas comment cet homme antipathique pouvait mettre son esprit dans une telle effervescence. Elle rassembla toute sa volonté pour se concentrer sur l'exposé.

Le professeur Wallin étant un brillant orateur, Jenny tomba vite sous son charme. Il était parti en expédition en se faisant passer pour un médecin, et il racontait des anecdotes sur les pyramides d'Égypte, la mythologie des anciens Égyptiens et l'islam. Il avait passé beaucoup de temps dans le désert avec les bédouins et, finalement, au sein d'une caravane de chameaux, il avait pu atteindre La Mecque. Il avait été attaqué plusieurs fois par des bandits, mais il avait toujours réussi à regagner les pays occidentaux sain et sauf. L'exposé se conclut trop vite au goût de Jenny, sous des applaudissements vertigineux.

Pendant qu'un groupe d'admirateurs s'agglutinait autour du conférencier pour lui poser d'autres questions, Jenny et son père se rendirent dans la salle où le souper allait être servi. Remarquant le docteur Jahnsson qui prenait place à la longue table, le doyen Stenroos s'empressa d'aller le saluer avec sa fille. Le jeune homme qui l'accompagnait observait Jenny avec curiosité.

— Tiens, docteur Jahnsson ! s'exclama le doyen. Quel plaisir de vous voir après si longtemps ! N'était-ce pas une conférence tout à fait passionnante ?

Le docteur Jahnsson était un homme mûr à la taille fine, avec une barbe grise et des lunettes rondes. Il serra la main du doyen Stenroos en souriant.

— Tout à fait passionnante, en effet, approuva-t-il avant de se tourner vers Jenny. Comme c'est agréable, que votre fille soit venue y assister aussi. Puis-je vous présenter mon jeune collègue Kosti Vanhanen, qui enseigne également au lycée finnois ?

Le jeune homme observa Jenny en souriant. Son visage était un peu pâle et mince, ses vêtements élimés, mais Jenny lui trouvait des yeux intelligents, un regard direct et franc.

— Enchanté, Mlle… ?

— Mme Malmström, se présenta Jenny en lui serrant la main. Mon mari était vicaire de Lieto, mais il est décédé il y a trois ans. Voici mon père, Waldemar Stenroos, doyen de la paroisse Sainte-Carine.

Les hommes s'inclinèrent et échangèrent une poignée de main. Kosti Vanhanen tira obligeamment la chaise pour Jenny et s'assit à côté d'elle. Le doyen et le docteur Jahnsson s'assirent également côte à côte et entamèrent la conversation.

Jenny et M. Vanhanen prirent connaissance du menu du soir, imprimé devant chaque convive. En entrée, il y avait de la soupe à l'oignon à la française ; en plat principal, du poulet froid avec une sélection de fromages. Tandis que les domestiques commençaient le service, Jenny posa sa serviette sur ses genoux et engagea la conversation avec son voisin.

— Ravie de vous rencontrer enfin, M. Vanhanen. Mon père et moi avons lu dans le journal que vous aviez fondé la Société finnoise de Turku et que vous comptiez créer un nouveau journal pour porter votre voix. On peut dire que vous ne vous reposez pas sur vos lauriers !

— C'est exact, Mme Malmström, acquiesça M. Vanhanen en souriant. Mais je voudrais vous expliquer un peu mes motifs. J'ai grandi à Taivassalo dans une famille de fermiers. Depuis l'enfance, je suis scandalisé par le traitement injuste dont souffre la population finnophone, et je veux faire mon possible pour réparer cette injustice. Il n'est pas concevable que la majorité du peuple de Finlande soit victime de discrimination.

— À mon avis, vous avez parfaitement raison, l'approuva Jenny, et il est admirable que vous ayez osé vous lancer dans votre projet avec courage. Hélas, vous allez vous faire beaucoup d'ennemis.

— En tout cas, merci, Mme Malmström. Il m'est agréable de savoir que vous êtes dans mon camp.

Mollement appuyé au chambranle, Fredrik Barker sirotait l'excellent punch du docteur Pinello et les observait de loin. Jenny lui lança un regard désapprobateur. C'était sans aucun doute l'ennemi numéro 1.

À son grand soulagement, Fredrik Barker ne vint pas s'asseoir près d'eux : son père et lui occupèrent les places d'honneur, à côté du docteur Pinello et du professeur Wallin, en milieu de table. Jenny aurait bien aimé entendre encore le savant, elle aussi, mais elle passa une fin de soirée passionnante à côté de M. Vanhanen. Celui-ci était un brillant interlocuteur, et ils échangèrent très vite des opinions sur le statut des ouvriers dans la société. Les joues de Jenny brûlaient, ses yeux pétillaient. De temps en temps, elle faisait de grands gestes sous l'effet de l'enthousiasme. Elle sentait alors les yeux de Fredrik Barker sur elle et s'abstenait de regarder dans sa direction.

En rentrant en calèche avec son père, Jenny avait le tournis. C'était une soirée riche en événements, elle avait hâte de rejoindre son lit pour se les remémorer. La conférence l'avait enchantée, et M. Vanhanen était d'agréable compagnie, mais la présence agaçante de Fredrik Barker ne cessait de la hanter.

5

— On ne peut qu'admirer le courage du professeur Wallin. Quelles aventures n'a-t-il pas vécues ! L'égyptologie me passionne, je crois que je vais aller tous les jours à la librairie Frenckell pour voir s'ils n'ont pas des nouveautés sur les pyramides.

Dans la salle à manger du presbytère, Jenny et son père prenaient leur petit-déjeuner, évoquant la conférence de la veille. Le doyen beurrait l'un des petits pains pétris par Aina le matin même et tout juste sortis du four.

— Tu as parfaitement raison. La conférence était remarquable. J'ai vu que tu parlais avec enthousiasme avec le jeune M. Vanhanen. Que penses-tu de ses idées subversives ?

Jenny servit du café à son père en souriant.

— C'est un jeune homme remarquable. Nous avons besoin de gens comme lui si nous voulons que la société, un jour, devienne plus équitable. Son courage est admirable. Les directeurs d'usine comme Fredrik Barker ne cherchent qu'à sucer tout le profit qu'ils peuvent tirer de leurs employés, sans se soucier de leur sort pour autant.

Le doyen but son café et fit la moue.

— Rappelle-toi, Jenny, il ne faut juger personne à la légère. Les usines de la ville offrent tout de même du travail : sans cela, les gens auraient des conditions de vie encore plus misérables. Le changement est long, je ne suis pas du tout surpris que les Barker refusent de s'engager. Chaque chose en son temps. Un jour viendra peut-être où ils participeront à la bienfaisance à leur tour, d'une manière ou d'une autre, inspirés par l'exemple des autres industriels.

— Je n'en crois rien. Je les connais bien assez, protesta Jenny en se resservant du café. Mais père, qu'avec-vous au programme de ce jour ?

— À deux heures, je vais baptiser un enfant chez les Nurmi. Puis je préparerai le sermon de dimanche. Et toi ?

— Je pensais aller saluer Kaisa Wahlroos. Elle est alitée depuis longtemps. Je crains que ce soit le poumon.

Le doyen leva un regard soucieux.

— Dieu la bénisse. Demande-lui si elle veut que j'aille la voir, moi aussi.

— Certainement, père.

La famille Wahlroos habitait à Nummenpakka, plus précisément sur la colline de Kuuvuori. La montée était un peu raide, mais ce n'était pas loin du presbytère, aussi Jenny partit-elle à pied. Le père de famille exerçait toutes sortes de petits boulots misérables, et la mère, Kaisa, travaillait à l'usine Barker – ou *avait* travaillé, avant d'être clouée au lit par la maladie. Ils avaient cinq enfants, et Jenny savait qu'ils étaient en grandes difficultés, privés de l'une des ressources de la famille.

La bise d'automne soufflait à travers les vêtements, Jenny pressa le pas. Le ciel matinal était d'un gris froid, et une légère bruine lui mouillait le visage. Comme elle pataugeait dans la boue et le crottin, elle s'arrêta pour soulever sa robe et regarder ses pieds.

— Sacrebleu !

Ses chaussures étaient fichues. Heureusement, elle avait eu la bonne idée d'enfiler sa plus mauvaise paire.

Attaché à un piquet devant sa niche, le chien de Simola poussa des aboiements stridents lorsque Jenny passa devant la clôture ; mais en reconnaissant la voisine, il remua sa queue en tire-bouchon.

— Ce n'est que moi, Peni ! Inutile d'aboyer comme ça !

Puis Jenny salua la petite Maiju, qui se démenait sur une échelle au milieu de la cour pour cueillir des pommes d'hiver dans son panier.

Jenny avait un sac contenant deux sachets de farine et un de céréales. Les enfants Wahlroos accoururent à sa rencontre. Elle avait apporté des morceaux de pain de sucre pour chacun d'eux, pris dans sa propre cuisine. Ils les accueillirent à grande joie. Jenny plissa le front : ces gosses portaient des loques crasseuses et déchirées. Ils couraient pieds nus, les genoux croûteux à tout vent, alors qu'on était déjà en octobre. L'aînée, Martta, lui prit la main. Elle avait le teint pâle et les yeux enfoncés.

— Merci à vous, m'dame Malmström, et Dieu vous bénisse. Vous v'nez voir maman ? J'vais vous conduire à elle, moi. Papa, il est pas à la maison.

Elles entrèrent dans une pièce sombre et basse de plafond qui n'avait qu'une petite fenêtre. L'atmosphère était humide et confinée. Une odeur d'urine flottait dans le vestibule.

Mme Kaisa était alitée près du poêle. Elle était livide et fatiguée, mais ses yeux étaient ouverts.

— Maman, y a m'dame Malmström qu'est venue nous voir ! cria Martta. Elle nous a donné des sucres !

Mme Kaisa tourna les yeux vers Jenny avec un sourire las.

— Tiens, 'jour, m'dame Malmström. Approchez donc un peu. Martta, amène une chaise à m'dame Malmström et fais-nous du thé.

Jenny s'assit et prit la main de la malade.

— Bonjour, Kaisa, je viens prendre de vos nouvelles.

— Ben c'est pas folichon. V'là tout un mois que j'suis malade, et ça a pas l'air d'aller mieux.

— Le docteur est-il venu vous voir ?

Kaisa passa la langue sur ses lèvres sèches.

— On avait pas l'argent pour app'ler l'docteur, mais l'Aalruuska elle est passée, elle m'a donné une mixture. Alors moi j'l'ai prise tous les jours, mais ça a pas l'air efficace. Sacrée maladie…

Une âcre odeur de fumée se répandit dans la pièce lorsque Martta mit l'eau à bouillir pour le thé. Le poêle devait être fissuré, il laissait passer la fumée. Jenny toussa.

— Vous avez assez à manger, au moins ? demanda-t-elle sans quitter des yeux une mouche hagarde qui bourdonnait sur la vitre sale.

— Des fois oui, des fois non, dit Kaisa en essayant de sourire. Le père non plus il a pas d'boulot, et l'usine Barker paye pas pendant la maladie. Moi j'y aurais bien envoyé bosser Martta, mais j'ai pas pu m'décider, elle a qu'neuf ans. En plus on a b'soin d'elle à la maison avec le ménage et les enfants. Mais on s'débrouille, voui. On est pas morts de faim.

Jenny était dévastée à la vue de tant de misère. Elle aurait voulu tous les loger au presbytère, mais c'était impossible. Des dizaines de familles connaissaient le même sort, dans la paroisse. Il fallait tâcher de les aider toutes un tant soit peu.

Elle sortit de son sac la farine et les céréales.

— Je vous ai apporté un peu d'aide alimentaire de la paroisse. Martta, tu pourrais préparer ces céréales. Mets-les tout de suite à tremper, ce soir vous aurez de la bouillie pour toute la famille.

— Dieu vous bénisse, m'dame Malmström, dit Kaisa en serrant sa main sans force. Z'êtes si bonne.

Jenny s'efforça de sourire. Au même moment, Martta leur apporta un thé insipide et deux biscottes. Elle posa les tasses délicatement sur la table à côté du lit et les biscottes dans une petite assiette. La table en question était en fait une caisse basculée sur le côté, avec un bout de tissu sale à rayures tendu devant pour en cacher le contenu.

Lorsque Jenny lui donna des nouvelles des paroissiens, Kaisa se ragaillardit à vue d'œil. Puis elle lui demanda de lire la Sainte Parole, et Jenny lut le Sermon sur la montagne, le passage favori de Kaisa dans la Bible. Les lèvres de la malade accompagnaient sans voix la lecture des versets. Pour finir, elles récitèrent ensemble le Notre Père.

Jenny prit alors congé.

— Le doyen m'a prié de vous demander si vous souhaitiez qu'il vienne vous voir.

— Sûr que ce s'rait pour moi un grand honneur, répondit Kaisa. Le doyen il est toujours bienv'nu chez nous.

Après avoir salué la mère et les enfants, Jenny s'en retourna au presbytère, tourmentée par des pensées accablantes. Les corneilles posées sur la clôture prirent leur envol lorsqu'elle regagna la route. Sous un ciel gris et une pluie qui ne faisaient que la déprimer davantage, elle soulevait sa jupe dans la boue, essayant d'enjamber les flaques. Par précaution, elle allait devoir faire bouillir son vêtement dans la chaudière à lessive de peur de propager des punaises au presbytère. Comment Dieu avait-il bien pu créer un monde aussi injuste, où les uns vivaient dans l'opulence tandis que les autres n'avaient rien du tout ?

Le dimanche, jour du Seigneur, Jenny et Aina étaient très occupées dès l'aurore. Il fallait pétrir la brioche et les petits pains, car après le culte on recevait les bénévoles et les employés de la paroisse pour le café. Ensuite, Jenny animait l'école du dimanche pour les enfants dans la grande salle du presbytère. Eux aussi, on leur servait à manger.

Les brioches prêtes, Jenny enfila ses vêtements de fête et courut à l'église. Les cloches sonnaient déjà. Le doyen y était depuis longtemps. Dans le vestibule, elle eut la surprise de rencontrer M. Vanhanen qui l'attendait.

— Ah, vous voilà, Mme Malmström, l'apostropha-t-il en s'inclinant et en lui tendant le bras. Puis-je vous accompagner à votre banc ? Je pensais bien vous rencontrer ici.

Jenny était gênée. Que faisait-il là ? Elle le salua et prit tout de même son bras pour emprunter lentement l'allée centrale.

— Pardonnez-moi si je vous parais importun, mais je ne cesse de penser à vous depuis que nous nous sommes rencontrés chez le docteur Pinello, dit-il en souriant. Nos pensées s'accordaient si bien que j'ai souhaité vous revoir. Comme je présumais que vous assisteriez au sermon de votre père, je me suis permis de venir dans votre église.

Cette fois, il était vêtu de son plus beau costume dominical. Jenny était un peu flattée.

— Ne soyez pas désolé, M. Vanhanen. Je suis ravie de vous revoir. Voudriez-vous venir prendre le café au presbytère, après ?

— Si ce n'est pas trop de dérangement, je viendrais volontiers.

Comme le chantre commençait le cantique introductif, ils n'eurent pas le loisir de s'entretenir davantage. M. Vanhanen alla s'asseoir du côté des hommes, et Jenny gagna son banc au premier rang.

Après le culte, Jenny échangea les dernières nouvelles avec les paroissiens sur le parvis et leur présenta M. Vanhanen. En parfait gentilhomme, il souriait et s'inclinait devant tout le monde. Aussi l'observait-elle non sans admiration.

Pendant qu'ils cheminaient vers le presbytère, Jenny lui en conta l'histoire. Il écouta avec le plus grand intérêt, posant des questions sur le jardin. Lui-même avait été à la récolte des pommes de terre à Taivassalo, et ils s'amusèrent à comparer les différentes variétés. Soudain, apercevant Aina qui gesticulait à la fenêtre de la cuisine, Jenny se rendit compte qu'elle était en retard. Elle accompagna son invité dans la grande salle. Son père n'était pas encore arrivé, mais des ecclésiastiques étaient déjà assis sur les bancs, et elle les présenta à M. Vanhanen. Les laissant discuter de l'imprévisible temps d'octobre, elle fila en cuisine à la rescousse d'Aina.

Le doyen entra avec quelques invités, et ils allèrent saluer les autres dans la salle. Aina et Jenny apportèrent le café, les brioches et les petits pains sur deux grands plateaux, puis elles remplirent les tasses. La fille du doyen gardait un œil sur M. Vanhanen, en pleine conversation avec son père.

Ils n'eurent plus l'occasion de bavarder en tête à tête, mais elle alla lui dire au revoir à la porte lorsqu'il prit congé. M. Vanhanen s'inclina.

— Merci beaucoup de m'avoir invité chez vous. J'ai eu une conversation des plus agréables avec votre père. C'est un homme très sage et instruit.

— Merci, M. Vanhanen, répondit Jenny en souriant. Toute la joie était pour nous.

Il prit sa main et la regarda.

— Comme vos mains sont petites et jolies ! Puis-je dire que je suis encore plus heureux d'avoir pu vous revoir ? J'ai rarement rencontré une femme aussi intelligente et ravissante que vous, Mme Malmström.

Jenny retira sa main et secoua la tête, gênée. Ces flatteries étaient un peu trop directes à son goût.

— Voyons, cela suffit, M. Vanhanen. Mais j'espère que nous nous reverrons en quelque occasion.

— J'en suis certain.

Il mit son chapeau et traversa la cour avec entrain. Arrivé au portail, il se retourna pour lui adresser un signe de la main.

Jenny répondit à son salut en souriant. Quel homme déterminé et intelligent ! Elle appréciait grandement les compliments de M. Vanhanen et espérait pouvoir lui apporter son aide, d'une manière ou d'une autre, dans ses nobles objectifs. Mais quelque chose dans sa conduite la faisait hésiter.

6

— Mesdames, débuta Mme Malm en posant les yeux sur les membres de l'Association des dames. Les préparatifs de notre bal masqué avancent à merveille. Nous avons déjà vendu trois cents billets. Ces revenus vont permettre d'acquérir des manuels scolaires pour l'école Lancaster, ainsi que pour l'école du dimanche des ouvriers. Je suis très contente.

Les femmes échangèrent des hochements de tête satisfaits. À l'approche du bal masqué, elles étaient réunies chez Vivi Malm pour planifier les préparatifs de dernière minute.

— En outre, je suis allée voir Magnus Dahlström. Il a promis de prendre contact avec Rettig pour soutenir la construction de meilleurs logements pour les ouvriers. Je n'en doutais nullement : de concert avec son frère, Magnus Dahlström a toujours fait de son mieux pour rendre service à la ville. C'est un vrai gentilhomme, si noble et si charmant ! Mais vous alors, qu'avez-vous obtenu, Jenny et Helene ?

Helene von Heideken fit son compte rendu en parcourant du regard les convives attablées autour du thé :

— M. Crichton, le directeur du chantier naval, ne s'est pas engagé formellement. Il a promis d'y réfléchir.

— Bien sûr, c'est tout à fait compréhensible, opina Mme Malm. C'est tout de même un gros investissement. Et Jenny, as-tu rencontré John Barker ?

Jenny but une gorgée de thé avant de répondre :

— J'ai rencontré son fils, Fredrik Barker, qui n'a rien voulu faire pour améliorer les conditions de vie des travailleurs. Il a même insinué que les ouvriers feraient bien de s'occuper un peu mieux de leurs affaires.

Les dames échangèrent des soupirs et des regards incrédules.

— J'ai du mal à croire que l'usine Barker se montre si frileuse à s'engager sur cette question, répondit Mme Malm en plissant le front. Et si tu y retournais pour voir son père ?

Rien que d'envisager cette hypothèse, Jenny en avait des frissons. Plusieurs fois elle avait failli croiser Fredrik Barker en ville, mais elle avait vite traversé la rue ou était entrée dans la première boutique venue pour l'éviter. Elle ne voulait plus les rencontrer, ni le père, ni le fils !

— Malheureusement, je crains que ce soit inutile. D'après Fredrik Barker, son père partage sa position.

Vivi Malm réfléchit un moment.

— Peut-être devrais-je aller rendre visite à John Barker.

Les dames approuvèrent cette proposition, au grand soulagement de Jenny.

— Volontiers, Mme Malm. Peut-être le directeur Barker vous écoutera-t-il plus que moi.

— Alors c'est entendu, acquiesça Mme Malm. Je vais prendre rendez-vous avec lui dès la semaine prochaine.

Après la réunion, Jenny avait encore une petite heure devant elle avant que Viktor vînt la chercher. Elle décida d'emprunter le pont de l'Église jusqu'à la librairie Frenckell, à l'angle de la rue du Château, où elle avait ses habitudes.

La librairie appartenait à A. W. Lillja, éditeur du journal *Sanomia Turusta*. Le vendeur était un certain Johan Granlund, passionné de littérature et lui-même poète. Vieux garçon, il logeait dans une maisonnette derrière la boutique, où il tenait salon pour les messieurs. Il y recevait pasteurs, écrivains et savants. Le père de Jenny avait déjà participé à ses réunions.

Jenny gravit les marches et ouvrit la porte, faisant tinter la clochette. La librairie était petite, un peu malpropre et obscure. L'air extérieur entré avec elle fit tourbillonner la poussière. Fermant les yeux, elle inspira profondément les effluves du local. Rien ne sentait aussi bon que les livres !

Debout sur un tabouret, les manches retroussées, M. Granlund rangeait des bouquins sur une étagère. Remarquant Jenny, il la salua gaiement.

— Eh, mais bonjour, Mme Malmström ! Cela fait déjà un petit moment, depuis la dernière fois.

Il descendit de son tabouret et s'essuya les mains sur son pantalon.

— Comment avez-vous trouvé *Hanna* de Runeberg ? L'intrigue se déroulant dans un presbytère, je me suis dit que ce texte pouvait vous intéresser.

— Je vous remercie, M. Granlund, répondit Jenny avec un joyeux sourire. La langue de Runeberg est très belle, certes, mais un peu trop romantique à mon goût. Je trouve qu'elle manque de réalisme.

Elle marqua une petite pause.

— En fait, j'ai été agacée par la protagoniste, Hanna : elle n'a aucune volonté propre.

— Ah, absolument, Mme Malmström, acquiesça M. Granlund. C'est intéressant, je suis entièrement d'accord avec vous. En ce cas, j'ai ici quelque chose de tout à fait passionnant à vous proposer.

Un doigt en l'air, il se tourna pour prendre un livre sur une étagère et contempla la couverture.

— Voici. C'est une femme de lettres et journaliste de Kuopio, Minna Canth, qui a publié un nouvel ouvrage également intitulé *Hanna*. Il s'agit certainement d'une réponse au texte de Runeberg. Voudriez-vous en prendre connaissance ?

— Merci, avec plaisir.

Le regard de Jenny s'illumina. Elle connaissait par la presse cette Minna Canth, une femme subversive qui osait décrire les choses telles qu'elles sont, avec réalisme. Elle se retira à l'écart pour feuilleter le livre tendu par M. Granlund. Au même moment, la porte tinta : c'était Fredrik Barker ! Le cœur de Jenny s'emballa. Elle se cacha derrière un rayonnage situé au milieu de la boutique, feignant de parcourir son livre.

— Bonjour, M. Barker. Que puis-je faire pour vous ? demanda M. Granlund.

Le visiteur s'accouda au comptoir en toute simplicité ; il était élégant, avec son costume de promenade en serge grise et son chapeau melon.

— J'aurais besoin d'un bon dictionnaire de russe et de votre meilleur papier à lettre.

— C'est entendu, M. Barker, répondit le libraire en s'inclinant. Nous venons de recevoir une caisse du papier français le plus raffiné. Avec votre permission, je m'en vais vous le chercher dans l'arrière-boutique.

Granlund disparut derrière d'épais rideaux de velours. M. Barker contempla la boutique un petit moment puis marcha tranquillement vers le rayonnage qui dissimulait Jenny.

Retenant son souffle, elle regarda désespérément autour d'elle mais ne trouva aucune échappatoire. Au moment de saisir un livre sur l'étagère, Fredrik Barker aperçut Jenny de l'autre côté. Leurs regards se rencontrèrent.

Surpris, il souleva son chapeau melon.

— Bonjour, Mme Malmström. Cette fois, apparemment, vous n'avez pas réussi à m'éviter.

Jenny scruta son visage, mais il avait l'air sérieux.

— Je ne comprends pas ce que vous voulez dire, dit-elle en se cherchant une contenance.

— Je crois bien que si, rétorqua-t-il.

Elle le foudroya du regard. En effet, il n'était peut-être pas loin de la vérité.

— Puis-je regarder ce que vous lisez ? lui demanda-t-il en penchant la tête pour voir ce qu'elle tenait à la main.

Elle essaya de cacher l'ouvrage derrière son dos, mais finit par le lui laisser prendre à contrecœur.

— *Hanna* de Minna Canth... J'ai entendu parler de cette Mme Canth, elle milite en faveur du mouvement féministe. Vous n'êtes tout de même pas une femme subversive, Mme Malmström ?

Il la regardait en plissant les yeux. Jenny lui reprit le livre d'un geste brusque. Elle était fâchée qu'il fût si grand et qu'elle dût lever la tête pour lui parler.

— Et quand bien même je le serais ? Cela ne vous regarde pas !

Il se pencha vers elle en roulant des yeux.

— Si je puis me permettre, les idées de ces militantes féministes sont un peu absurdes. Que les femmes aient le droit d'effectuer les mêmes tâches que les hommes et d'étudier à l'université ? Ridicule ! Et qui gardera les enfants et les éduquera à la maison, alors ? Qui soutiendra l'homme dans sa carrière ?

Sous son regard chargé de défi, Jenny rougit de colère. Cet homme n'avait qu'à ouvrir la bouche pour la rendre folle de rage. Elle essaya de garder sa voix posée malgré sa réplique mordante :

— Les domestiques peuvent très bien garder les enfants. Et d'abord, leur éducation n'est-elle pas une prérogative des deux parents ? rétorqua-t-elle en le dévisageant d'un œil flamboyant. L'homme ne trouvera-t-il pas beaucoup plus de soutien de la part d'une épouse instruite que d'une femme qui ne connaît rien d'autre que le chapeau à la mode du printemps prochain ?

Il crispa ses mâchoires et, se redressant de toute sa hauteur, croisa les bras sur sa poitrine.

— Je ne suis pas d'accord avec vous. De même que la plupart des hommes. Et vous les femmes n'y pouvez rien.

Ils se dévisageaient comme deux coqs au combat. Heureusement que M. Granlund revint alors de son arrière-boutique, car Jenny aurait bien pu étrangler Fredrik Barker.

— Voici le papier à lettre. Je vous l'emballe ?

M. Barker tourna lentement la tête vers le libraire.

— S'il vous plaît, oui.

— Et vous, Mme Malmström, êtes-vous satisfaite de votre livre ?

— Très satisfaite, M. Granlund. Je voudrais acheter tous vos livres de Minna Canth, déclara-t-elle en lançant un coup d'œil triomphal en direction de Fredrik Barker.

— Avec plaisir, Mme Malmström ! Je me doutais bien que cela vous plairait.

Fredrik Barker émit un grognement méprisant et alla payer ses achats. Il récupéra son paquet et sortit sans rien dire. La clochette tinta violemment lorsqu'il claqua la porte derrière lui.

— Qu'est-ce qui a bien pu le mettre de si mauvaise humeur ? s'exclama M. Granlund en se frottant les oreilles.

— Vraiment, je l'ignore, répondit Jenny en souriant.

Elle régla son achat et regagna le parc de l'Église avec sa pile de livres, fredonnant d'une humeur victorieuse. Cette dépense avait sévèrement grevé ses économies, mais cela en valait la chandelle ! Elle avait gagné cette manche. Pas question de reculer d'un pouce devant des fanfarons arrogants tels que Fredrik Barker !

7

Un kissel aux fruits rouges bouillonnait sur le feu, toute la cuisine sentait la myrtille. Alors que Jenny allait s'en occuper, Aina entra soudain avec une lettre qui lui était adressée, portant le tampon de l'usine Barker. Jenny examina l'enveloppe sans y croire et tendit la louche à la gouvernante. Puis elle se retira dans sa chambre à la hâte, déchira l'enveloppe et s'assit sur son lit pour prendre connaissance de la missive.

Madame Malmström,

Notre première rencontre ne s'est pas déroulée de la façon souhaitée, il m'a semblé que vous remettiez en question les agissements de notre entreprise vis-à-vis de nos employés. Comme cela me tracasse un peu, je voudrais rectifier vos impressions. Je vous prie de revenir nous voir, j'aimerais vous faire visiter notre usine. Seriez-vous disponible mardi prochain à deux heures de l'après-midi ? Dans l'attente de votre réponse,

Cordialement,

Fredrik Barker

Jenny posa la lettre, perplexe. Voilà qui était inattendu. Elle aurait cru que Fredrik Barker ne voudrait plus jamais la côtoyer. Que pouvait-il bien avoir derrière la tête ? Il y avait sûrement anguille sous roche. Était-ce Vivi Malm qui était allée parler avec John Barker, pour que son fils envoie cette lettre ?

Elle s'assit à son secrétaire. Quoi qu'il en fût, il n'y avait rien d'autre à faire que d'accepter l'invitation. Peut-être était-il encore possible d'entraîner les Barker dans le projet de logements. Mais elle n'avait aucune envie de revoir Fredrik. Il la rendait nerveuse et lui faisait perdre son calme, avec son arrogance.

Le mardi suivant, à deux heures précises, Jenny frappa à la porte ornementale des Barker. Cette fois, Fredrik ouvrit en personne. Il était en habit et attendait visiblement sa visite. Malgré le sourire charmeur qu'il affichait, elle restait méfiante.

— Bonjour, Mme Malmström. Le temps de prendre mon chapeau, nous nous rendrons directement à l'usine.

Il coiffa son couvre-chef et boutonna son pardessus noir muni d'un col de cocher à la mode.

— Puis-je vous accompagner ? demanda-t-il en lui offrant son bras.

Comme elle le toisait avec hésitation, il éclata de rire.

— Allons, un peu de courage ! Je ne mords pas. Je promets de me conduire en gentilhomme.

Elle rougit, gênée, mais prit son bras par politesse. Ils marchèrent ainsi dans la rue du Château. Jenny le regardait discrètement. C'était incontestablement un bel homme élégant, sans pareil dans toute la ville.

Se sentant observé, il tourna la tête en se retenant de rire, ce qui faisait pétiller ses yeux bruns.

— Eh bien, Mme Malmström, êtes-vous satisfaite de ce que vous voyez ?

Jenny rougit derechef et se mordit la lèvre.

— Je vous remercie pour l'invitation, M. Barker, dit-elle avec affectation. J'attends avec impatience de faire le tour de votre usine.

— Je nous ai réservé une heure pour la visite, après quoi nous prendrons le thé dans mon salon, se réjouit Fredrik.

Jenny le regarda sous son chapeau, méfiante. Cette soudaine cordialité ne manquait pas de l'étonner.

— Ce n'est pas nécessaire. Votre temps est trop précieux. Au demeurant, j'ai demandé à notre valet de venir me chercher dans une heure.

— Balivernes ! Je vous ai réservé tout l'après-midi. Je peux envoyer quelqu'un notifier votre valet, mon domestique vous reconduira à Sainte-Carine.

— Vraiment, je ne sais pas... marmonna Jenny.

Fredrik la coupa :

— Ne cherchez pas des prétextes, Mme Malmström. Je vais tout arranger.

L'usine n'était qu'à deux pas de la maison des Barker, en direction du château de Turku. Elle était bâtie sur une berge de l'Aura où les navires pouvaient commodément livrer le coton importé.

Fredrik conduisit Jenny dans la cour intérieure. Un portier s'inclina sur leur passage, coiffé d'un képi et vêtu d'un manteau noir croisé.

Le massif bâtiment de brique s'élevait sur trois niveaux parallèlement au fleuve. De part et d'autre, des entrepôts délimitaient la cour intérieure. Fredrik s'arrêta au milieu et tendit la main vers l'aile principale.

— Autrefois, mon père arriva en Finlande pour construire les usines Finlayson à Tampere. Ensuite, il fonda sa propre usine à Turku. Ce bâtiment sur trois niveaux fut achevé en 1847.

Au début, nous n'avions que neuf employés. Avec la demande croissante, l'usine fut agrandie. Aujourd'hui, nous employons plus de cent personnes.

Jenny regarda à l'intérieur par les grandes vitres à carreaux. Elle y vit d'immenses machines à filer manipulées par le personnel. Fredrik ouvrit la lourde porte et l'invita à entrer.

— Au sein de l'usine, nous avons à ce jour une filature, ainsi que des ateliers de tissage, d'impression et de teinture. Tout l'établissement fonctionne à la vapeur. Les cardeuses et les machines à filer, c'est mon père qui les a construites.

Sa voix était pétrie de fierté. Ils empruntèrent un couloir.

— La demande continue de croître, Saint-Pétersbourg commande beaucoup en ce moment, et nous avons de bonnes liaisons maritimes, ce qui permet de réduire les frais de transport. Il est prévu d'étendre nos activités dans un bâtiment de tissage encore plus grand, à côté, sur cinq niveaux. Vous me suivez, Mme Malmström ? J'espère que mes explications ne vous ennuient pas.

Jenny écoutait attentivement. Elle lui répondit en penchant la tête :

— Nullement, M. Barker, continuez, je vous en prie.

Il sourit et lui décocha un long regard qui la pénétra jusqu'aux orteils.

Ensuite, il ouvrit la porte d'une grande salle très bruyante, où des dizaines de machines filaient le coton. L'air était troublé par les particules en suspension. Comme cela faisait tousser Jenny, Fredrik lui tendit un mouchoir.

— Tenez ! cria-t-il pour se faire entendre par-dessus le vacarme. La poussière fait tousser, mais vous vous y habituerez vite !

Ils se placèrent sur le côté pour observer le travail. Toutes les machines étaient manipulées par des femmes. Elles étaient surveillées par un contremaître de sexe masculin. Les ouvrières firent la révérence devant leur directeur, et le contremaître s'inclina. Fredrik les salua en soulevant légèrement son chapeau.

De l'autre côté de la salle, Jenny remarqua une bande de gamins qui devaient avoir entre dix et quatorze ans. Tout à coup, le contremaître poussa un coup de sifflet strident, et les enfants se hâtèrent de remplacer les bobines pleines par des vides. Fredrik contemplait leur rapidité avec satisfaction.

— À cet étage, on file divers fils de coton à la fois ! cria-t-il. Ici, on produit du fil de chaîne, et là, du fil de trame ! À présent, nous pouvons continuer vers l'atelier de tissage !

Ils retournèrent dans le couloir. Jenny était soulagée de laisser le vacarme derrière la porte close.

— Que pensez-vous des conditions de vie dans notre usine jusqu'ici, Mme Malmström ? demanda Fredrik en souriant.

Jenny n'en pouvait plus :

— Pourquoi tous vos employés sont-ils des femmes ?

Fredrik parut étonné.

— Nous pourrions prendre aussi des hommes, bien sûr, mais ils refusent de travailler pour un si maigre salaire.

— Et vous trouvez cela juste ? insista Jenny avec un regard de défi.

— Je ne sais pas si c'est juste ou non, mais tel est le marché de l'emploi à ce jour, répondit Fredrik en haussant les épaules. Si les femmes acceptent de venir travailler pour un salaire plus bas que les hommes, ce n'est pas notre faute, si ?

Jenny aurait voulu continuer de protester, mais ils entraient alors dans l'atelier de tissage, à l'étage.

Le bruit était assourdissant, au milieu de ces énormes mécanismes. Devant chaque machine se tenait une opératrice, toujours une femme. Il y en avait de tout âge, y compris des fillettes qui servaient d'assistantes. Elles étaient visiblement épuisées. Jenny savait qu'elles étaient là depuis six heures. Elles en avaient encore six autres à tenir. Arpentant l'allée en costume et gilet, le contremaître surveillait le travail. De temps à autre, il regardait sa montre de gousset.

— Ici, on tisse le coton écru, blanchi et coloré ! cria Fredrik.

Il n'y avait pas autant de poussière que dans la filature, mais Jenny se remit à tousser. Fredrik jugea plus prudent de quitter la pièce.

Dans le couloir, la quinte de toux put enfin se calmer.

— Mais comment peut-on travailler au milieu de tant de bruit et de poussière ? N'avez-vous pas pitié pour ces petites malheureuses ? Ce n'est pas un endroit pour des enfants.

— Votre caractère empathique est tout à votre honneur, répondit Fredrik patiemment. Mais avez-vous songé que notre usine fournit du travail et pourvoit aux besoins des plus pauvres qui, autrement, passeraient leur temps dans l'oisiveté et dans le vice ? L'autre option, ce serait le dénuement et la mendicité.

Il se rapprocha d'elle.

— En période de famine, au contraire, les enfants sont placés à l'usine pour ne pas mourir de faim. S'habituer tôt au travail a un effet favorable sur toute leur vie. Il me semble que l'usine Barker rend un grand service à la société.

Cela recommençait : Jenny perdait son calme. Elle l'apostropha, les yeux en flammes :

— M. Barker, vous est-il venu à l'esprit que si vous payiez à vos employées un salaire suffisant, elles auraient les moyens de faire vivre leur famille, et les enfants pourraient aller à l'école au lieu de travailler ici douze heures par jour ? Pouvez-vous vraiment affirmer en toute franchise que vous trouvez cet endroit approprié pour les enfants ?

Fredrik se frotta les cheveux et regarda sa montre.

— Mme Malmström, je constate que nous avons de nouveau des avis divergents, mais je ne souhaite pas me quereller avec vous. Voudriez-vous voir aussi la teinturerie ?

Ils redescendirent. Jenny essayait de se calmer. Elle s'en voulait de s'être encore emportée. Le projet de logements en était toujours au même point. L'usine Barker n'y participerait sûrement pas.

Dans la salle du bas, de grandes cuves contenaient des teintures de diverses couleurs. Cette fois, il n'y avait ni machines tambourinantes ni poussière, mais les produits chimiques piquaient les yeux.

Le contremaître vint les saluer et présenter les différentes étapes de la teinture. Parmi les ouvrières, Jenny remarqua de vieilles femmes à fichu. Le contremaître hurlait, les incitant à travailler plus vite. Avec leurs doigts tordus, elles soulevaient tant bien que mal les écheveaux teints pour les mettre à sécher sur les supports.

Épouvantée, Jenny constata que Fredrik ne semblait rien trouver là d'anormal. Quand ils furent arrivés près des supports de séchage, l'une des vieilles eut une quinte de toux interminable. D'autres vinrent la soutenir, et elle sortit de sa poche un mouchoir ensanglanté.

— Emmenez-la ! ordonna Fredrik.

— Trop, c'est trop ! s'écria Jenny. Je croyais avoir vu toutes les formes possibles de mauvais traitements dans cette usine, mais ceci dépasse les bornes ! N'éprouvez-vous donc aucune pitié, aucun respect envers autrui ? Comment pouvez-vous traiter des personnes âgées comme du bétail ?

Elle accourut auprès de la vieille, qui était tellement sidérée par cet accès de fureur qu'elle avait cessé de tousser. Toute la salle était silencieuse face à cette situation invraisemblable.

— Écoutez, madame, je suis Mme Malmström. Mon valet va venir me chercher. Venez avec moi, je vous conduirai chez le médecin.

— Non, m'dame, répondit la vieille, épouvantée. J'peux pas partir, moi. Sinon j'perdrai mon emploi.

Alors Jenny tourna les talons et porta sa rage sur Fredrik Barker :

— Si vous faites cela, vous pouvez être sûr que je raconterai dans tous les journaux de Turku, sans exception, de quelle manière infâme vous traitez les gens ici.

Elle se redressa et foudroya Fredrik du regard.

— Eh bien ? Puis-je emmener cette malheureuse chez le médecin sans qu'elle perde son emploi ?

— C'est ce que j'étais en train de conseiller à Mme Haapanen avant que vous vous mettiez à crier, répondit Fredrik avec hostilité tout en passant un bras autour des épaules de la pauvre vieille apeurée. N'ayez pas peur, Mme Haapanen. Vous conserverez votre emploi, bien sûr, mais il faut qu'un médecin examine vos poumons. Le contremaître Helander va vous accompagner, vous vous allongerez et il fera venir un médecin. Après cela, vous rentrerez chez vous prendre du repos, et vous pourrez revenir travailler dès que vous aurez repris des forces.

Jenny était stupéfaite : Fredrik Barker parlait finnois couramment !

— Merci, merci, se confondit Mme Haapanen en faisant la révérence. M'sieur Barker est si bon.

Sans ajouter un mot, Jenny sortit de la salle au pas de course. Elle avait déjà quitté l'usine lorsque Fredrik la rattrapa. Saisissant sa main, il la força à se retourner.

— Qu'est-ce que cela veut dire ? s'exclama-t-il. Comment vous permettez-vous de crier ainsi, qui plus est devant mes subordonnés ?

Jenny avait presque retrouvé son calme. Elle le regarda avec défi et leva le menton.

— Vous allez me dire que vous avez aussi une bonne raison de faire travailler des personnes âgées ?

Fredrik se redressa de toute sa taille et écarta les bras.

— Ces personnes âgées auraient fini à l'hospice, n'ayant pas de famille pour s'occuper d'elles. Ici, elles trouvent un moyen de subsistance. Par ailleurs, nos employés bénéficient gratuitement des services du médecin qui vient une fois par mois.

Il la prit par les épaules et la regarda sévèrement dans les yeux.

— Vous n'admettez pas que les choses aient à la fois leurs bons et mauvais côtés ? Que vous le vouliez ou non, vous ne ferez pas passer les industriels pour de méchants exploiteurs. Je ne crois pas que vous soyez assez sotte pour vous interdire de voir la vérité.

Jenny était angoissée. Son esprit errait de-ci de-là. D'un côté, elle comprenait ce que Fredrik Barker voulait dire, mais sa morale ne tolérait pas qu'on fît du profit aux dépens des nécessiteux.

— Je vous remercie, M. Barker, pour la présentation de votre entreprise, conclut-elle d'une voix chevrotante. Je suis désolée d'avoir perdu mon calme. Je vous suis reconnaissante d'avoir confié Mme Haapanen à des soins médicaux. Je vous souhaite une bonne journée.

Elle hocha la tête et quitta l'enceinte de l'usine à toutes jambes. Le portier la regarda passer et souleva son képi. Fredrik Barker resta planté au milieu de la cour, désabusé.

8

Hyrry bondit sur le secrétaire, mais Jenny le chassa avant qu'il ne renverse encore l'encrier. Agacée, elle chiffonna la lettre qu'elle venait de commencer et la jeta par terre. Émerveillé par ce nouveau jouet, le chat donna un coup de patte dans la boulette pour l'envoyer sous le lit et courut après.

Jenny avait honte. Elle voulait demander pardon à Fredrik Barker mais ne savait pas bien comment s'exprimer. Elle avait pourtant pesé chaque mot. D'un autre côté, en se mettant en colère devant tout le monde, elle avait placé Fredrik dans une situation embarrassante face à ses subordonnés, ce qui était impardonnable. Elle en avait encore les oreilles toutes rouges, rien que de repenser à l'incident.

Il fallait reconnaître que Fredrik avait parfaitement géré la situation de Mme Haapanen. Contemplant les érables dans la cour, Jenny posa la tête dans sa main. Elle n'aurait jamais cru que l'arrogant Fredrik Barker parlât la langue des ouvriers. Décidément, cet homme réservait bien des surprises.

Jenny secoua la tête. En tout cas, elle pouvait dire adieu au projet de logements. Maintenant qu'elle avait tout gâché, même Vivi Malm n'arriverait plus à convaincre les Barker.

Heureusement, personne n'était au courant de sa visite. Mais après tout ce qui s'était passé, elle n'avait plus intérêt à croiser Fredrik Barker. Elle décida de fuir la ville comme la peste pour ne pas risquer de tomber sur lui par hasard. Sur cette résolution, elle se leva et se pencha pour aider Hyrry qui s'était accroché les griffes dans les franges du dessus de lit.

Le destin avait apparemment entendu le vœu muet de Jenny : pendant plusieurs semaines, elle ne vit plus Fredrik Barker. À vrai dire, elle n'avait pas eu le temps d'aller en ville car elle avait beaucoup de choses à faire avec Aina : les bougies à couler, le savon à cuire, la lessive, le repassage, la cuisine. Il pleuvait tous les jours sans interruption, le paysage n'était que grisaille et tons bruns. À cette saison, il n'y avait plus que quelques heures de lumière quotidienne. Quant aux routes, elles devenaient tellement boueuses qu'il était difficile d'y rouler.

Dès l'aurore, cette journée de Toussaint s'annonçait sinistre. Jenny sortit de bonne heure pour se recueillir sur la tombe de son mari et de son fils. Arrivée devant la pierre familière, sous le pin, une lanterne à la main, elle baissa la tête pour prier.

La semaine précédente, Kosti Vanhanen lui avait annoncé par lettre qu'il viendrait à l'église pour le culte de la Toussaint et espérait la revoir en cette occasion. Elle ne savait pas comment réagir à ses approches directes. D'un côté, elle admirait cet homme, son intelligence et ses nobles principes. Mais la mort de Matias était encore récente. Elle n'avait pas fini de faire le deuil de son mari.

Sur son lit de mort, Matias lui avait demandé de continuer sa vie et de se remarier tant qu'elle était encore jeune. Jenny avait la gorge nouée. Son mari était si bon ! Compréhensif et doux… Veuve, elle avait eu un peu de réconfort en attendant leur enfant, mais Mikael lui avait été enlevé à son tour. Elle s'essuya le coin des yeux et sursauta lorsqu'une corneille se posa sur une branche du pin en croassant avec insistance. Comme d'habitude, Jenny caressa la pierre tombale et retourna au presbytère.

À dix heures moins le quart, elle se rendit à l'église, où les fidèles arrivaient dans leurs vêtements noirs les plus solennels. Cette fois, M. Vanhanen l'attendait sur le parvis ; il vint à sa rencontre en soulevant son chapeau. Jenny regarda autour d'elle, embarrassée. Les gens allaient croire qu'ils étaient en couple.

— Très chère Mme Malmström, je suis heureux de vous revoir ! Entrons, il fait trop froid ici.

Jenny acquiesça, et il la conduisit à l'intérieur, un peu à l'écart.

— Puis-je demander comment vous allez ? s'enquit-il en souriant après un moment de silence.

— Merci, je me porte à merveille, répondit Jenny. Et vous ?

— Très bien, merci. En fait, je suis venu parce que je voulais vous inviter à l'Académie samedi prochain : la Société philharmonique y donne un concert. Je serais tellement heureux si vous acceptiez mon invitation !

Il l'implorait du regard. Jenny hésita. Certes, elle aimait beaucoup les concerts de la Société philharmonique, mais elle craignait de lui donner de faux espoirs.

— Je vois que vous hésitez, poursuivit-il. Peut-être vous demandez-vous si mon invitation est bien convenable. Mais mon ami le lecteur Aho viendra avec son épouse : inutile de réfléchir plus longtemps. Acceptez donc et dites oui !

— Merci, céda Jenny. Je viendrai avec plaisir.

Comme elle le gratifiait d'un petit sourire, M. Vanhanen hocha la tête avec satisfaction. Ils n'eurent pas le loisir de s'entretenir davantage car le chantre jouait déjà le morceau introductif, et ils se rendirent à leurs places respectives.

Après le culte, M. Vanhanen raccompagna Jenny. Des regards intrigués les suivaient. Il déclina poliment l'invitation à prendre le café au presbytère et souleva son chapeau.

— Au revoir, Mme Malmström. Je viendrai vous chercher samedi à cinq heures.

Jenny le regarda s'éloigner avec des sentiments mêlés. Comment avait-elle pu accepter d'aller au concert avec Kosti Vanhanen ? Il était doué pour vous embobiner !

Le fiacre arriva dans l'allée du presbytère à cinq heures précises. C'était une soirée froide et humide, présageant une averse de neige mouillée. M. Vanhanen ouvrit la portière, tendit la main et aida Jenny à monter. Elle s'attendait à voir le couple d'amis de M. Vanhanen dans l'habitacle et tressaillit en se trouvant seule avec lui.

Il se rassit et lut dans ses pensées, aussi voulut-il la rassurer :

— M. et Mme Aho viennent à pied, ils habitent juste à côté de l'Académie. Nous les retrouverons dans le hall.

Gênée par la situation, Jenny s'assit en face de lui. Il donna le signal de départ au cocher en tapant au plafond, et la voiture se mit en branle. Jenny se cramponna à l'accoudoir. Elle était agacée par cette façon qu'il avait de tout gouverner. Elle ne serait pas allée au concert du tout si elle avait su que cela impliquait de s'asseoir avec lui en tête à tête. En silence, elle regardait fixement par la fenêtre, ce qui ne rimait pas à grand-chose par cette nuit noire. On n'entendait que le rythme des sabots et le grondement des roues. Heureusement, M. Vanhanen n'était pas d'humeur bavarde, lui non plus, et il la laissa tranquille, mais elle se sentait observée.

L'ancienne Académie se trouvait à côté de la cathédrale. Lorsque le fiacre s'arrêta, Jenny ne put retenir un soupir de soulagement. M. Vanhanen l'aida à descendre. Des feux brûlaient au pied des marches pour le plaisir des visiteurs. Ils entrèrent et laissèrent leurs pardessus aux domestiques. Jenny avait mis sa robe de soirée à col ouvert et en soie noire froufroutante. Elle avait de longs gants noirs et un petit sac à main de velours assorti qu'elle avait brodé elle-même de petites perles ton sur ton.

Le lecteur Aho et son épouse attendaient dans le hall ; M. Vanhanen les présenta à Jenny. Le lecteur était un jeune homme sérieux, et son épouse était petite et simple. Ils lui plurent tout de suite. Après avoir échangé de brèves formalités, tous regardèrent autour d'eux avec admiration.

L'Académie était l'un des plus beaux bâtiments de la ville. Ses sols étaient de marbre poli noir et blanc, formant un motif d'échiquier. La blanche coupole de la grande salle était portée par de sombres colonnes de marbre inspirées de la Grèce antique. Les immenses lustres en cristal suspendus au plafond inondaient la salle d'une lumière chaude.

Les hommes accompagnèrent leurs dames à leurs places. La salle était déjà presque pleine. Apercevant de-ci de-là des personnes qu'elle connaissait, Jenny leur adressa des signes de tête. Elle regardait un peu craintivement autour d'elle, soulagée de ne pas voir Fredrik Barker parmi le public.

À six heures pile, l'orchestre de la Société philharmonique de la ville entra avec son maître de chapelle sur la scène ornée d'arrangements floraux, sous les applaudissements du public. En première partie, d'après le programme, les musiciens allaient jouer l'ouverture de l'opéra de Mozart *La Flûte enchantée.*

Jenny savourait calmement la musique en souriant toute seule. Tout à coup, M. Vanhanen posa discrètement sa main sur la sienne. Elle tressaillit. Sa première idée fut de retirer sa main, mais elle craignait de le vexer. À la place, elle ferma les yeux en tâchant d'oublier sa présence. Les notes rebondissaient sur les murs et formaient une musique ravissante. Jenny ne tarda pas à s'y absorber totalement.

À l'entracte, Kosti Vanhanen et le lecteur Aho menèrent leurs compagnes au foyer, où l'on servait du vin pétillant et du punch. M. Vanhanen leur apporta du vin sur un plateau, donna un verre à chacun et porta un toast en souriant.

— Cette soirée est très spéciale pour moi. Je voudrais porter un toast à nos somptueuses dames et à notre projet.

Ils trinquèrent, puis Jenny demanda avec curiosité :

— Puis-je demander de quel projet il s'agit ?

— Certainement, approuva M. Vanhanen. Le lecteur Aho et moi-même avons fondé aujourd'hui à Turku une association de travailleurs, avec pour revendications une journée de travail de dix heures, l'instruction gratuite pour tous et le droit de vote pour les ouvriers. Nous ferons notre possible pour que ces réformes soient approuvées par le Sénat.

Regardant les deux hommes avec surprise, Jenny leva son verre, les yeux brillants :

— Je souhaite de tout mon cœur le meilleur succès à votre projet !

Ils trinquèrent à nouveau et Jenny se pencha vers M. Vanhanen. Celui-ci enroula un bras possessif autour d'elle. Cette fois-ci, elle n'envisagea pas de retirer sa main et lui accorda un sourire.

En seconde partie, la Société philharmonique joua la *Symphonie du Destin* de Beethoven, en parfait accord avec l'état d'esprit de Jenny : elle se sentait pleine d'espoir et d'énergie. Le monde était en train de changer, l'avenir pourrait être meilleur, et l'homme assis à son côté allait y jouer un rôle majeur. Elle regarda Kosti Vanhanen, qui lui fit un clin d'œil et lui serra la main.

Au retour, dans le fiacre, M. Vanhanen parla avec enthousiasme des objectifs de son association de travailleurs. Maintenant qu'il avait achevé ses études de droit, il comptait employer son savoir et son zèle à défendre la cause des ouvriers. Jenny l'écoutait avec intérêt.

— Je vous admire, M. Vanhanen. Vous accomplissez vraiment de grandes choses, ce ne sont pas de vaines paroles. Pensez-vous que vous pourriez aussi défendre la cause des ouvrières ? Trouvez-vous juste que les femmes ne puissent pas étudier à l'université et qu'elles soient placées sous la tutelle de leur mari ?

Tandis qu'elle l'interrogeait du regard, M. Vanhanen secoua la tête, à la fois incrédule et passionné.

— Je n'aurais pas cru vous entendre défendre des idées féministes. Pour parler franchement, je trouve ces idées nuisibles, et les gens qui les expriment ne comprennent pas la société dans laquelle on vit ! Pourquoi les femmes devraient-elles faire de longues études ? C'est parfaitement inutile, puisque leur devoir le plus sacré est d'être des épouses et des mères, de s'occuper des enfants et du foyer. Quant à l'homme, il a pour tâche de travailler et de gagner de l'argent pour sa famille.

Il marqua une pause avant de poursuivre plus calmement :

— À mon avis, il serait dangereux de donner aux femmes le pouvoir de décision sur leurs affaires. Évidemment, une femme ne peut pas être aussi bien informée de ses droits que son père ou son mari. Le devoir des hommes est de prendre soin de leurs filles et de leurs femmes, et de les défendre.

Jenny était outrée. Il n'en fallait pas plus pour que l'aura de cet homme s'écroulât devant ses yeux. Elle se tut et rajusta ses gants. Quelle hypocrisie, de réclamer de meilleures conditions de vie pour les ouvriers tout en ne reconnaissant aucun droit aux femmes ! M. Vanhanen la dégoûtait. Comme il avait l'air différent, tout à coup, assis en face d'elle dans son costume sombre ! Un visage de poupée de cire, inflexible.

Jenny fut soulagée lorsque les lanternes extérieures apparurent dans l'obscurité du presbytère. Elle ouvrit la portière toute seule et sauta à terre devant le portail.

— Merci beaucoup, M. Vanhanen. C'était une soirée absolument mémorable, souffla-t-elle avant de disparaître à la hâte dans le noir.

Il cria quelque chose derrière elle, mais elle ne s'arrêta pas. Au bout d'un moment, elle entendit le véhicule s'éloigner. Elle soupira profondément. Il n'aurait manqué plus que cela, qu'il entre !

Elle alla droit dans sa chambre et se déshabilla très vite. Une fois de plus, elle s'était laissé tromper par l'apparence d'un homme et par ses manières agréables. Elle en avait sérieusement assez des hommes !

9

La dernière semaine de novembre, la première neige couvrit toute la vallée de l'Aura d'un épais manteau blanc. Le jardin du presbytère semblait sorti d'un conte de fées. Les branches nues dépassaient au milieu des parterres de fleurs ensevelis, et les sapins étaient coiffés de bonnets immaculés. Comme à son habitude, Jenny plaça dans le creux des branches une gerbe d'avoine et une boule de suif pour les oiseaux. Ils arrivèrent immédiatement pour picorer, comme s'ils l'attendaient depuis longtemps !

Puisqu'on ne pouvait plus rouler, on attachait les chevaux aux traîneaux. La glace de l'Aura n'était pas encore assez solide mais, le moment venu, on pourrait l'emprunter jusqu'à Turku. En janvier, la glace serait assez épaisse pour supporter un tel attelage. À ce moment-là, le trajet de Sainte-Carine au centre-ville deviendrait deux fois plus rapide.

À l'approche de Noël, les préparatifs avaient commencé, y compris au presbytère. Jenny apprit par son père que sa tante Mme Loviisa Helin allait venir passer le réveillon chez eux. Celle-ci vivait à Naantali, dans un petit logement de la rue du Monastère, avec sa domestique. Elle avait été mariée à un capitaine de navire mais était veuve depuis une vingtaine d'années.

Jenny n'aimait pas particulièrement sa tante. Depuis la mort de sa mère, elle avait pris à cœur de se mêler de son éducation et n'avait jamais cessé de la critiquer. La tante trouvait sa nièce insuffisamment pragmatique, trop originale. Jenny essayait toutefois de se montrer conciliante avec la sœur de son père. Au demeurant, elle leur rendait rarement visite.

De même, le doyen était très occupé en cette saison. Non seulement les cultes étaient plus fréquents que d'ordinaire, mais il allait aussi saluer les malades et les personnes âgées. Jenny dressa une liste de tâches à accomplir. Elle confectionnait les saucisses avec Aina. Il fallait préparer la bière de ménage à l'avance et passer les commandes à l'épicerie.

Cependant, le bal masqué organisé par l'Association des dames interrompit ces préparatifs. Jenny avait prévu de puiser son déguisement dans la mythologie grecque, mais elle devait encore se renseigner. Elle alla donc chercher un livre sur la Grèce antique dans la bibliothèque de son père. Forte de cette lecture, elle prit sa décision. Au bal masqué, elle serait la muse de la poésie : Calliope.

Parmi les muses présidant aux sciences et aux arts, Calliope était la plus âgée et la plus sage. Le déguisement ne serait pas trop compliqué à réaliser : Jenny n'avait qu'à dénicher quelques aunes de mince coton blanc, attacher le tout avec des barrettes ou des épingles à nourrice aux épaules et nouer une corde blanche à la taille. Pour donner un indice, elle pourrait tenir un livre de poésie à la main. Par la même occasion, cette tenue légère serait très commode, car il faisait toujours terriblement chaud dans ces soirées. Jenny avait des cheveux bruns jusqu'à la taille. Aina pourrait l'aider à les coiffer à la grecque. Dans le livre de son père, elle avait repéré une gravure qui pourrait servir de modèle.

Le doyen avait également acheté son billet pour le bal, et il comptait revêtir sa robe de pasteur. Comme Jenny riait et lui demandait de faire preuve d'un peu plus d'imagination, il avait dit en clignant des yeux qu'il serait Martin Luther !

Mais ce qui énervait Jenny par-dessus tout, c'était que Fredrik Barker et son père avaient acheté dix entrées.

Il faisait déjà nuit lorsque Jenny et son père arrivèrent parmi les premiers devant le palais du procureur municipal, les lanternes à gaz brillaient au bord de l'Aura. Ce magnifique bâtiment de pierre à deux étages se trouvait sur la berge, à proximité du port supérieur des navires à vapeur. Virkku tirant le traîneau, Viktor les déposa près de l'entrée. Il aida Jenny et le doyen à s'extraire des couvertures garnissant l'habitacle. Ils s'entendirent pour qu'il revienne les chercher à onze heures. Au pied des marches, de petits sapins étaient plantés dans la neige pour décorer, et des flammes s'élevaient dans des vasques de fer.

Par-dessus son déguisement, Jenny avait revêtu une vieille fourrure longue de sa mère, en renard. Elle était contente : son costume était très réussi. Aina avait frisé ses cheveux avec un fer chauffé sur la cuisinière, puis fixé le tout sur le dessus de la tête avec des barrettes, tout en laissant certaines mèches s'échapper librement. Pour finir, Jenny avait fait ressortir ses yeux au crayon noir. En contemplant le résultat devant le miroir, elle s'était trouvée méconnaissable !

— Grands dieux, m'dame ! s'était exclamée la gouvernante en battant des mains. Elle est belle comme une image !

Le procureur municipal et son épouse accueillaient les visiteurs dans le hall. Von Willebrandt était un homme de grande taille aux imposants favoris blancs. Il examinait ses invités avec bienveillance à travers son monocle. Les hôtes reçurent Jenny et son père amicalement.

Ayant laissé son manteau aux domestiques, Jenny plaça le masque blanc sur son visage. Elle sortit de son sac un bel ouvrage à reliure de cuir pour le tenir à la main : *L'Odyssée* d'Homère.

— Si je ne savais pas que tu es ma fille, je croirais que tu nous arrives tout droit de la Grèce antique, la félicita le doyen. Quelle réussite, ce déguisement ! Il te sied à merveille.

Jenny sourit, ravie. La grande salle de bal se trouvait à l'étage. Elle était décorée avec faste. Les domestiques avaient attaché des guirlandes de sapin tout autour de la pièce. Il y avait à boire sur un buffet, au milieu duquel trônait une pyramide de glaçons éclairée par des bougies multicolores. C'était une trouvaille géniale, car cela permettait en même temps de rafraîchir la pièce.

Alors qu'ils évoluaient parmi les invités en cherchant à les reconnaître, ils entendirent un grand cri derrière eux :

— Jenny, quel plaisir de te voir ! Cela fait si longtemps ! Tu es splendide !

C'était une grande femme svelte déguisée en princesse gitane.

— Beata Dahlström ! Quelle surprise !

Elle embrassa son amie. Beata était fille d'armateur ; elles avaient fréquenté ensemble l'école privée d'Augusta Heurlin, dédiée aux jeunes filles de la haute société, à l'angle de la place Nicolas, près de la cathédrale. Elles étaient devenues de bonnes amies. Après les études, Beata avait épousé un membre de la riche famille Dahlström, et elle avait maintenant deux petites filles. Jenny et Beata s'étaient revues après l'école de temps à autre, entretenant surtout une relation épistolaire.

Beata et le doyen se saluèrent chaleureusement, puis celui-ci s'éloigna pour rejoindre des connaissances.

— Tu es vraiment fascinante, Jenny ! Je ne t'ai pas reconnue tout de suite, s'émerveilla Beata en passant son bras dans celui de son amie pour l'emmener bavarder à l'écart. Alors raconte-moi tout ! Voilà presque six mois que nous ne nous sommes pas vues.

Elle déploya son éventail en dentelle noire et l'agita pour se rafraîchir. Les deux amies échangèrent les nouvelles tout en observant les invités masqués qui affluaient régulièrement dans la salle. Jenny reconnut Mme Malm déguisée en reine Victoria ; son mari était Otto von Bismarck avec son casque à pointe. Vint ensuite un Monsieur Loyal coiffé d'un haut-de-forme, accompagné d'une joyeuse troupe d'acrobates et de jongleurs. Puis ce fut le tour d'une effrayante bande de voleurs. Jenny et Beata tentaient de les reconnaître, en vain. Ils étaient trop bien grimés et leurs chapeaux couvraient leurs yeux.

Soudain, Jenny tressaillit en apercevant la grande silhouette de Fredrik Barker. Il était touchant à voir, déguisé en pirate. Il portait une chemise blanche à manches bouffantes avec de la dentelle aux poignets, un gilet en cuir brun et une culotte courte. Son col était grand ouvert. Il avait les cheveux en désordre et un bandeau sur l'œil. Sa barbe noire était en bataille. Sa ceinture était munie d'un poignard dans sa gaine.

Le regard de Fredrik Barker fit le tour de la salle et se posa sur Jenny. Elle se retira vite dans l'ombre du palmier à côté de la porte. Elle ne voulait pas se trouver face à lui. Heureusement, ce n'était pas difficile : la salle était presque comble. Avec tout ce brouhaha, il fallait hausser la voix. Depuis sa cachette, Jenny s'amusait à observer les jeunes femmes qui minaudaient autour de Fredrik. De toute évidence, il était un objet d'admiration et de désir. Chaque jolie princesse blonde en robe rose se pendait à son bras et riait exagérément fort dès qu'il ouvrait la bouche.

Une petite estrade avait été érigée au fond de la salle pour l'orchestre, et le maître de chapelle Fichtelberger s'y tenait en queue-de-pie. Il tapota son pupitre avec sa baguette pour capter l'attention du public :

— S'il vous plaît, s'il vous plaît ! Faites place à l'orchestre ! Faites place à l'orchestre !

La foule s'efforça de céder le passage aux six musiciens de la formation de chambre avec leurs instruments. L'industriel Rettig les suivit sur la scène. Il était impressionnant à voir, avec son costume et sa longue barbe. Ses moustaches étaient minutieusement cirées en tire-bouchon.

Rettig fit tinter sa cuillère contre son verre, et les gens se turent.

— Cher public, je vous souhaite cordialement la bienvenue au bal masqué organisé par l'Association des dames, commença-t-il en tournant les yeux vers Vivi Malm au premier rang. Je tiens à remercier tout particulièrement cette association qui fait un travail noble et important en faveur des indigents de notre ville. Les bénéfices de ce bal serviront d'ailleurs à fournir des manuels scolaires aux écoles ouvrières. Je propose un triple *hourra* pour l'Association des dames !

Il leva son verre, et les convives l'imitèrent, ébranlant la salle sous leurs cris :

— Hourra ! Hourra ! Hourra !

Jenny sourit à Beata, touchée par cette attention. Puis Rettig fit un geste pour rappeler les gens au silence.

— Ces derniers temps, nous avons pris conscience que les ouvriers avaient besoin de meilleurs logements, plus proches du centre-ville. Ils habitent actuellement d'innommables taudis à Raunistula et à Puolala, foyers de maladies, de misère et de délinquance. Nous avons mené des négociations, et je me réjouis de pouvoir vous annoncer que la manufacture des tabacs Rettig, l'usine de coton Barker, la fabrique de sucre Aura et le chantier naval Crichton vont fonder une société pour construire ensemble des logements modernes destinés aux ouvriers. Le loyer qui sera demandé correspondra simplement aux frais d'entretien et à de modestes taux d'intérêt.

L'annonce suscita un brouhaha et de puissants applaudissements, après quoi Rettig leva de nouveau son verre.

— Et maintenant, je vous souhaite à tous une excellente soirée. Amusez-vous bien !

Fichtelberger dressa sa baguette, et l'orchestre entama la première danse.

L'annonce avait donné le tournis à Jenny. Vraiment, les trois usines et le chantier naval s'étaient-ils tous lancés dans le projet de logements ? C'était absolument incroyable ! Même l'usine de coton ! Elle ne l'aurait jamais cru. Vivi Malm avait dû aller voir John Barker pour le faire changer d'avis. Elle secoua la tête, incrédule. Décidément, Mme Malm était une femme extraordinaire.

Tandis que Beata allait danser avec un officier russo-coréen, Jenny traversa la foule en direction de la reine Victoria. Les hommes se retournaient sur son passage. La consule s'entretenait joyeusement avec la maîtresse de maison. Jenny la prit par le bras.

— Oh, merci, Mme Malm ! Vous êtes fantastique. Comment avez-vous réussi à convaincre John Barker ?

Vivi Malm éclata de rire, tout étonnée.

— Pas du tout, Jenny. Quand je suis allée voir M. Barker, il m'a dit que son fils avait déjà donné son accord. Il avait changé d'avis. C'est donc Fredrik Barker que tu devrais remercier.

— En êtes-vous sûre ? demanda Jenny, ahurie.

— Certaine, confirma Mme Malm en souriant. C'est même lui qui a pris contact avec Rettig.

— Merci de me l'avoir dit.

Songeuse et gênée, Jenny hocha la tête et se retira pour aller chercher du punch. Par quel miracle Fredrik Barker avait-il changé d'avis ? Sous la pression des autres industriels ?

Jenny sursauta lorsqu'un sultan brun, moustachu, coiffé d'un turban blanc et revêtu d'une pèlerine la tira par la main. Il grimaçait de toutes ses dents blanches. Elle finit par le reconnaître.

— Mon Dieu, M. Vanhanen ! s'exclama-t-elle, les yeux écarquillés. C'est vraiment vous ?

Il rit gaiement et cria par-dessus la musique et le brouhaha :

— Mon déguisement n'est-il pas excellent ? Devinez ce que je représente !

— Je ne sais pas !

— Je suis déguisé en professeur Wallin ! Autrement dit, je suis Kosti Vanhanen déguisé en Georg Wallin déguisé en sultan. N'est-ce pas inventif ?

Il écarta les bras en pouffant, et Jenny rit avec lui.

— Votre costume est tout à fait ravissant. Vous êtes véritablement radieuse. Quel personnage de la Grèce antique êtes-vous ?

— Calliope, la muse de la poésie, avoua Jenny en rougissant de plaisir.

— Ah, j'aurais dû deviner, avec ce livre ! s'exclama-t-il en roulant des yeux. Puis-je vous demander de m'accorder cette danse, ô ravissante Calliope ?

Jenny saisit un peu à contrecœur le bras tendu par M. Vanhanen, car elle n'avait pas oublié leur précédente rencontre. Elle le suivit néanmoins dans la foule immense, parmi d'autres couples non moins saugrenus.

Tandis qu'elle évoluait sur la piste en observant les convives, Jenny sentit son attention attirée quelque part. Elle vit alors Fredrik Barker qui dansait avec une princesse rose au centre de la salle et sursauta en croisant son regard. S'emmêlant alors dans ses pas, elle marcha sur les pieds de son cavalier. Elle demanda pardon, tourna la tête en rougissant et se mordit la lèvre. Devait-elle aller remercier Fredrik Barker ? Attendait-il cela ? Elle ne voulait pas, mais peut-être allait-elle devoir ravaler sa fierté. Il avait tout de même fait une concession considérable.

Tout en dansant, M. Vanhanen bavardait de choses et d'autres, mais Jenny avait du mal à se concentrer. Elle accorda deux autres danses au sultan, après quoi ils allèrent boire du punch, M. Vanhanen leur frayant un passage.

Lorsqu'ils eurent vidé leurs verres, l'un des voleurs vint chercher Jenny pour danser, et M. Vanhanen lui céda sa dame à contrecœur. Après le voleur, elle dansa avec un magnifique monarque qui n'était pas moins que le roi Salomon. Elle reconnut l'architecte Kajanus. Finalement, épuisée par la danse et par la chaleur, elle demanda une pause à son roi. Celui-ci la reconduisit jusqu'au bord de la salle, s'inclina et se retira.

Sous la chaleur étouffante, le front de Jenny ruisselait de sueur. Les sons résonnaient dans la pièce, elle se sentait mal. Elle avait l'horrible impression d'avoir bu trop de punch. Louvoyant dans la foule, elle s'efforça d'atteindre le deuxième étage pour aller aux toilettes.

Là-haut, heureusement, c'était désert et il faisait merveilleusement frais. Elle s'essuya le visage avec un mouchoir. Mais à l'angle du couloir, contre toute attente, elle faillit percuter le large torse de Fredrik Barker. Comme elle perdait l'équilibre, il la saisit par le bras.

— Je vous demande pardon, commença Jenny avant de se taire en voyant l'étrange éclat qui émanait de ses yeux.

— Quelle coïncidence, Mme Malmström ! répondit Fredrik à voix basse. Vous m'avez encore fui avec obstination pendant toute la soirée, mais le hasard finit toujours pas nous réunir. Peut-être voudrez-vous faire ma connaissance ?

Elle se dégagea en évitant de regarder dans son col grand ouvert.

— Je n'ai aucune envie de faire votre connaissance, M. Barker, répondit-elle calmement alors que son cœur battait la chamade. Dans une si grande maison, heureusement, il est possible d'éviter votre compagnie, et il y a d'ailleurs visiblement des femmes beaucoup plus intéressantes que moi.

Il haussa un sourcil et éclata de rire.

— Je ne vous aurais pas crue si jalouse !

— M. Barker, vous êtes bien trop présomptueux ! explosa Jenny. Pourquoi donc serais-je jalouse ?

Il reprit son sérieux et regarda son costume.

— Pallas Athéna, je présume.

— Non, pas du tout, répondit-elle en fronçant les sourcils. Vous voyez bien que je ne porte pas de lance.

Fredrik vint tout près, et son regard la balaya de la tête aux pieds. D'une voix rauque, il lui chuchota à l'oreille :

— Je sais, vous êtes une sirène. Si je puis me permettre, vous êtes tout à fait ravissante, ce soir.

Jenny rougit jusqu'au cou et sentit des picotements dans tout son corps. Elle plongea le regard par terre.

— Merci, monsieur le pirate.

Elle resta un moment sans savoir quoi dire, puis elle repensa au discours d'ouverture.

— Je voudrais vous remercier, votre père et vous-même, de vous être associés au projet de logements. C'était pour moi une parfaite surprise, et je dois avouer que j'en suis extrêmement heureuse.

Elle sourit, gênée, en tripotant sa robe. Fredrik tendit la main et attrapa une boucle rebelle sur sa tempe. Elle sursauta et faillit bondir en arrière.

— Tout le mérite vous revient, Mme Malmström.

Jenny était stupéfaite. Quel jeu jouait-il ? Elle déglutit.

— Comment cela ?

— À vous de le deviner.

Il lui prit le visage et posa un baiser brûlant sur ses lèvres. Sous le choc, Jenny resta tétanisée. Les lèvres de Fredrik dévoraient les siennes. Le monde entier chancelait. Son sang brûlant bourdonnait. Le baiser était si ardent que ses jambes ne la portaient plus. Mais pour finir, revenant de loin, le bon sens reprit le contrôle de la situation. Elle repoussa Fredrik.

— Je vous demande pardon, M. Barker, gémit-elle avant de s'échapper dans le couloir en direction des toilettes.

Il la regarda s'éloigner avec des flammes dans les yeux.

Dans les toilettes, heureusement, il n'y avait personne. Jenny s'assit sur le banc, toute secouée, le temps d'apaiser son cœur et de reprendre son souffle. Elle était complètement bouleversée, elle n'aimait pas cela. Elle posa sa main tremblante sur ses lèvres. Ses pensées couraient dans tous les sens. Fredrik Barker l'avait embrassée ! Pourquoi ? Il avait une réputation de coureur de jupons. Comment une modeste veuve de pasteur pourrait-elle intéresser un homme pareil ?

Jenny se regarda dans le miroir. Elle avait des marques rouges dans le cou, les cheveux en désordre. Ses lèvres formèrent un petit sourire. Personne ne l'avait jamais embrassée ainsi. En même temps, elle s'en voulait. Elle avait perdu son contrôle et s'était laissé faire, ce qui était impardonnable. Décidément, elle avait dû boire trop de punch. Dieu merci, personne n'avait vu la scène. Autrement, tout le monde se serait moqué d'elle.

Jenny ôta son masque et rinça son visage à l'eau froide. Quelles que fussent les motivations de Fredrik Barker, elle ne se laisserait pas séduire une seconde fois. Elle attendit encore un peu. Puis elle pinça les lèvres avec résolution et sortit des toilettes. Heureusement, il n'était plus dans le couloir.

En fin de soirée, Jenny dansa avec Kosti Vanhanen et ses collègues, faisant de son mieux pour éviter Fredrik. Elle était encore tout excitée par son baiser, et la force des sentiments ne semblait pas décroître.

À plusieurs reprises, tandis qu'elle dansait la valse avec Kosti Vanhanen, elle sentit le regard de Fredrik, à l'autre bout de la salle, qui la piquait comme une flèche. Grâce à Dieu, il ne l'invita pas à danser.

Onze heures sonnèrent enfin, au grand soulagement de Jenny qui pouvait alors rentrer chez elle avec son père. M. Vanhanen les accompagna jusqu'au traîneau et borda Jenny sous les couvertures. Il resta dans la rue en agitant la main derrière le véhicule qui s'ébranlait, mais elle ne se retourna pas.

Les grelots tintinnabulant, ils s'engagèrent sur la route du Häme. Silencieuse, Jenny contemplait les étoiles. Elle était encore sous le choc des événements de la soirée. Sa respiration formait de la buée.

— Je suis désolé que tu aies dû partir si tôt à cause de moi, lui dit le doyen. Mes vieux os n'apprécient guère tant de chaleur et d'affluence.

— Pas du tout, père, répondit Jenny en secouant la tête. Moi aussi, j'en avais assez, j'étais ravie de partir.

— J'ai vu que tu passais beaucoup de temps avec M. Vanhanen. Serais-tu amoureuse de lui ?

Jenny sursauta.

— Non, répondit-elle rapidement. Je veux dire, oui, j'admire ses valeurs et ses objectifs, mais je ne suis pas amoureuse de lui.

Le doyen regarda le ciel, pensif.

— Moi, j'ai l'impression qu'il est amoureux de toi.

— Espérons que non, conclut Jenny doucement en s'emmitouflant mieux sous les couvertures.

La nuit fut agitée. Jenny avait mal à la tête à cause de l'excès de punch, et ses pensés confuses ne la laissaient pas en paix. Le baiser de Fredrik Barker tournait en boucle dans sa tête. Ses lèvres l'avaient transportée dans un état brûlant.

Pourquoi Fredrik l'avait-il embrassée ? Était-ce pour elle qu'il s'était associé au projet de logements ? Il ne pouvait pas s'intéresser à elle. Était-ce un jeu ? Se moquait-il d'elle ? Jenny fixait le plafond. Ils n'avaient rien en commun. Pourtant, Fredrik Barker avait quelque chose de fascinant qu'elle n'arrivait pas à qualifier précisément.

Elle reconnaissait qu'elle éprouvait pour lui une puissante attraction. Des étincelles volaient entre eux chaque fois qu'ils se rencontraient. Son esprit était hanté aussi par le visage de Kosti Vanhanen. Était-il vraiment amoureux d'elle ? Il avait déclaré cela avec force, mais était-il sérieux ? Et si M. Vanhanen la demandait en mariage ? Que répondrait-elle ? Elle l'appréciait, mais sa position vis-à-vis des femmes était ébouriffante. Elle ne pouvait pas se marier avec un homme qui voyait ainsi la condition féminine ! Et Fredrik Barker avait exactement la même attitude. Jenny se tourna si furieusement sur le côté que le lit se balança. Elle était libre de toute exigence masculine aussi longtemps qu'elle ne se remariait pas. En tant que veuve, elle avait parfaitement le droit d'agir comme bon lui semblait.

Jenny battit son oreiller et le retourna. Les hommes lui mettaient la tête en pagaille. Elle décida de ne plus penser à eux. Après la prière du soir, elle ferma les yeux, mais Fredrik Barker remplissait toujours son esprit. Elle finit par s'endormir et fit des rêves agités, peuplés de sultans et de pirates.

10

Heureusement, Jenny n'eut plus le temps de penser à Fredrik Barker ou à Kosti Vanhanen : les tâches de fin d'année monopolisaient son esprit. Il fallait rédiger les cartes de vœux et les expédier. Elle se rendait chez les plus démunis pour leur livrer l'aide alimentaire de la paroisse, du poisson salé et des flocons de céréales ; par la même occasion, elle apportait des chaussettes en laine tricotées par le club de couture et quelques pommes de Noël. Il était temps de procéder à un grand nettoyage. Il y avait les tapis à battre et les planchers à laver à la soude. Pour ces tâches, la petite Maiju de la ferme voisine venait en renfort.

La tante Loviisa arriva l'avant-veille de Noël. Son traîneau était plein de coffres et de valises, car elle comptait passer plusieurs semaines au presbytère. Jenny alla à sa rencontre avec Aina pour porter les bagages. Elle lui tendit la main pour l'aider à mettre pied à terre. La tante était petite et un peu voûtée, mais elle avait des yeux vifs.

— Bienvenue au presbytère, tante Loviisa ! s'exclama Jenny en se penchant pour l'embrasser. Je suis ravie que vous veniez passer Noël chez nous.

— Oui, oui. Bien sûr que je suis venue, à quoi bon passer Noël toute seule à Naantali quand mes parents proches habitent à peine à une demi-journée de distance ? répondit la tante avec un regard perçant. Pourquoi es-tu si maigre ? Tu ne manges pas assez ? Il faut que tu manges ou tu vas tomber malade. Et tiens-toi droite. Un dos droit, c'est le plus important, dans le physique d'une femme.

Tandis que Jenny se redressait, la tante prit son grand sac à main dans le traîneau.

— Eh bien, qu'attends-tu pour m'accompagner à l'intérieur ? s'exclama-t-elle avec une moue désapprobatrice. On ne va quand même pas rester plantées dans la cour toute la journée ? Je vais attraper la mort, moi !

Jenny soupira intérieurement. Le séjour de sa tante risquait de lui paraître bien long !

Comme le doyen était en visite chez les malades, Jenny la conduisit dans la chambre d'amis, adjacente à celle de son père. Elle avait demandé à Viktor de chauffer la pièce particulièrement fort, sachant que sa tante était frileuse. Elle avait mis des rameaux de sapin dans un vase et des décorations de Noël devant la fenêtre pour lui faire plaisir.

— Je vous en prie, ma tante. Reposez-vous, après ce voyage. Mon père devrait rentrer bientôt, nous dînerons ensemble dans la salle à manger.

— Heureusement, tu as eu le bon sens de chauffer cette pièce comme il faut. Je ne suis pas venue pour geler. Mais ces rideaux sont vieux comme Mathusalem ! Ils étaient déjà là du temps de ta mère. Enfin, tu devrais prendre plus de soin de cette maison.

— Oui, ma tante.

Jenny s'échappa en serrant les dents. Son père l'avait prévenue que sa sœur avait toujours été pénible, mais il l'avait rassurée en soulignant qu'elle n'était en visite que pour quelques semaines. Ensemble, ils tiendraient le coup.

Tandis qu'elle apportait le dîner avec Aina dans la salle à manger, le doyen Stenroos arriva et alla saluer sa sœur.

En l'honneur de la tante, on avait préparé son plat préféré : ragoût de rognons, gelée de groseilles et pommes de terre. De la salle à manger, Jenny entendait son insatiable flot de paroles pendant que le doyen l'accompagnait à table.

— Eh bien, je m'étonne que Jenny soit veuve depuis trois ans. Pourquoi ne l'as-tu pas remariée ? Elle n'est plus toute jeune, et ça ne va pas s'arranger avec le temps. Si ça continue comme ça, plus personne n'en voudra.

Le doyen tira la chaise pour sa sœur.

— Malheureusement, je ne puis exercer aucune influence en la matière. Jenny est une veuve majeure, elle a le pouvoir de décision sur toutes ses affaires. Libre à elle de se remarier ou non.

— Balivernes ! rétorqua la tante scandalisée. Bien sûr que tu peux exercer ton influence, c'est même le devoir d'un père ! Et toi, tu n'en as plus pour longtemps : que va-t-elle devenir ? Elle finira sur la paille !

Jenny commençait à en avoir assez qu'on parle d'elle comme si elle n'était pas là.

— Tante Loviisa, ne vous faites pas de souci pour moi. Mon père va bien, il ne mourra pas avant des années, si Dieu le veut, et de toute façon je pourrai parfaitement subvenir à mes besoins.

Sarcastique, la tante tourna vers elle son regard perçant.

— Et comment, si je puis me permettre ?

Jenny regarda son père avec incertitude.

— Je pourrais peut-être devenir enseignante ou dame de compagnie.

— Foutaises ! Tu vas te remarier, et sans discuter ! s'écria la tante en tapant sur la table avec ses jointures pour appuyer ses mots. C'est le seul moyen de sécuriser ton avenir. Si ton père ne te cherche pas un mari, je me chargerai des démarches.

Jenny et le doyen échangèrent un regard désemparé.

— Ce n'est vraiment pas nécessaire, ma tante. Je vous promets que je me marierai dès qu'un homme convenable se présentera.

C'était un pieux mensonge. La tante était absolument impossible !

— Brave fille, je savais bien que tu entendrais raison. Eh bien, dis-moi, quelqu'un s'intéresse-t-il à toi ?

— Je ne sais pas, ma tante. Je ne crois pas.

Jenny pensait à Kosti Vanhanen.

Une semaine plus tôt, M. Vanhanen était venu personnellement lui apporter un paquet enveloppé de papier kraft en la faisant jurer, l'œil pétillant, de ne pas l'ouvrir avant le soir de Noël. Jenny était gênée : elle n'avait rien acheté pour lui.

Ils avaient déjà offert les cadeaux à Aina et à Viktor : une grande quantité de coton à rayures pour elle et de nouvelles bottes en cuir pour lui. Ils les avaient reçus avec plaisir, elle en poussant des cris de joie, lui en marmonnant discrètement. Aina avait brodé des mouchoirs aux initiales de Jenny et de son père. Viktor avait tendu gauchement un sachet de tabac, à la grande joie du doyen. À Jenny, il avait donné une louche en bois taillée par ses soins. Jenny les avait embrassés tous deux en leur souhaitant un joyeux Noël avec la bénédiction de Dieu.

Le plus étonnant était que le facteur Nummelin avait apporté un colis de la part de Fredrik Barker. À l'intérieur, Jenny avait trouvé un cadeau emballé dans un beau papier, revêtu d'une écriture virevoltante : *Joyeux Noël, Mme Malmström, respectueusement, Fredrik Barker.* Elle avait hâte d'ouvrir ses deux paquets.

11

La veille de Noël, Jenny se leva de bonne heure. Elle avait encore beaucoup à faire. Il fallait décorer le sapin, dresser la table dans la grande salle et préparer les pains d'épices.

À Simola, les voisins avaient abattu des cochons en automne, et le fermier avait offert un jambon à la famille du doyen. Aina l'avait fait rôtir.

De bon matin, Viktor avait apporté un sapin. Jenny le décora avec des guirlandes en papier blanc et des rubans argentés. Elle attendrait le soir pour allumer les bougies sur les branches. Sur la cime, le valet avait fixé une grande étoile en papier argenté.

La longue table fut revêtue de la plus belle nappe en lin du presbytère ; dans le lustre, Jenny suspendit des rubans de soie qui retombaient au-dessus du service. Elle sortit l'argenterie et la porcelaine anglaise à motifs paysagers, héritées de sa mère. La petite Maiju avait tout astiqué la semaine précédente. Jenny plia joliment les serviettes blanches en forme de lis dans les assiettes et disposa les chandeliers en argent au milieu de la table. Elle contempla le résultat.

Aina et Viktor étaient partis passer Noël dans leur chalet. Jenny se débrouillerait bien toute seule pour servir le repas. Le valet avait apporté des gourmandises à Virkku, le cheval, et à Orvokki, la vache, et les chats de ferme avaient reçu une copieuse dose de lait. Pour les petits oiseaux, Jenny avait suspendu des gerbes d'avoine aux pommiers du jardin.

Elle alla dans la cuisine préparer le café, alluma une bougie sur la table et s'assit pour savourer son breuvage matinal en toute tranquillité. Son regard vagabondait par la fenêtre. C'était l'heure bleue, la neige luisait au clair de lune. Un couple de lièvres traversa le jardin en sautillant et alla gratter la gerbe d'avoine dans le creux des branches. Ils mangèrent un instant avant de disparaître, l'un derrière l'autre, sous la clôture. La paix de Noël pénétrait l'esprit de Jenny.

Elle croqua dans un gâteau aux dattes, prit une gorgée de café et ne put s'empêcher de rêvasser. Qu'était-il en train de faire, Fredrik Barker ? Il dormait sans doute, en pyjama de soie, sous un baldaquin. Jenny se ressaisit, jeta le marc dans le seau à ordures et sortit travailler.

Tante Loviisa dormit longtemps et se présenta dans la salle à manger vers neuf heures pour prendre le café avec le doyen. Elle portait une robe de serge noire, une veste et un châle en laine grise, ainsi qu'un bonnet blanc en dentelle. Elle lorgnait autour d'elle d'un air insatisfait.

— Enfin, nous sommes la veille de Noël. Jenny, pourquoi n'as-tu pas fait laver les vitres ? Je vois très bien qu'elles sont sales. Et ces tapis ! Ont-ils été battus ?

— Oui, ma tante, répondit-elle patiemment en lui servant le café. Les vitres ont été lavées cet automne, et Maiju a battu les tapis la semaine dernière. Tout est bientôt prêt.

— Mais ces vitres sont sales, c'est évident. Il aurait fallu les relaver !

Le doyen s'éclaircit la voix et posa sa cuillère dans son assiette de céréales.

— Pour ma part, je trouve que Jenny, Aina et Maiju ont fait un travail formidable. À présent, apaisons-nous pour passer le réveillon dans la bonne humeur. Après le repas, j'irai rendre visite à quelques malades. Pendant ce temps, Jenny pourra sûrement te distraire, ma chère sœur.

Voyant que son père tâchait de changer de sujet, Jenny le regarda avec gratitude.

— Tout à fait. Je serais ravie de faire la lecture à ma tante dans la bibliothèque. Et nous pourrions entonner des chants de Noël.

— Je n'aime pas les chants de Noël, maugréa la mégère avec une moue renfrognée.

— Peut-être des cantiques, alors, dit Jenny conciliante en comptant lentement jusqu'à dix.

Dans la bibliothèque, elle lut *Les Récits de l'enseigne Stål* à voix haute jusqu'à ce que sa tante commence à piquer du nez. Elle proposa alors une petite sieste, que tante Loviisa accepta de bon gré. Quel soulagement de la voir se retirer en bâillant pour aller faire un somme dans sa chambre !

Jenny voulait aussi apporter des bonbons aux enfants Wahlroos et Lehtonen, ainsi que du tissu en lin à Maiju. Elle avait confectionné des bonbons au caramel avec Aina, en mélangeant du sucre et du beurre. Ils étaient enveloppés de papier doré.

Le vieux fermier de Simola se promenait dans sa cour avec des bottines en tissu, sa toque de fourrure en biais. Il allait chauffer le sauna pour Noël lorsque Jenny entra dans la cour. Il lui cria que Maiju était au puits. Elle le remercia encore une fois pour le jambon.

— Mais y a pas d'quoi ! cria le fermier. Sûr qu'la famille du doyen elle a bien b'soin d'un jambon. D'ailleurs ç'tait un cochon qu'il avait vraiment bon caractère. Alors un bon Noël !

— Joyeux Noël ! souhaita gaiement Jenny.

Elle agita la main puis se dirigea vers le puits, où elle voulut aider Maiju à sortir le seau.

— Y a pas b'soin, m'dame ! J'vais y arriver. Vous risquez d'éclabousser vos habits.

Maiju sortit un plein seau d'eau et le posa par terre en le tenant par l'anse.

— Joyeux Noël, Maiju ! Je t'apporte un cadeau. Mais il ne faut pas l'ouvrir avant ce soir.

— À moi ? s'exclama Maiju, sidérée. Mais je... C'est pas pour moi...

Comme la jeune femme éclatait en sanglots, Jenny se pencha pour la prendre dans ses bras.

— Qu'est-ce qui t'arrive, Maiju ? Il n'y a pas de quoi être triste. Ce n'est qu'un cadeau ! la rassura Jenny en riant.

— C'est pas ça, moi j'pleure de joie ! bredouilla Maiju en s'essuyant les yeux. Oh merci, m'dame !

Maiju fit la révérence et prit le paquet avec la plus grande précaution.

— Eh bien, joyeux Noël, Maiju ! Je vais maintenant chez les Wahlroos.

Maiju n'en revenait toujours pas. Mais elle finit par afficher un grand sourire.

— Joyeux Noël, m'dame Malmström, et qu'Dieu vous bénisse !

Jenny continua son trajet de bonne humeur. Comme Maiju était heureuse !

La colline de Kuuvuori était un peu raide, Jenny était essoufflée. Elle avait appris que Kaisa Wahlroos était toujours alitée mais que sa maladie ne s'était pas aggravée. Heureusement, le père de famille avait trouvé un petit boulot dans les environs, à la ferme de Frants.

Les enfants Wahlroos jouaient dans la cour avec les voisins Lehtonen. Ils chassaient les rats. La Commission de santé leur octroyait une petite prime pour chaque queue. Elle remarqua avec soulagement que les enfants avaient tout de même quelque chose aux pieds, la plupart des bottines en tissu, les aînés des chaussures en cuir – en lambeaux, mais quand même.

En apercevant Jenny au portail, ils accoururent à sa rencontre.

— Y a m'dame Malmström !

Jenny fouilla dans son sac en riant.

— Bonjour, les enfants ! Je vous apporte des bonbons pour Noël. Mettez-vous en rang par ordre d'âge, du plus petit au plus grand, chacun aura un sachet.

Aapo Wahlroos se plaça énergiquement en tête de file – il venait d'avoir trois ans – et l'aîné des Lehtonen, Juho, en dernier. Chacun attendait sagement son tour. Jenny regardait avec pitié leurs vêtements sales et loqueteux. Mais ces haillons n'avaient pas l'air de les déranger. Ils souriaient avec bonheur tandis que Jenny leur tendait à tour de rôle un petit sachet en papier en leur souhaitant un joyeux Noël.

— Vous pouvez les manger tout de suite, mais vous en profiterez plus longtemps si vous les sucez avec parcimonie.

Les enfants contemplèrent leurs sachets comme le miracle de Noël, les yeux brillants. Aapo cacha tout de suite le sien dans sa chemise de peur que les grands le lui prennent. Il partit dévaler la pente en courant avec les autres garçons, son bonnet sale remuant sur la tête. Jenny les regarda s'éloigner avec nostalgie. Mikael aurait eu à peu près l'âge d'Aapo, s'il avait vécu. Des souvenirs lui revenaient à l'esprit, mais ce n'était pas le moment.

Elle se tourna vers Martta en souriant pour dissimuler son chagrin. La fille avait une robe raccommodée, de vieilles chaussures de sa mère, trop grandes pour elle, et un châle à carreaux avec un grand trou à l'épaule. Jenny lui remit aussi un sachet.

— Martta, voici des pruneaux. Je les ai trouvés à l'épicerie. Fais-les cuire dans l'eau, cela fera une bonne soupe avec la bouillie d'orge. Vous avez encore des flocons que j'ai apportés la semaine dernière ?

Martta fit la révérence et prit le sac.

— Oui, m'dame Malmström, répondit-elle avec un grand sourire de gratitude. Merci beaucoup, et joyeux Noël à vous et à m'sieur l'doyen !

Jenny savait que la famille n'aurait pas grand-chose d'autre à se mettre sous la dent.

— Salue bien tes parents et souhaite-leur un joyeux Noël. Je n'ai pas le temps d'entrer. Les préparatifs m'attendent.

— Oui, j'leur dirai, m'dame Malmström. Au r'voir !

Jenny salua encore les enfants d'un geste de la main et regagna ses pénates. Il lui restait beaucoup de choses à faire et la nuit tombait déjà.

Tante Loviisa dormait encore lorsque Jenny arriva, mais le doyen était rentré entre-temps. Dans la bibliothèque, il examinait à la loupe sa collection d'insectes, qu'il conservait dans une vieille boîte à cigares. Il regarda sa fille par-dessus ses lunettes.

— Tiens, Jenny, où étais-tu ?

Elle alla décrocher un tablier blanc pour l'enfiler.

— J'ai fait un saut à Simola pour donner un paquet à Maiju, et je suis passée apporter des bonbons aux enfants Wahlroos et Lehtonen. Ils nous souhaitent tous un joyeux Noël.

Le doyen rit de bon cœur et reposa une cétoine dorée dans la boîte à cigares, délicatement, avec les pinces.

— Ce sont de sacrés garnements, surtout les fils Lehtonen. Kaisa Wahlroos va-t-elle mieux ?

— Je n'ai pas eu le temps d'entrer la voir. En tout cas, la semaine dernière, elle allait déjà beaucoup mieux. Mais à présent, je dois me dépêcher de préparer le repas. Distrayez tante Loviisa lorsqu'elle se réveillera. Je peux vous apporter le café ici.

Plongé dans un ouvrage entomologique, le doyen suivait les lignes avec le doigt sans entendre ce que disait sa fille. Il leva la tête et regarda devant lui.

— Il n'a peut-être pas tort, ce Darwin…

Jenny secoua la tête en souriant et alla en cuisine.

Elle sortit de l'armoire le vieux livre de recettes de famille, abîmé par l'usage et sensiblement corné. Entre les pages, sur des feuilles volantes, sa mère avait noté ses propres recettes d'une écriture alambiquée. C'était l'un des objets les plus précieux de Jenny, elle le chérissait comme un trésor. Elle le feuilleta pour retrouver la fameuse recette du gratin de rutabagas consignée par sa mère. Le doyen en voulait à chaque Noël. C'était extraordinairement bon ; son secret consistait à mettre beaucoup de beurre et de crème. Le livre contenait aussi la recette du pain d'épices de sa grand-mère, notée derrière la couverture.

Jenny avait déjà préparé une plaque de pains d'épices et venait d'enfourner le gratin lorsqu'elle entendit la voix de tante Loviisa dans la bibliothèque. Il faisait nuit. Le café était prêt, sous le couvre-cafetière, et elle l'apporta avec les pâtisseries.

La tante était assise sur le sofa, à côté de son frère.

— Ah, te voilà enfin, Jenny ! Ton père m'a dit que tu faisais la cuisine. Décidément, je ne comprends pas pourquoi tu ne laisses pas cela aux domestiques. Enfin, tu es quand même la fille du doyen !

— Oh, ce n'est pas du tout pénible, répondit Jenny en posant le plateau sur la table basse. Avec Aina, nous avons tout préparé à l'avance. On voulait que les domestiques puissent célébrer le réveillon entre eux. Après tout, Noël, ce n'est qu'une fois par an, tante Loviisa.

— Oui, oui, grogna la tante. Ce n'est pas une raison pour se donner du mal.

La question ne méritant pas d'être débattue davantage, Jenny se contenta de hocher la tête.

— Profitez bien du café, je dois retourner en cuisine. Je pense que tout sera prêt pour cinq heures.

Elle alla enfiler ses vêtements de fête puis servit le repas dans la grande salle. Le sapin était magnifique entre les fenêtres à carreaux. Lorsqu'elle y alluma les bougies, il sembla s'animer.

Jenny s'arrêta pour admirer le service. En bout de table, les pommes de terre bouillies fumaient dans un bol. Au menu, il y avait de la salade, du fromage maison, de la merluche macérée et de la saucisse de Noël. Le jambon était au centre. Elle avait décoré l'os avec du papier doré. Les gratins de carottes et de rutabagas étaient servis dans des récipients en terre bruns, et une délicieuse odeur de Noël flottait dans la salle. En dessert, il y avait du riz au lait et de la soupe de pruneaux. Orvokki était tarie, mais Viktor s'était procuré de la crème à Simola et Jenny l'avait fouettée pour accompagner les pruneaux et le riz. Comme boisson, il y avait de la bière de ménage.

Après avoir allumé les bougies, Jenny appela son père et sa tante. Eux aussi s'étaient changés. Le doyen prit la Bible de famille sur la commode. La première page portait l'écriture estompée des ancêtres de Jenny : chaque naissance, mariage et décès d'un membre de la famille était soigneusement calligraphié. Le père ouvrit le livre solennellement et, debout, donna lecture de l'évangile de Noël. Jenny et sa tante s'apaisèrent pour écouter. Le doyen lut de sa voix calme ce texte antique que Jenny et sa tante Loviisa connaissaient par cœur.

— *En ce temps-là on publia un édit de la part de César Auguste, pour faire un dénombrement des habitants de toute la Terre…*

Il avait toujours lu ce texte le soir du réveillon. Tous trois baissèrent la tête, joignirent leurs mains et récitèrent le bénédicité.

Le repas était délicieux. Même tante Loviisa dégustait en silence. Jenny regardait son père et sa tante, dont le visage était plus avenant à la lumière des chandelles. Toute sa famille était là. Elle n'en avait plus d'autre. Mais elle balaya le chagrin de son esprit. C'était Noël, et elle était reconnaissante pour tout ce qu'ils avaient. Les Wahlroos lui faisaient pitié. Enfin, ils avaient tout de même de la bouillie de céréales et de la soupe de pruneaux sur leur table, en ce soir de fête.

Après avoir vidé deux assiettes, le doyen se renfonça dans son siège avec satisfaction et regarda les deux femmes avec un éclat espiègle au coin des yeux.

— Écoutez, mesdames, j'ai une surprise pour vous.

Perplexe, Jenny se demanda ce qu'il avait bien pu inventer. Il sortit alors une bouteille cachée sous la table.

— Par l'intermédiaire du docteur Pinello, j'ai pu mettre la main sur un vin italien exceptionnel. Portons un toast à notre santé !

Tante Loviisa poussa un cri de joie et tendit son verre à son frère.

— Du vin italien ! Eh bien, je ne serais pas contre un petit verre, en l'honneur de Noël.

Le doyen servit le vin dans les verres en cristal et ils trinquèrent.

— Joyeux Noël !

Les yeux de tante Loviisa pétillaient. Jenny n'en revenait pas. Sa tante était heureuse !

Après le repas, ils se retirèrent dans la bibliothèque pour boire du vin chaud, puis ce fut l'heure de distribuer les cadeaux.

Pour son père, Jenny avait acheté une jolie pipe neuve à l'épicerie, et le tabac le plus cher à la boutique de l'usine Rettig. En outre, elle lui avait tricoté d'épaisses chaussettes de laine. Ravi, le doyen s'empressa d'allumer sa nouvelle pipe.

Pour sa tante, elle avait trouvé les poèmes complets de Runeberg à la librairie Frenckell.

— Heureusement que tu as eu le bon sens de prendre Runeberg, se réjouit la tante. Je ne supporte pas ces nouveaux poètes au ton beaucoup trop libéral. Je ne comprends même pas pourquoi on imprime de telles foutaises !

Elle accompagna cette dernière remarque d'une moue désapprobatrice et secoua tellement la tête qu'elle faillit en perdre son bonnet en dentelle.

Ensuite, ce fut à Jenny d'ouvrir ses cadeaux. Elle commença par le paquet de son père et poussa un cri de joie : c'était un livre sur les pyramides d'Égypte.

— Père, vous vous êtes souvenu ! J'ai pourtant cherché des ouvrages d'égyptologie à la librairie Frenckell, mais il n'y en avait pas. Où avez-vous déniché celui-ci ?

— J'ai demandé à la librairie Frenckell de le commander à Helsinki, expliqua le doyen avec un grand sourire. Cela m'a coûté quelques efforts, mais je savais que ce serait le cadeau parfait.

Jenny admira le livre, puis elle ouvrit le coffret en velours vert offert par sa tante. Il contenait un bracelet en or gravé à ses initiales. C'était certainement très précieux ! Elle le passa à son poignet et le contempla avec émotion, puis se tourna pour embrasser sa tante.

— Oh, tante Loviisa ! Comme il est beau, c'est tout à fait incroyable ! Vous n'auriez pas dû m'offrir un cadeau si précieux. Merci !

Un rare sourire apparut sur le visage de la tante.

— Je t'en prie, Jenny. Je voulais t'offrir quelque chose de beau, parce que tu es encore jeune, avec l'avenir devant toi, ne l'oublie pas. Tu ne dois pas te retirer si tôt du tourbillon de la vie, mener une existence d'ermite comme ton père et moi l'avons fait. Va aux bals, au théâtre, jouis de tout ! J'ai pu être sévère avec toi, mais rappelle-toi que c'était par amour.

Elle serra la main de sa nièce, les yeux scintillants. Jenny la regarda avec étonnement. Avait-elle bu trop de vin rouge ?

— Oh, merci ! Ma tante m'est chère, à moi aussi.

Jenny s'excusa et se retira dans sa chambre sous prétexte de lire le livre offert par son père. En fait, elle était impatiente d'ouvrir les paquets de Kosti Vanhanen et de Fredrik Barker en toute tranquillité, ne voulant pas attiser la curiosité de sa tante à l'idée qu'elle eût des admirateurs. Elle embrassa son père et leur souhaita un joyeux Noël.

Ils restèrent tous deux dans la bibliothèque pour savourer cette sainte nuit. Assis dans son fauteuil à bascule, le doyen fumait sa nouvelle pipe à la lueur des chandelles et écoutait sa sœur aînée lire les poèmes de Runeberg de sa vieille voix chevrotante. Hyrry chercha un bon endroit dans le coin du sofa, s'y pelotonna et s'endormit.

Avant de se retirer, Jenny prit soin d'éteindre les bougies du sapin, n'osant pas les laisser brûler pendant la nuit. Elle laissa les plats sur la table – pour le lutin du foyer, comme de coutume. D'ailleurs, elle pourrait aussi en profiter pour revenir grignoter, vu qu'elle comptait passer la nuit à lire.

Enfin, elle fila dans sa chambre et sortit les deux paquets cachés sous le lit.

Elle déballa d'abord le cadeau de Kosti Vanhanen : un livre de Topelius intitulé *La Belle Vieille Finlande*. Elle tourna les pages. C'était un ouvrage passionnant qui présentait les provinces finlandaises avec des illustrations. Jenny en eut un chaleureux sentiment de gratitude.

Enfin, d'une main un peu tremblante, elle ouvrit le paquet de Fredrik Barker. C'était un livre joliment relié : *Ibsen – La Maison de poupée*. Elle n'avait jamais entendu parler de cet auteur. Et pourquoi Fredrik Barker lui avait-il offert un livre ? Sous-entendait-il par là qu'il s'intéressait à elle ? Elle rougit en repensant à son baiser fougueux.

Après de rapides ablutions, elle enfila sa chemise de nuit, approcha la lampe à huile sur la table de chevet et se glissa sous la couverture avec le livre. Elle sortit du tiroir une petite boîte de chocolats à la décoration dorée, achetée à cet effet à la pâtisserie d'Augusta Wiberg, rue du Château. Quoi de plus agréable que de veiller la nuit de Noël avec un livre et des chocolats ? Elle en prit un aux noisettes, soupira de bonheur et tourna la première page du cadeau de Fredrik. Elle ne tarda pas à être envoûtée, et le temps se volatilisa.

La Maison de poupée était une pièce de théâtre qui se déroulait justement à Noël. La protagoniste, Nora, était mère de trois enfants et mariée à l'avocat Torvald Helmer. Pendant trois jours, le choix qu'elle avait fait par le passé revenait par surprise bouleverser sa vie. Torvald la trouvait belle comme une poupée dont il tirait les ficelles, mais en fin de compte Nora n'acceptait pas cette situation : elle déclarait qu'elle était un individu à la pensée indépendante, doué de force et de volonté. Toute la chimère échafaudée par Torvald s'écroulait. À la fin, Nora quittait sa famille.

Jenny lut le livre d'une traite. En le reposant, elle était toute excitée. Avec quel raffinement Ibsen décrivait la condition féminine ! Et quelle décision aussi courageuse qu'insolente Nora prenait à la fin ! Mais son acte était-il juste ? Jenny aurait grandement voulu en discuter avec quelqu'un, mais elle savait que même pour son père ce livre serait trop subversif. Fredrik Barker l'avait-il lu ?

Lorsque l'horloge de la salle sonna quatre coups, Jenny tressaillit. Inutile de chercher à dormir, à présent, ils allaient bientôt partir pour le culte. Elle se leva en s'étirant, enfila sa robe de chambre par-dessus sa chemise de nuit et mit des chaussettes en laine. Elle se faufila dans la salle sans faire de bruit pour ne par réveiller les autres. En chemin, elle faillit trébucher sur Hyrry, apparu de nulle part entre ses jambes. Elle sursauta et se couvrit la main avec la bouche pour retenir un cri.

— Viens, Hyrry, allons manger du jambon, chuchota-t-elle.

Le matou la suivit dans la salle en miaulant.

Assise à la lumière d'une chandelle, tandis qu'elle donnait des morceaux de jambon au chat, elle se demanda pourquoi Fredrik Barker lui avait offert précisément ce livre. Que voulait-il dire par là ? Approuvait-il la décision de Nora ou la réprouvait-il ? Oserait-elle lui poser la question ?

12

Tante Loviisa honora le presbytère de sa présence pendant deux semaines encore, mettant la patience de Jenny à rude épreuve. Après Noël, elle redevint comme avant, râlant dès le matin pour un oui ou pour un non. Jenny et le doyen se réfugiaient dans leurs travaux respectifs, mais le soir ils passaient du temps avec elle dans la bibliothèque, à lire des journaux ou des livres, et à discuter du cours du monde.

Jenny avait envoyé une lettre de remerciement à Kosti Vanhanen pour son cadeau de Noël, mais elle n'avait pu se résoudre à écrire à Fredrik Barker. Ses intentions demeuraient insaisissables. Elle pourrait lui poser la question s'ils se revoyaient un jour. Mais souhaitait-elle vraiment le revoir ? Ses sentiments étaient mêlés. Elle était peut-être éprise de lui, mais leurs valeurs étaient de planètes différentes. D'un côté, il avait accepté de soutenir les logements ouvriers ; toutefois, si c'était uniquement pour elle, cela ne jouait guère en sa faveur.

Deux jours après l'envoi de la lettre, Kosti Vanhanen se présenta au presbytère. Il apportait une bouteille de cognac en cadeau.

Ils burent le café dans la grande salle. Le doyen servit le cognac aux messieurs, et aux dames une liqueur de cerise élaborée par Aina en automne.

Kosti Vanhanen était d'agréable compagnie ; il demanda des nouvelles de Naantali à tante Loviisa. Après le café, il leur lut des extraits du livre de Topelius *La Belle Vieille Finlande* qu'il avait offert à Jenny.

— Écoutez donc, Mme Helin, ce que Topelius écrit au sujet de Naantali : « L'été, l'on aperçoit quelquefois la fumée d'un vapeur ; le navire à voile et à vapeur *Runsala* ou l'un de ses successeurs arrive de Turku, amenant des voyageurs d'agrément qui se sentent ici en pleine campagne, à l'instar de ceux de Saint-Pétersbourg à Helsinki. »

Il leva son regard du livre et sourit à tante Loviisa.

— N'est-ce pas incomparablement formulé ?

La tante approuva avec satisfaction et le regarda avec des yeux brillants.

L'après-midi, Kosti souhaita à tous une bonne année avant que Viktor le raccompagnât à Turku. Il adressa à Jenny un regard éloquent en lui serrant la main dans le vestibule.

— J'espère vraiment vous revoir le plus souvent possible l'année prochaine.

— Merci, M. Vanhanen, répondit Jenny, gênée.

Lorsqu'il fut parti, tante Loviisa se tourna vers sa nièce avec enthousiasme.

— Quel charmant gentilhomme ! Il est amoureux de toi, Jenny, cela ne fait aucun doute ! J'ai vu comment il te regardait. Ton père dit qu'il est lecteur et journaliste. Il faut que tu passes à l'action et que tu te maries avec cet homme, déclara la tante en frappant par terre avec sa canne. C'est peut-être ta dernière chance ! Écoute un peu mon conseil : essaie de voir ce M. Vanhanen le plus possible et sois agréable avec lui. Ne va surtout pas dévoiler tes idées farfelues !

— Oui, tante Loviisa. Non, tante Loviisa, bien sûr.
Jenny tâchait de garder son calme.

Après l'Épiphanie, la tante annonça enfin qu'elle retournait à Naantali. Ce fut pour tous un soulagement. Viktor attela Virkku au traîneau du presbytère et la reconduisit chez elle. Comme le trajet prenait une demi-journée, on leur prépara des provisions.

Jenny et le doyen se tenaient sur les marches. Emmitouflée sous la couverture, tante Loviisa agita la main tandis que le traîneau se mettait en branle.

— Portez-vous bien, et n'oubliez pas de m'écrire, moi qui suis votre seule parente !

Ils agitèrent la main jusqu'à ce que l'attelage disparût derrière l'église. Puis ils se regardèrent en soupirant. Chacun savait ce que pensait l'autre.

Le mois de janvier approchait de son terme. Un feu douillet grondait dans le poêle ; assise dans un fauteuil, Jenny reprisait de vieilles chaussettes. Le doyen lisait une lettre dans son fauteuil à bascule.

— Écoute un peu, ma fille ! Voici d'agréables nouvelles : le nouveau pasteur de la paroisse Sainte-Marie, Ivar Tallgren, a enfin emménagé avec sa famille. Il nous invite aimablement à lui rendre visite vendredi prochain.

Jenny leva la tête.

— C'est formidable que des gens s'installent enfin au presbytère de Sainte-Marie. Il était vide depuis si longtemps ! Vous connaissez cette famille Tallgren ?

Le doyen alluma sa pipe et donna de l'élan à son fauteuil.

— Ils sont originaires d'Ostrobotnie, si je me souviens bien, mais dernièrement Ivar Tallgren était pasteur à Ruovesi. Il paraît que sa femme Maria est très active socialement et a de nombreux centres d'intérêt. Je crois que vous avez beaucoup en commun, toutes les deux. Et ils ont de jeunes enfants.

La paroisse Sainte-Marie était voisine de Sainte-Carine, de l'autre côté de l'Aura. Du parvis d'une église, on apercevait l'autre. Et depuis ces deux édifices médiévaux, on pouvait voir au loin le clocher de la cathédrale de Turku. Entre leurs presbytères, il devait y avoir deux verstes à peine à vol d'oiseau, mais en traîneau il fallait faire un détour par le pont de Halinen pour traverser l'Aura. Cela dit, le trajet n'était pas long. Traditionnellement, les deux doyens travaillaient toujours en coopération, leurs paroisses étant adjacentes. Jenny avait hâte de rencontrer ses nouveaux voisins.

Le presbytère de Sainte-Marie se trouvait juste à côté de l'église. Ils entrèrent dans la cour sous la conduite du doyen Stenroos. Le bâtiment était crépi de jaune, sur deux niveaux. Le valet vint s'occuper de Virkku tandis qu'ils descendaient de traîneau, et les maîtres de maison sortirent les recevoir sur le pas de la porte. Ivar Tallgren était un bel homme d'âge moyen, grand, avec des yeux foncés ; son épouse était petite, gracieuse et brune. Elle salua ses visiteurs, le regard pétillant :

— Bienvenue de tout cœur au presbytère de Sainte-Marie ! Entrez vite vous réchauffer. Allons boire et manger quelque chose de chaud dans le salon, cela vous fera du bien.

Un groupe de gamins curieux tendait le cou derrière les parents. Tout le monde se serra la main, y compris les enfants timides. Ils étaient quatre : les deux fils aînés Oiva et Kaarlo, leur jeune sœur Aili et le petit Mikko, collé à la jupe de sa mère, qui n'osait pas lever les yeux. Mme Tallgren expliqua que la petite dernière, Anna-Maria, était déjà couchée.

Le pasteur les conduisit dans une salle confortable. Le poêle ornementé était allumé et la table dressée devant.

— Venez près du feu, il y fait chaud.

Mme Tallgren fit asseoir ses invités. Son mari prit place à côté du doyen Stenroos ; Jenny et la mère de famille, de l'autre côté de la table. Mme Tallgren envoya les enfants dans leur chambre auprès de leur gouvernante pour que les adultes puissent bavarder tranquillement.

Ivar Tallgren porta un toast.

— Comme ma femme vous l'a dit, vous êtes vraiment les bienvenus au presbytère de Sainte-Marie. C'est formidable que vous veniez nous rendre visite. Nous avons entendu beaucoup de bien du doyen de Sainte-Carine et de sa fille, et nous espérons que nous pourrons nous lier d'amitié et travailler en coopération pour le bien de nos paroisses. Portons donc un toast à notre nouvelle amitié !

Jenny et son père levèrent leurs verres en souriant.

— Tout le plaisir est pour nous, répondit le doyen Stenroos. Nous sommes enchantés par votre invitation. Je suis ravi de faire votre connaissance. *Skål* à notre nouvelle amitié !

La soirée fut un succès. La cuisinière du presbytère leur avait préparé un repas exceptionnel. En entrée, ils dégustèrent du lavaret fumé et de la tête de porc en gelée ; et comme le doyen l'avait deviné, Jenny et Mme Tallgren avaient beaucoup en commun. La dame raconta qu'elle avait étudié à Raahe, à l'école des demoiselles de Gustava Ekström, et qu'elle aimait lire.

— Si seulement je pouvais toujours lire, ne jamais rien faire d'autre, dit-elle d'un ton rêveur, je connaîtrais certainement la félicité terrestre.

Elle aurait aimé étudier au séminaire de Jyväskylä, mais son père ne le lui avait pas permis. En effet, M. Montin avait scolarisé ses fils, mais ses filles avaient dû se contenter d'apprendre à faire la cuisine, la lessive et les tâches ménagères.

Décidément, l'épouse du nouveau pasteur de Sainte-Marie était une femme intelligente, instruite et idéaliste, qui avait un grand désir d'agir pour le bien de sa patrie, d'améliorer la condition féminine et d'aider les pauvres. Jenny avait trouvé là une âme sœur.

De son côté, le doyen Stenroos était en pleine conversation avec Ivar Tallgren, ils avaient beaucoup de questions paroissiales à aborder. Lorsque Jenny parla du Cercle éducatif du docteur Pinello, ses hôtes exprimèrent le désir de s'y joindre. À Raahe, Mme Tallgren avait été membre d'un club de lecture où les femmes lisaient Franzén, Runeberg et Topelius. Aussi Jenny l'encouragea-t-elle à se joindre à l'Association des dames.

Après le hors-d'œuvre, une domestique vint ramasser les assiettes puis Mme Tallgren l'aida à apporter le plat chaud sur la table. Les plats et les bols contenaient du rôti d'élan, du ragoût de champignons, des petits pois, des pommes de terre et de la confiture d'airelles.

Jenny se tourna vers la maîtresse de maison :

— Dites-moi, avez-vous lu Minna Canth, de Kuopio, qui parle de féminisme ?

— J'ai lu *La Femme de l'ouvrier*, répondit Mme Tallgren. C'est une histoire tout à fait choquante. Quelles injustices les femmes ne doivent-elles pas affronter, avec notre position qui est si faible et certains hommes qui en abusent sans scrupules !

— Je viens de lire son roman *Hanna* ! La jeune fille qui souhaitait étudier voit ses rêves échouer à cause du mariage et subit alors une véritable pétrification mentale.

Mme Tallgren coupait ses pommes de terre avec colère.

— Le meilleur moyen d'obtenir l'égalité est de scolariser les filles. C'est absolument primordial ! Il faut donner aux filles la possibilité de développer leur faculté de jugement, de devenir des femmes égales, hors du carcan de préjugés idiots.

Elles s'entretinrent longuement de littérature, puis Jenny mentionna son intérêt pour la conférence du Cercle éducatif sur l'égyptologie.

— Écoutez, Mme Malmström, s'exclama Mme Tallgren captivée. Je vous comprends très bien. À Raahe, j'étais représentante de la Société archéologique de Finlande. J'interrogeais des personnes âgées de l'époque de la Guerre de Finlande[1], collectais des objets antiques et des histoires locales. J'ai été enchantée d'apprendre notre mutation à Turku. Cette région est le berceau de notre culture et de notre vie religieuse. C'est ici que tout s'est passé. D'ailleurs, l'église Sainte-Marie a plusieurs siècles d'ancienneté. Savez-vous s'il y a autre chose d'antique dans les environs ?

Le doyen Stenroos s'essuya la bouche avec sa serviette et reprit du rôti.

— Maintenant que vous posez la question, Mme Tallgren, il me revient à l'esprit qu'il y a le domaine de Koroinen, dans les environs. Le vieux fermier Matti m'a parlé de son meilleur champ, sur le cap, au confluent de l'Aura et de la Vähäjoki : il y a là des pierres ensevelies sous la terre, et la charrue en aurait fait remonter qui portent des inscriptions. Sur ce cap, on peut voir aussi de grands blocs qui ressemblent aux fondations d'un bâtiment considérable, mais nul ne sait ou ne se rappelle quel bâtiment il aurait bien pu y avoir là.

— Tu as entendu, Ivar ? s'exclama Mme Tallgren en tapant des mains. Il faut que j'aille interroger le fermier de Koroinen au plus vite ! Dès la fonte des neiges, j'irai voir cet endroit. Je connais l'archéologue d'État J. R. Aspelin, je pourrai lui écrire en cas de besoin.

— On dirait que mon épouse a trouvé une nouvelle passion, et j'en suis ravi, s'amusa Ivar Tallgren en souriant avec bienveillance. Je pense que nous nous sentirons vite chez nous, à Sainte-Marie.

---

1. La guerre de 1808-1809 entre la Suède et la Russie aboutit à la cession des territoires orientaux de la Suède et à la création du grand-duché de Finlande sous la souveraineté du tsar.

— Je le crois aussi, s'exclama Mme Tallgren en riant de bon cœur. Mais passons donc dans le salon pour le dessert. J'ai réussi à nous procurer des citrons confits à l'épicerie coloniale, ainsi que des fromages français et des biscuits salés !

La fin de soirée se déroula sous les auspices d'une joyeuse conversation, et les visiteurs ne regagnèrent le presbytère de Sainte-Carine que tard dans la nuit, fatigués mais satisfaits.

Dans son lit, Jenny veilla encore longtemps à la lumière de la bougie, écoutant les mulots qui galopaient au grenier. Assis aux aguets sur la table, Hyrry fixait le plafond.

En émoi, Jenny se répétait ses conversations avec la femme du pasteur de Sainte-Marie. Quelle surprise, de trouver une personne qui abordait les choses à peu près comme elle ! Elle n'avait pas vu le temps passer, elle ne se rappelait pas la dernière fois qu'elle avait pris autant de plaisir à une conversation. Cela ne faisait que la conforter dans l'idée que les femmes devraient avoir la possibilité d'étudier et le droit de voter. L'injustice du monde était tellement rageante que Jenny n'en trouvait pas le sommeil. Mme Tallgren avait donné un nouvel élan à son esprit rebelle !

13

Le soleil de février et la clarté des neiges printanières mettaient tout le monde de bonne humeur, au presbytère de Sainte-Carine. Jenny avait fait une longue promenade à ski sur l'Aura gelé jusqu'à la métairie de Paaskunta. Elle rentra l'après-midi avec les joues rouges, tout essoufflée, pour préparer le dîner. Après avoir posé ses skis et ses bâtons contre le mur de la véranda, elle tapa des pieds pour en faire tomber la neige.

L'entendant entrer, Aina cria :

— Que m'dame elle vient dans la cuisine, y a du jus de groseilles bien chaud. Ça doit être bon ! Elle a vu des connaissances, en ch'min ?

S'asseyant pour boire, Jenny regarda Aina qui pétrissait laborieusement la pâte à pain devant la fenêtre.

— Je n'ai vu personne à part des valets qui sciaient de la glace au niveau des rapides de Halinen.

— Ç'tait sûr'ment les valets d'Komoinen. Ça, dans not'cave à nous, c'est pas la glace qui manque. On aura plus b'soin d'en rajouter p't-être de tout l'hiver. Mais grands dieux, j'allais oublier ! s'exclama Aina en gesticulant avec ses mains farineuses.

Y a Nummelin qu'a amené une lettre pour m'dame. J'ai mis l'courrier sur la tab'de la bibliothèque.

Jenny la remercia pour le jus de fruits et alla chercher la lettre. L'expéditrice était Beata Dahlström. Joyeuse, elle s'installa dans le fauteuil pour en prendre connaissance.

Son amie la remerciait pour la dernière fois et se réjouissait de leurs retrouvailles. Elle voulait la revoir et l'invitait au théâtre le samedi suivant. Les places étaient déjà réservées. C'était une compagnie itinérante de Stockholm qui jouait en suédois la pièce *Méli-mélo*.

Jenny reposa la lettre en souriant. Cette chère Beata !

Dans sa chambre, elle prit son nécessaire d'écriture et répondit qu'elle était enchantée par l'invitation et viendrait volontiers. Elle lui donna rendez-vous dans le hall une demi-heure avant le spectacle.

Le théâtre de Turku était la fierté de la ville. Après avoir été rasé par un incendie, il avait été reconstruit avec encore plus de majesté.

Jenny et Beata se retrouvèrent dans le hall comme convenu et s'embrassèrent. Beata était vêtue de mousseline lilas, avec un col montant et une longue jupe traînante. Jenny portait sa robe de soirée noire à col ouvert, avec de courtes manches de gaze, et des gants du soir en soie. Elle avait couvert ses épaules d'un foulard noir orné de dentelle. Le bracelet en or offert par sa tante à Noël était à son poignet.

Après avoir laissé leurs manteaux aux serviteurs, elles montèrent au deuxième balcon. Elles avaient de bonnes places, juste derrière le garde-corps, au centre, avec une excellente vue aussi bien sur la scène que sur les spectateurs. L'aménagement était luxueux. Les fauteuils étaient de velours rouge et les garde-fous dorés, de même que la bordure des loges. Au plafond, une somptueuse peinture représentait des anges dodus soufflant dans des trompettes parmi les nuages. Un immense lustre était suspendu au centre.

Il faisait froid, en raison du gel qui sévissait dehors. Les poêles en faïence ne suffisaient pas à chauffer la salle. Le souffle des gens formait de la buée, Jenny grelottait. Elle se frotta les bras pour se réchauffer et resserra son foulard.

Un joyeux brouhaha s'élevait au fur et à mesure que les spectateurs prenaient place. Tandis que Jenny échangeait des nouvelles avec Beata, son regard se dirigea sur la loge à gauche. Son cœur faillit s'arrêter ! Fredrik Barker venait de s'y installer avec Amanda Levy, fille de conseiller de commerce. Elle la connaissait : toutes deux avaient fréquenté l'école de Mlle Heurlin.

Amanda était une jolie coquette qui ne portait pas un grand intérêt aux études. Sa famille était très riche. Pas étonnant que Fredrik Barker eût des vues sur elle.

Jenny ressentit une amère déception. En même temps, elle s'en voulait. Qu'avait-elle imaginé, au juste ? Le baiser d'un Fredrik Barker ne signifiait rien. Cet homme ne faisait que jouer avec les sentiments des femmes. Quelle naïveté de sa part !

Elle reporta son attention sur Beata avec un sourire forcé.

— Jenny, tu as vu ? chuchota son amie en lui prenant le bras. Dans cette loge à gauche, c'est Amanda Levy, et elle est accompagnée d'un bel homme ! Qui cela peut-il bien être ? Tu le connais ? Cela fait plusieurs fois qu'il te regarde avec insistance.

Tournant la tête vers la loge en question, Jenny croisa les yeux de Fredrik. Des frissons glacés la parcoururent. Elle détourna vite la tête.

— C'est Fredrik Barker, le fils de John Barker, le cotonnier. Je le connais très vaguement.

Au même moment, entrant en scène pour présenter le spectacle, le directeur du théâtre souhaita la bienvenue à tous. Le public applaudit. Beata sortit ses petites jumelles de son sac à main. Le rideau se leva et les lumières s'éteignirent.

Les comédiens étaient talentueux, mais Jenny avait du mal à se concentrer. Son regard était attiré malgré elle vers les deux silhouettes assises côte à côte dans la loge voisine. L'étrange sentiment qui la troublait n'était autre que de la jalousie. Ce constat l'embarrassa tellement qu'elle n'arriva plus du tout à suivre la pièce.

Lorsque les lumières se rallumèrent, le directeur annonça l'entracte. Les gens convergèrent lentement vers le foyer, à l'étage, où l'on servait à boire et à grignoter.

Les deux amies s'installèrent debout sur le bord de la salle pour déguster du vin chaud. Jenny espérait qu'elles ne seraient pas confrontées à un certain couple, mais Amanda Levy les avait remarquées dès leur entrée. Prenant son accompagnateur par la main, elle l'entraîna auprès d'elles. Jenny poussa un soupir. Fredrik était magnifique, dans son costume bien taillé, avec un ascot blanc ! Elle tâcha d'éluder son regard.

Amanda s'empressa de faire les présentations :

— C'est merveilleux, voici mes anciennes camarades de classe Mme Beata Dahlström et Mme Jenny Malmström ! Je vous présente le directeur de l'usine Barker, M. Fredrik Barker.

Fredrik s'inclina respectueusement. Amanda se pendait possessivement à son bras et parlait gaiement.

— Ravie de vous revoir, chères amies. Comme on s'amusait à l'école de Mlle Heurlin ! Beata, ta robe est absolument ravissante.

Elle toisa aussi Jenny mais s'abstint de tout commentaire.

— Je suis allée à Paris avec mon père l'été dernier, j'y ai acheté des toilettes formidables. Celle-ci vient de là-bas, justement. N'est-elle pas somptueuse ?

Amanda fit une pirouette pour montrer sa robe en soie jaune pastel, dont le devant était plein de plis et de rosettes. C'était la dernière mode de mettre sous sa robe une tournure. Jenny trouvait que ce faux-cul lui donnait l'air d'une poule. À cette idée, elle eut envie d'exploser de rire. Les yeux scintillants, elle essaya de cacher sa bouche avec la main.

Pendant ce temps, Fredrik Barker l'observait attentivement.

Amanda n'avait pas changé. En vérité, c'était une belle gourgandine qu'un homme aurait plaisir à contempler quand il rentrerait chez lui après sa journée de travail. Jenny songea avec malice qu'elle était parfaitement assortie à Fredrik Barker.

Comme cette femme lui rappelait la pièce d'Ibsen *La Maison de poupée*, elle repensa au cadeau de Noël de Fredrik. Pendant qu'Amanda échangeait les nouvelles avec Beata, Jenny se pencha vers lui et dit tout bas :

— M. Barker, je voudrais vous remercier pour le livre que vous m'avez offert. J'étais fort surprise, je n'attendais pas de cadeau de votre part. Je tiens cependant à vous dire qu'il est vraiment passionnant, tout à fait époustouflant. L'avez-vous lu ?

Fredrik Barker baissa la tête et la voix pour que les autres n'entendent pas.

— Oui. Et en le lisant, je pensais à vous, Mme Malmström. Voilà pourquoi j'ai souhaité vous l'offrir.

— Vous pensiez à moi en bien ou en mal ? releva Jenny, étonnée.

Les yeux de Fredrik scintillèrent. Il rit, se pencha plus près et chuchota :

— Croyez-moi, vous ne voulez pas savoir comment je pensais à vous.

Ils restèrent plongés un moment dans les yeux l'un de l'autre. Que sous-entendait-il par là ? Jenny déglutit et baissa son regard vers les lèvres de Fredrik en s'éclaircissant la voix.

— Mon père m'a offert un ouvrage sur les pyramides d'Égypte. Il contient de plus amples informations sur celle de Khéops, dont le professeur Wallin a parlé au Cercle éducatif.

Se tournant vers eux avec vigilance, Amanda entendit la dernière phrase de Jenny.

— Eh bien, Jenny, je suis fort surprise que tu t'intéresses à des vieilleries qui ont des milliers d'années. Quel intérêt ? Maintenant, c'est maintenant, l'avenir est devant nous.

Fière de son mot d'esprit, Amanda gloussa en s'appuyant au bras de Fredrik. Jenny déglutit et la gratifia d'un sourire arrogant.

— Absolument, Amanda. Suis-je sotte ! Il est vraiment idiot de penser qu'on puisse tirer des leçons du passé.

Après un silence gêné, Amanda répondit avec un rire cristallin :

— Tout à fait, Jenny. Quelle idée idiote !

Fredrik Barker les observait toutes deux, sans intervenir. Comme la sonnerie retentissait dans le couloir en signe que l'entracte était terminé, il s'inclina devant Jenny et Beata.

— Mesdames, je vous souhaite un bon spectacle. C'était un plaisir de vous voir.

Il tendit le bras à Amanda. Celle-ci lança un regard triomphal aux deux amies et regagna sa loge avec son cavalier en balançant les hanches.

Jenny les regarda s'éloigner. Les minauderies d'Amanda l'agaçaient royalement. Pourquoi Fredrik Barker s'intéressait-il à cette poule écervelée ? En même temps, elle avait honte de s'être livrée à un éclat puéril. Que n'avait-elle pas eu le présence d'esprit de se taire !

— Mazette ! chuchota Beata. Amanda a mis le grappin sur le meilleur parti de la ville. Ils forment vraiment un couple spectaculaire.

— Tu as raison, approuva Jenny en essayant de sourire. Ces deux-là sont parfaitement assortis.

Elles regagnèrent leurs places, après quoi Jenny resta strictement concentrée jusqu'à la fin de la pièce, se gardant bien de tourner les yeux vers la loge d'Amanda Levy.

14

Comme d'habitude, le doyen Stenroos lisait les journaux dans son fauteuil à bascule. Dehors, le gel était sévère, pour la deuxième semaine consécutive. Jenny remit du bois dans le poêle et écouta craquer la vieille maison. À l'extérieur, les bourrasques façonnaient des congères. Elle avait pitié pour les petits oiseaux qui gonflaient leur plumage et cherchaient à s'abriter sous les branches du sapin. Se couvrant les épaules avec un châle crocheté par ses soins, elle s'installa près du poêle pour tricoter. Il y avait suffisamment de bois jusqu'à nouvel ordre, mais si ces basses températures persistaient, Viktor allait devoir racheter des bûches.

Le doyen leva les yeux de son journal.

— Tiens, Jenny, écoute ce qu'ils disent dans *Sanomia Turusta* : « Les travailleurs cherchent leurs divertissements dans les tavernes et autres antres d'impureté, d'où ils retournent au travail physiquement et mentalement abîmés. Pour ne pas tâtonner à l'aveuglette dans les ténèbres de l'ignorance, l'homme a besoin d'instruction et d'éducation. Et l'éducation des ouvriers requiert des bibliothèques et des salles de lecture. Par conséquent, les personnes désireuses d'offrir leur soutien à la bibliothèque populaire sont invitées jeudi à six heures du soir pour une réunion au théâtre. »

Méditatif, le doyen mordilla sa branche de lunettes.

— La première bibliothèque populaire a cessé de fonctionner par manque de moyens. Je devrais peut-être participer à cette réunion. Qui sait, nous pourrions aussi offrir quelques livres. Et les fonds de la paroisse permettraient d'acheter des Postilles et des recueils de cantiques à emprunter.

Jenny posa ses aiguilles et regarda son père en souriant.

— Bien sûr, père. Nous devons absolument participer. Et je suis certaine que nous recevrons des dons de livres par ailleurs.

— Je le crois aussi. Ce projet pourrait bien se réaliser.

Le jeudi soir, le doyen rentra de réunion de bonne humeur. Le souper était prêt et Jenny attendait les nouvelles avec impatience dans la bibliothèque.

— Eh bien, père, comment s'est passé la réunion ?

— Très bien, répondit le doyen en s'asseyant dans un fauteuil et en mettant une serviette blanche autour du cou. Nous avons déjà récolté 2 084 marks. L'imprimeur Wilén a promis 500 marks et Granlund s'est engagé à offrir d'autres livres.

— Mais c'est formidable ! Et où sera la bibliothèque ?

— Il est trop tôt pour le dire. Notre prochain objectif sera de solliciter de la municipalité une subvention annuelle pour embaucher un bibliothécaire. Mais les affaires semblent avancer. De même, le docteur Pinello a promis de mettre la collection de son Cercle éducatif à la disposition de la bibliothèque populaire. Tout le monde semble favorable.

Jenny remplit sa tasse de thé et servit les tartines.

— Nous avons une réunion de l'Association des dames la semaine prochaine. Je tâcherai de les convaincre aussi de se joindre à ce projet.

Le doyen se pencha pour tapoter la main de sa fille avec un hochement de tête approbatif.

— Oui, fais-le, Jenny. Je suis certain que tu y parviendras.

Le souffle faisait de la buée dans l'air froid. Vêtue d'une jupe en serge et d'une pèlerine épaisse, Jenny pataugea sur le sentier enneigé jusqu'au bord de l'Aura. Elle portait un épais foulard de laine sur la tête et deux paires de moufles superposées. Il avait tellement neigé que le sentier était bordé de murs blancs qui lui arrivaient presque à la taille. Les bouleaux givrés sur la rive semblaient saupoudrés de sucre glace. En fond, le ciel était d'un bleu éclatant.

Elle devait se rendre à la réunion de l'Association des dames avec Mme Tallgren, invitée pour la première fois. Elles étaient convenues par lettre que le traîneau du presbytère de Sainte-Marie prendrait Jenny sur la rive de Sainte-Carine. La glace du fleuve était maintenant assez solide pour supporter un attelage.

Entendant les grelots tinter au loin, Jenny leva les yeux. Elle aperçut alors le traîneau au milieu de la neige poudroyante.

Le valet Paavo arrêta le cheval et Mme Tallgren fit signe à Jenny de prendre place à côté d'elle.

— Bien le bonjour, Mme Malmström ! Venez vite sous les couvertures avant de prendre froid.

Jenny grimpa dans l'habitacle. Paavo donna le signal du départ et le traîneau se mit en route. Par la glace, Turku n'était qu'à un quart d'heure.

— Oh, comme la ville est jolie, vue du fleuve ! s'émerveillait Mme Tallgren. Je suis si heureuse que nous ayons emménagé ici ! Regardez un peu cette cathédrale. Elle est tout à fait unique, et elle est là depuis des siècles ! Vous vous rendez compte, le nombre de générations qui l'ont admirée avant nous !

Jenny plissa les yeux et regarda le clocher de la cathédrale, qui s'élevait vers les cieux sur la rive gauche. Cela lui faisait chaque fois le même effet.

— Il faut que vous la voyiez en été, avec le feuillage des tilleuls dans le parc de l'Église, renchérit-elle en souriant. À mon avis, c'est là qu'elle est la plus belle.

Mme Tallgren acquiesça et continua :

— Comme me le conseillait votre père, je suis allée rencontrer notre voisin Matti, le fermier de Koroinen. Il m'a montré les objets trouvés dans ses champs, notamment des fers de lance qui datent sans aucun doute de l'âge du fer. J'en ai vu de semblables à Raahe. Je suis tout à fait captivée ! D'après le fermier, il y a bel et bien des pierres couvertes d'inscriptions au bord de l'Aura ! Nous irons les voir dès la fonte des neiges.

— Voilà qui est magnifique ! Pourrais-je venir avec vous ?

— Bien sûr. Et si nous organisions une partie de campagne ? Ce sera très agréable.

Les deux dames étaient enchantées. Mme Tallgren serra le bras de Jenny.

— Je suis si heureuse de vous avoir rencontrée, Mme Malmström. Je crois que nous allons devenir de grandes amies.

En arrivant en ville, le valet fit monter le cheval sur la berge au niveau du pont de l'Église, puis le dirigea derrière la cour d'appel, où résidait le consul Malm.

Les dames de l'association accueillirent cordialement Mme Tallgren. Elles prirent place dans les sofas jaunes de la grande salle pour boire le thé.

Après un échange informel, Vivi Malm ouvrit la séance.

— Je vous remercie toutes pour ce bal masqué qui s'est déroulé à merveille. Le succès a dépassé les attentes. Nos objectifs ont eté atteints : nous allons pouvoir acheter une grande quantité de manuels scolaires. En outre, la fondation de la Société des logements ouvriers est un événement tout à fait fantastique.

Les dames acquiescèrent et un brouhaha satisfait emplit le salon.

— Mais poursuivons. Cette fois, comme je l'écrivais dans la convocation, l'ordre du jour concerne la création d'une bibliothèque populaire à Turku. Jenny pourra nous en dire un peu plus.

— En effet, mon père, le doyen Stenroos, s'est rendu à la réunion pour la création de cette bibliothèque populaire. Deux mille marks environ ont été levés pour l'achat de livres, et des subventions seront demandées à la municipalité pour financer un poste de bibliothécaire. Bien sûr, beaucoup plus d'argent et de livres sont encore nécessaires. Mesdames, auriez-vous des idées ?

Mme von Heideken leva la main pour demander la parole.

— Je propose que chacune cherche dans sa propre bibliothèque des livres à offrir. De plus, nous pourrions organiser un événement de patinage, avec de la musique, des boissons chaudes et des petits fours. L'entrée serait payante.

La proposition fut accueillie favorablement. Les dames convinrent que l'événement aurait lieu sous deux semaines et qu'on passerait une annonce dans *Åbo Underrättelser*. Mme Aminoff promit de solliciter la fanfare des pompiers volontaires, et Mme Malm s'engagea à demander à la presse de bien vouloir ébruiter l'événement gracieusement.

Sur le chemin du retour, Mme Tallgren était enchantée. Elle avait les yeux pétillants et les joues incandescentes.

— Quelle formidable société, cette Association des dames, et quels nobles buts vous avez là ! Je suis ravie que vous m'y ayez invitée. Je vais de ce pas fouiller dans les rayonnages du presbytère pour y dénicher des livres à donner à la bibliothèque populaire... Hélas, ils sont presque tous en suédois. Pour un établissement à l'usage du peuple, il faudrait aussi des livres en finnois.

— Vous avez parfaitement raison, approuva Jenny, mais tous les dons seront les bienvenus. Nous pourrons toujours acheter des livres en finnois par la suite, grâce aux aides financières.

— C'est juste. J'espère que le patinage attirera du monde et que nous aurons beaucoup de recettes grâce aux billets d'entrée.

— Je n'en doute pas un instant, rit Jenny. Le patinage a toujours eu beaucoup de succès, à Turku. La haute société a la possibilité de s'y rencontrer, et les bons patineurs peuvent y exhiber leur talent. Il faut absolument que vous veniez !

— Certainement ! répondit Mme Tallgren. Je pourrais même servir des jus de fruits chauds.

Toute à ses pensées, Jenny se tourna pour contempler le paysage hivernal qui défilait. Elle n'attendait pas l'événement avec grand enthousiasme, sachant qu'elle y reverrait sans doute Amanda Levy et Fredrik Barker. Et elle ne savait pas patiner. Quand elle essayait, elle avait plutôt l'air de se dandiner comme un vilain petit canard.

15

Le jour du patinage se leva sous un soleil prometteur. Le temps était idéal : il ne faisait pas trop froid et la neige scintillait sous les rayons printaniers. Les valets avaient déblayé la piste sur l'Aura gelé, à côté du pont de l'Église, au niveau de la colonnade du port de pêche. L'événement était annoncé pour deux heures de l'après-midi et Viktor y amena Jenny avec un quart d'heure d'avance.

Les congères entourant la piste étaient décorées de petits sapins qui formaient une charmante ligne verte sur fond blanc. Jenny était chargée de servir le jus de groseilles bien chaud et les pâtisseries en compagnie de Beata Dahlström. Un billet d'entrée donnait droit à une tasse de jus et à un petit four.

Viktor alluma un feu sur les pavés de la berge et installa la marmite en fer. Jenny y mélangea des bouteilles de jus et de l'eau, puis fit chauffer le tout. Les pompiers volontaires arrivèrent. Ils étaient magnifiques à voir, marchant au pas avec leurs casques et leurs uniformes blancs, en rang, sur la rive !

Jenny devait assurer le service avec Beata les deux premières heures ; ensuite, Mmes Cedercreutz et Tallgren prendraient la relève. Elle s'était habillée chaudement, préférant enfiler d'épaisses bottes en feutre avec des chaussettes en laine plutôt que des chaussures en cuir, deux jupes l'une sur l'autre, et encore un gilet de laine sous la veste. Elle avait une écharpe de laine sur la tête et deux couches de moufles. Tout cela lui donnait peut-être l'air d'une vieille marchande de patates, mais elle ne voulait pas avoir froid. Beata arriva dans une toilette nettement plus élégante, avec chaussures et gants en cuir, mais Jenny la regarda avec pitié : son amie allait sûrement grelotter.

Les premiers patineurs se présentèrent. Le consul Malm et sa femme vendaient les billets sous le pont de l'Église et souhaitaient gaiement la bienvenue à tout le monde. Les valets avaient installé de longs bancs sur les bords de la piste, où les gens s'asseyaient pour fixer les patins sous leurs chaussures.

Lorsque la cloche de la cathédrale sonna deux fois, les pompiers entonnèrent *Le Beau Danube bleu* de Strauss. Il y avait de plus en plus de monde. Jenny distingua Kosti Vanhanen dans la file, coiffé d'une toque en fourrure, parmi ses collègues. Les dames de l'association étaient également arrivées avec leurs familles ; comme l'information avait bien circulé, la patinoire était déjà presque pleine.

Le travail ne manquait pas, avec les boissons et les pâtisseries. Jenny versait le jus de fruits chaud dans les tasses tandis que Beata tendait les petits fours enveloppés dans du papier. Alors qu'elle remettait une tasse à la dame du maître verrier Westling, Jenny distingua un couple élégant sur la piste. Elle se figea. C'étaient Fredrik Barker et Amanda Levy.

Fredrik portait un élégant costume en serge bleu marine et un chapeau en fourrure. Amanda avait une jupe verte, également en serge, et une veste dont les manches et les pans étaient bordés de fourrure brune, ainsi qu'un manchon assorti. Elle bavait d'admiration devant son cavalier, et tous deux effectuaient des courbes spectaculaires sur la piste.

Jenny était gênée de sa toilette, mais elle n'avait pas l'intention d'aller patiner avec les autres. Elle n'avait même pas apporté de patins, vu qu'elle n'aurait pas pu les fixer sous ses bottes en feutre.

Au même moment, Kosti Vanhanen s'inclina devant elles.

— Bonjour, Mme Malmström, Mme Dahlström. Puis-je me permettre de vous féliciter ? L'Association des dames s'est encore surpassée ! Un événement très réussi : le temps, la musique, l'ambiance, tout est merveilleux ! Voilà qui ne pourrait pas être mieux.

Il prit une gorgée de jus fumant et leva les yeux :

— Mme Malmström, m'accorderiez-vous le plaisir de venir patiner avec moi ?

— Je vous remercie, M. Vanhanen, mais je n'ai pas de patins.

Kosti roula des yeux avec emphase.

— Vous venez à un événement de patinage et vous n'apportez pas de patins ?

— Non, M. Vanhanen, confirma Jenny en souriant. Je dois servir les jus de fruits.

— Je comprends, je vous taquinais, reprit-il avec un sourire espiègle. Nous nous verrons peut-être dimanche. Je viendrai à l'église Sainte-Carine pour le culte.

— Ce serait un plaisir, répondit Jenny avec affectation.

M. Vanhanen remercia pour le jus, souleva sa toque et s'éloigna pour patiner avec ses amis.

— Je ne savais pas que M. Vanhanen s'intéressait à toi, chuchota Beata.

— C'est peut-être le cas, mais ce n'est pas réciproque.

Jenny sautillait sur place pour ne pas devenir raide comme un bâton. Elle avait le nez tout rouge.

— Non ? insista Beata en haussant les sourcils. Il paraît que c'est un jeune homme intelligent et travailleur. Certes, il a peut-être des idées un peu subversives. En tout cas, papa n'apprécie pas du tout ses aspirations pro-finnoises.

Jenny lâcha un gémissement étouffé.

— Je n'ai rien contre lui, mais il ne m'intéresse pas.

Un couple patinait vers elles, que Jenny n'aurait voulu voir pour rien au monde. Elle fixa toute son attention sur le gobelet dans sa main. Fredrik Barker et Amanda arrivèrent devant la table au terme d'un grand virage.

— Mme Malmström, Mme Dahlström, salua Fredrik en hochant la tête.

— Hé, Jenny et Beata, regardez ! J'ai le plus beau cavalier de toute la piste ! piaillait Amanda, pendue à son bras. Et Fredrik est également le meilleur patineur de la ville !

— Désirez-vous du jus chaud et des petits pains ? demanda Jenny à Fredrik en essayant de cacher sa gêne.

— Volontiers, merci. Mme Malmström, puis-je vous demander de patiner avec moi sur le morceau suivant ?

Scandalisée, Amanda se tourna brusquement vers lui, et Jenny faillit renverser le jus brûlant sur ses doigts.

— Tu invites Jenny ? s'exclama la midinette

Jenny pouvait presque entendre ce que pensait Amanda qui la toisait de la tête aux pieds, et elle rougit.

— Merci, M. Barker, mais je n'ai pas de patins.

— Je comprends, répondit Fredrik.

Il vida son gobelet, hocha la tête et raccompagna Amanda sur la piste, où ils se fondirent dans la foule des patineurs. Jenny et Beata les suivaient des yeux. Cette dernière éclata de rire et donna une bourrade à son amie avec un regard taquin :

— Et voilà ton second admirateur du jour, Jenny ! Je vais finir par être jalouse. La tête d'Amanda Levy valait le coup d'œil, quand M. Barker t'a invitée à patiner ! Cela va m'amuser encore longtemps.

— Fredrik Barker ne s'intéresse pas à moi mais à Amanda ! s'exclama Jenny, visiblement agacée.

— Ah bon, vraiment ? rétorqua Beata, incrédule. Pourtant, même un aveugle verrait que Fredrik Barker n'a d'yeux que pour toi.

Jenny jeta involontairement un coup d'œil vers le couple le plus élégant de la piste, en train de discuter avec l'architecte Kajanus et son épouse. Fredrik tourna lentement la tête ; un instant, leurs regards restèrent aimantés l'un à l'autre. Jenny se sentit traversée d'un frisson, comme si une force inconnue les attirait tous deux. Elle détourna les yeux en premier, le souffle court.

— Mon Dieu, qu'est-ce que je disais ? chuchota Beata.

— Ne m'embête pas, Beata, la rabroua Jenny en ramassant les tasses sales. Peu importe que Fredrik Barker s'intéresse à moi ou aux autres. Allez, mettons un peu d'ordre. La relève va arriver.

Beata fit la moue, mais Jenny ne plaisantait pas. Heureusement, Viktor apparut alors avec Virkku pour venir la chercher.

Mmes Cedercreutz et Tallgren arrivèrent comme convenu avec des provisions de jus de fruits et de petits pains. Le valet remit du bois sous la marmite. Beata voulait rester pour patiner, mais Jenny avait hâte de rentrer. Elle embrassa son amie et monta dans le traîneau. Viktor fit démarrer Virkku.

Jenny ne put s'empêcher de se retourner. Patinant avec ses amis, Kosti Vanhanen agita la main en souriant. Elle répondit par un geste discret. Il commençait à faire sombre, on avait allumé des lanternes dans les sapins. Les chaudières à goudron brûlaient au bord du fleuve. Le spectacle était splendide, mais Jenny était contente de rentrer chez elle. Elle ne voulait plus voir Amanda pendue au bras de Fredrik, gloussant comme une dinde tandis qu'il la faisait virevolter. Elle leur tourna le dos et regarda devant elle, cherchant à refouler ses sentiments. Les baisers et regards de Fredrik Barker ne signifiaient rien. Il jouait avec les femmes un jeu impitoyable, un jeu auquel elle refusait de prendre part.

16

L'Association des dames recueillit une centaine de livres à donner à la bibliothèque populaire, et le patinage rapporta 65 marks pour l'acquisition de nouveaux ouvrages. De son côté, la municipalité accorda une subvention annuelle pour l'emploi d'un bibliothécaire : Adolf Lindman, pasteur à la prison de Kakola. Celui-ci était un grand collectionneur, non seulement de littérature, mais aussi d'objets historiques en rapport avec la région.

L'emplacement choisi pour la bibliothèque populaire était une maison de bois en centre-ville, à l'entrée de la rue du Château, face à la librairie Frenckell. On allait y créer une salle de lecture, avec des abonnements à la presse pour l'usage de tous. La bibliothèque devait ouvrir au public le 1er mars : la veille, tous les donateurs furent conviés à l'inauguration. Jenny et le doyen Stenroos reçurent ainsi une invitation officielle.

Ils arrivèrent avec l'attelage du doyen Renwall. Le père s'appuyait sur sa canne car son genou le faisait souffrir. Il gravit les marches péniblement avec l'aide de sa fille. La cérémonie se tenait dans la salle de lecture. Jenny entra derrière les doyens et regarda autour d'elle. La salle était équipée de chaises, et les fenêtres décorées de rubans multicolores. L'assistance était essentiellement composée de vieux messieurs avec des hauts-de-forme et des cannes. Il y avait peu de dames à part elle.

Ils prirent place au fond. Vivi Malm était assise au premier rang, coiffée d'un chapeau vert à plume de faisan, à côté de son mari. Jenny les salua d'un signe de tête, et la dame agita la main gaiement en retour. Le docteur Jahnsson et Kosti Vanhanen se tenaient sur le côté de la salle. En l'apercevant, ce dernier s'approcha.

— Quelle agréable surprise, Mme Malmström ! Puis-je m'asseoir près de vous ?

Jenny aurait préféré garder ses distances, mais elle accepta. Le doyen Stenroos se pencha par-dessus sa fille pour serrer la main de M. Vanhanen.

La cérémonie débuta. Le discours inaugural fut prononcé par le docteur Pinello, qui avait été l'un des *prima mobilia* de la bibliothèque populaire. Il chaussa ses lunettes et sortit son discours de sa poche de poitrine.

— En ce jour, nous avons le grand plaisir d'assister à l'inauguration de la bibliothèque municipale de Turku. Cet établissement apportera beaucoup de joie aux indigents de la ville et leur sera d'une grande utilité. Je suis heureux d'annoncer que nous avons déjà récolté environ 450 livres en finnois et 500 en suédois afin de constituer nos collections. Pour cet élan, c'est vous que nous devons remercier, chers invités, déclara le docteur Pinello en regardant le public par-dessus ses lunettes. Chacun de vous, à sa façon, a apporté son soutien à la bibliothèque populaire. Signalons que la plus grande donation provient de l'usine Barker.

Le public murmura et toutes les têtes se tournèrent vers Fredrik qui s'avançait pour s'incliner, vêtu d'un élégant costume noir. Il reçut de vifs applaudissements. Jenny ne l'avait pas remarqué car il était derrière eux. Elle n'en revenait pas.

Pourquoi l'arrogant M. Barker avait-il donné de l'argent à la bibliothèque populaire ?

Après le discours, le docteur Pinello fit un long exposé sur la guerre des Gourdins[1], et les enfants du consul Malm entonnèrent des chants populaires finnois. À l'issue de la cérémonie d'inauguration, le docteur Pinello invita les visiteurs à discuter librement et à prendre connaissance des collections de la bibliothèque.

M. Vanhanen se leva et s'inclina.

— Je vous demande pardon, Mme Malmström. Je vous laisse un moment pour prendre des nouvelles du docteur Pinello.

Jenny acquiesça. Comme son père était en pleine conversation avec le doyen Renwall, elle alla explorer les rayonnages. Alors qu'elle contemplait l'étagère de géographie, elle reconnut une voix grave dans son dos.

— Bonjour, Mme Malmström. Puis-je me permettre de vous féliciter ? L'Association des dames a fait un excellent travail en faveur de la bibliothèque populaire. C'est certainement une grande journée pour vous.

Jenny se retourna, et aussitôt ses joues virèrent au rouge.

— En effet, mais je dois vous remercier, M. Barker, ainsi que votre père, pour votre donation considérable. Je n'aurais pas cru qu'un tel projet pût intéresser les usines Barker.

— Au contraire, répondit Fredrik en souriant. Nous sommes bien évidemment désireux d'encourager l'instruction pour lutter contre l'oisiveté.

Ne trouvant rien à répliquer, Jenny baissa les yeux. Incapable de penser clairement en présence de cet homme, elle cherchait frénétiquement un sujet de conversation. Heureusement, elle se rappela le livre reçu en cadeau et sourit, soulagée.

— M. Barker. Je souhaitais parler avec vous du livre d'Ibsen que vous m'avez offert. Qu'en pensez-vous ? La protagoniste Nora a-t-elle mal agi, à votre avis, en quittant sa famille ?

---

1. Révolte des paysans finnois contre la noblesse suédoise en 1596-1597.

Surpris, il la regarda et réfléchit un moment.

— Oui et non. À mon avis, sa décision n'est pas une bonne réponse. C'était très égoïste de sa part, de quitter son mari et ses enfants, dont elle était censée s'occuper. Mais d'un autre côté, sa vie devenait insupportable, à cause de ce mariage. Je comprends qu'elle a dû beaucoup souffrir, pour être amenée à prendre une telle décision.

Jenny cligna des yeux. Elle était surprise par sa réponse. Il n'était donc pas aussi conservateur qu'elle le croyait.

— C'est ce que je me suis dit aussi. Ce livre est écrit d'une manière très subtile ! J'y repense souvent. Les femmes ne devraient pas se marier uniquement pour le mariage. Cela ne peut avoir que des conséquences désastreuses.

— Et à votre avis, quelle serait la solution, Mme Malmström ? l'interrogea Fredrik avec un air amusé.

— La scolarisation des femmes ! répondit-elle en levant la tête. Quand les femmes pourront travailler, elles ne seront plus dépendantes des hommes. Le premier prérequis pour faire progresser la condition féminine, c'est la liberté intellectuelle. Tout le reste repose là-dessus.

— Mme Malmström, on vient tout juste de créer la bibliothèque populaire, et vous courez déjà vers la phase suivante ! s'exclama Fredrik en riant. Vous devriez aller moins vite, pour que nous arrivions à vous suivre, nous autres qui sommes un peu lents.

Jenny aurait voulu continuer plus longuement sur ce sujet, mais Kosti Vanhanen se joignit à eux.

— Ah, vous voilà, Mme Malmström ! Je vous ai cherchée partout.

Les deux hommes échangèrent un regard glacial.

— Bonjour, M. Barker. J'ignorais que vous fussiez intéressé par de tels projets.

Fredrik se contenta de hocher la tête.

— Mme Malmström, puis-je vous raccompagner ? proposa Kosti Vanhanen en offrant son bras à Jenny. Votre père va partir.

Elle était prodigieusement agacée par cette intrusion possessive, mais elle tâcha de n'en rien laisser paraître.

— Certainement, M. Vanhanen. Au revoir, M. Barker.

Ils se regardèrent un moment, Fredrik s'inclina, et Jenny sortit au bras de M. Vanhanen pour rejoindre son père.

Sur le trajet du retour, Jenny était plongée dans ses pensées. La neige ne tombait plus, mais cela ne faisait aucune différence, elle n'avait même pas remarqué les flocons qui dansaient sous la lumière des réverbères. Elle devait reconnaître qu'elle s'était trompée au sujet de Fredrik Barker. Il avait un esprit noble, pas du tout étroit. Comme elle l'avait mal jugé !

Elle regarda rêveusement le paysage hivernal en souriant. Mais son sourire se figea vite. Il était vain de nourrir des espoirs. Ils appartenaient à des mondes complètement différents. Fredrik ferait un excellent époux pour Amanda Levy. Elle essuya les flocons sur son visage et tourna résolument ses pensées vers le programme de la prochaine école du dimanche.

17

Pendant que le doyen était en réunion à Turku, Aina s'occupait des animaux à l'étable. Jenny pétrissait le pain dans la cuisine en fredonnant. Elle s'était fait une longue natte pour que ses cheveux ne tombent pas dans la pâte. Le soleil printanier brillait, rendant visibles toutes les poussières dans l'air. Entendant tinter des grelots dans la cour, elle regarda par la fenêtre. Viktor sortait de son chalet pour accueillir le cheval. Elle tendit le cou pour voir l'arrivant. Tandis que le valet détachait l'animal pour le nourrir à l'écurie, le conducteur descendit de traîneau et se dirigea vers le presbytère d'un pas déterminé.

En voyant son visage, Jenny tressaillit et porta une main à son cœur. Fredrik Barker ! Que pouvait-il bien venir faire à Sainte-Carine ? Elle s'empressa d'épousseter le plus gros de la farine sur son tablier, brossa un peu ses cheveux, rajusta sa toilette et alla recevoir le visiteur dans le vestibule.

Au même moment, Fredrik ouvrit la porte, fit tomber la neige de ses chaussures à l'aide des rameaux de sapins et leva les yeux. Ôtant alors sa toque en fourrure, il déploya un sourire si éblouissant que les genoux de Jenny faillirent se dérober.

— Bonjour, Mme Malmström. Pardon de venir ainsi à l'improviste. Je vois que vous êtes occupée.

— Nullement, M. Barker, entrez donc. Hélas, mon père s'est absenté, mais si vous voulez bien attendre, il devrait être de retour dans une heure environ.

Il avait un regard étrange.

— Non, Jenny, ce n'est pas lui je suis venu voir, c'est toi.

Elle frissonna. Fredrik Barker venait de la tutoyer ! Qu'est-ce que cela voulait dire ?

— En ce cas, puis-je prendre votre manteau ? Attendez un moment dans la bibliothèque, je vais faire un brin de toilette. Je reviens tout de suite.

Elle accrocha son pardessus et sa toque dans le vestibule et le dirigea vers la bibliothèque.

— Je vous en prie, faites comme chez vous.

— Quelle belle pièce ! s'exclama Fredrik. Puis-je regarder votre collection de livres ?

— Oui, je vous en prie.

Jenny déguerpit dans sa chambre. Ses pensées vagabondaient sans retenue. Elle enleva son tablier et se regarda dans le miroir. Que pouvait-il bien vouloir ? Les Barker avaient-ils changé d'avis à propos des logements ouvriers ? Devrait-elle relever ses cheveux et mettre des boucles d'oreilles ? D'un autre côté, ce serait ridicule, s'il pensait qu'elle s'était faite belle pour lui. Elle se pinça les joues et rajusta sa jupe. Cela suffirait.

Lorsque Jenny revint, Fredrik feuilletait un livre sur le sofa.

— Je vous demande pardon, M. Barker, je n'ai pas pensé à vous offrir à boire. Souhaiteriez-vous peut-être du café ou du thé ?

Il posa le livre sur la table basse et se leva.

— Non merci, en fait je ne serai pas long. Veux-tu bien t'asseoir sur cette chaise ? Je pourrai mieux exposer mon affaire.

Perplexe, Jenny s'assit sur le bord du siège indiqué. Qu'est-ce que cela pouvait bien être ? C'était sûrement grave, pour qu'elle doive d'abord s'asseoir. Il n'était rien arrivé à son père, au moins ? Fredrik faisait les cent pas.

— Jenny, je vais te parler sans détours, je crois que c'est la meilleure chose à faire avec toi.

Il s'arrêta et la regarda avec gravité.

— Je dois t'avouer que je suis éperdument amoureux de toi. J'ai essayé de lutter, car je n'aurais jamais cru cela possible. Tu es complètement différente des femmes qui ont pu m'attirer jusqu'à présent, mais c'est plus fort que moi. Je n'ai pas supporté de voir Vanhanen se coller à toi lors du bal masqué. Je n'arrive plus à dormir, tu hantes mes pensées.

Fredrik se frottait les cheveux des deux mains. Il s'approcha alors de Jenny, s'agenouilla devant elle et leva le regard vers ses yeux effrayés.

— Je n'avais jamais aimé ainsi, à la folie. Jenny, acceptes-tu d'être ma femme ?

Le choc était étourdissant. Voilà qui dépassait l'entendement. Fredrik Barker la demandait en mariage ? Avait-il dit qu'il l'aimait ? Comment tout cela était-il possible ?

— Et Amanda ? s'exclama Jenny malgré elle.

Fredrik lui prit les mains en riant.

— Amanda ne m'intéresse pas, ni aucune autre, c'est toi que j'aime ! Tu m'as ensorcelé.

Elle le regarda craintivement, rêveuse. Si seulement elle pouvait accepter ! Comme ce serait merveilleux de vivre avec cet homme : pas un seul jour ne serait ennuyeux, à ses côtés ! Mais le bon sens reprit le dessus. Changeant d'expression, elle poussa un profond soupir.

— Je te demande pardon, Fredrik, mais je ne puis accepter. Comme tu l'auras remarqué, nous n'avons pas les mêmes valeurs. Pour moi, aider les pauvres et les ouvriers est une priorité majeure, et tu ne soutiens pas ces idées-là.

— Jenny, non, tu te trompes ! se récria Fredrik en serrant sa main plus fort. C'est pour toi que j'ai accepté de participer au projet de logements et que j'ai persuadé mon père. De même, j'ai financé la bibliothèque populaire parce que je voulais que tu sois heureuse. Ensemble, nous pourrions aider les nécessiteux. Tu pourrais faire de moi un homme meilleur.

— Encore une chose, poursuivit-elle avec un regard méfiant. Tu disais que la place des femmes était à la maison et qu'elles n'avaient rien à faire à l'école. Je ne suis pas du tout d'accord. Je ne puis accepter d'être sous l'emprise d'aucun homme, ni de renoncer à mes droits.

Fredrik soupira et sourit.

— Je savais bien que te demander en mariage ne serait pas une mince affaire. Penses-tu que je l'ignore ? Je disais tout cela pour t'énerver. Tu n'imagines pas comme tu es ravissante quand tu te mets en colère.

Il lui caressa tendrement la joue avec le pouce.

— Tu es la femme la plus obstinée, courageuse, intelligente et ravissante que j'aie jamais rencontrée. As-tu la moindre idée de l'effet que tu me fais ?

Incrédule, Jenny frissonna sous cette caresse.

— Me laisserais-tu vraiment tous mes droits ? Pourrais-je m'occuper en toute liberté de mes affaires, y compris financières ?

— Bien sûr. Tout ce qui est à moi sera à toi.

Comme le regard de Jenny fondait, Fredrik baissa son visage si près que leurs lèvres se touchèrent presque.

— Voyons, accepte, ma chérie, chuchota-t-il. Je te promets que tu ne le regretteras pas. Et je sais que tu n'es pas insensible à moi. Je le vois dans tes yeux.

Elle avait tellement envie d'accepter ! Mais elle baissa la tête.

— Je t'apprécie vraiment, Fredrik, et je te remercie pour tes belles paroles, mais je ne puis consentir à être ton épouse. J'ai une bonne raison pour cela.

Elle marqua une longue pause, ses lèvres tremblaient.

— Je ne peux plus avoir d'enfants.

Elle était incapable de le regarder, les larmes troublaient ses yeux. Après un long silence, Fredrik lui souleva le menton et la fixa gravement dans les yeux.

— Tu es sûre ?

— Oui. C'est le docteur Spoof qui l'a dit après la venue au monde de mon enfant mort-né.

Sa voix n'était plus qu'un murmure, Fredrik percevait une profonde douleur derrière le calme des mots. Il passa ses bras autour de Jenny, qui posa la tête sur sa poitrine et poussa un sanglot. Il lui caressa les cheveux.

— Ma chérie… Je l'ignorais. Cela a dû être une épreuve terriblement douloureuse. Mais ne perdons pas espoir. Nous ferons appel aux meilleurs médecins du pays pour t'examiner.

— Non, Fredrik. Il n'y a plus rien à faire, trancha Jenny en secouant la tête inconsolablement.

Fredrik se leva lentement et se dirigea vers les rayonnages.

— J'espère que tu ne répèteras ceci à personne, mais mon père m'a dit, il y a quelques années, que l'usine me reviendrait à la seule condition que j'aie un héritier, afin que l'entreprise reste dans la famille. Autrement, elle ira à mon cousin de Suède, qui a déjà un fils. L'usine, c'est absolument tout pour mon père, il ne veut pas que l'œuvre de sa vie aille se perdre entre les mains d'une autre famille.

Il s'appuya à la bibliothèque en soupirant.

— Le fait que tu ne puisses pas avoir d'enfant change un peu la donne, mais je parlerai avec lui aujourd'hui même et tâcherai de le faire changer d'avis.

En larmes, Jenny fixait les franges du tapis sans dire un mot. Fredrik revint auprès d'elle et la prit par les épaules.

— Jenny ! Regarde-moi. Je te promets que tout va s'arranger. Nous nous marierons dès que mon père donnera son consentement.

Derrière ses larmes, Jenny essayait de sourire et secouait la tête.

— Fredrik… l'implora-t-elle d'une voix tremblante. Tu ferais mieux de partir. C'est au-dessus de mes forces.

Il se leva lentement et la regarda avec affliction.

— Ne perdons pas espoir. Je reviendrai dès que possible.

Il sortit de la pièce d'un pas lourd. Lorsqu'elle entendit la porte extérieure se refermer, Jenny enfouit son visage dans ses mains et éclata en sanglots désespérés.

Jenny était complètement déboussolée. À l'heure du souper, elle sortit de sa chambre avec les yeux rouges, sans dire un mot. Elle ne mangea quasiment pas, promenant les œufs brouillés dans son assiette avec la fourchette.

— Juste ciel, qu'est-ce qui te tourmente, Jenny ? On dirait que toutes les misères du monde te sont tombées sur la tête.

— Non, rien, père. Cela va passer, répondit-elle tout bas sans lever les yeux.

— Tu peux me le dire, tu sais. Parle-moi, cela soulage le chagrin.

Jenny secoua la tête.

— Merci, père, mais je ne puis le faire. J'ai promis de n'en parler à personne.

Le doyen soupira.

— Dans ce cas, il ne reste qu'à prier.

Jenny faillit devenir folle. Tourmentée par ses pensées, elle ne cessait de se retourner dans son lit. Si elle s'était abstenue de mentionner sa stérilité, ils se seraient peut-être mariés. Mais elle n'aurait pas pu. Cela revenait à mentir, à faire du tort à Fredrik. Elle avait bien fait. Les choses étaient telles qu'elles étaient, on n'y pouvait rien. Les voies du Seigneur étaient impénétrables. Elle n'avait qu'à accepter son fardeau.

Comme le sommeil ne venait pas, elle finit par se lever, enfila des chaussettes en laine et contempla par la fenêtre le jardin hivernal, noir. Les longues ombres des arbres frôlaient les congères, la neige scintillait sous la lune. Elle ne croyait pas un instant que le fier John Barker changerait d'avis. Peut-être était-ce leur destin. Ils éprouvaient une passion mutuelle ; mais aurait-elle duré, vu l'ampleur de leurs différences ? Peut-être valait-il mieux qu'elle continue d'éviter Fredrik Barker et qu'elle s'endurcisse comme si rien ne s'était passé. Cela promettait d'être monstrueusement difficile. Elle joignit les mains et pria pour trouver la force.

La matinée était ensoleillée et les oiseaux chantaient, mais Jenny n'avait goût à rien. Elle se mit au travail pour ne pas penser à son désespoir. La journée semblait interminable, chaque heure qui passait augmentait son supplice. Elle alla chercher des bûches dans la remise, se rendit au puits avec la luge et fit la lessive alors que ce n'était pas le jour habituel. Aina la regardait s'affairer, perplexe. Jenny avala le pot-au-feu et la bouillie aux baies préparées par la gouvernante, puis alla prendre *Anna Karénine* de Tolstoï et se laissa tomber de fatigue sur le sofa. Après avoir lu la même page encore et encore, elle renonça et referma le livre. Poussant un soupir, elle regarda par la fenêtre de la cuisine. La route était calme. Fredrik ne venait pas, elle devinait ce que cela voulait dire.

Le mercredi, le facteur apporta une enveloppe à son nom, revêtue de l'écriture de Fredrik. Jenny se précipita dans sa chambre et ferma la porte. Décachetant la lettre en tremblant, elle s'assit sur le lit pour en prendre connaissance.

Très chère Jenny,

Je suis désolé de communiquer par écrit. Peut-être est-ce mieux ainsi. Je ne supporte pas de te voir triste. J'ai parlé avec mon père mais il est catégorique. Si je n'ai pas d'héritier, l'usine Barker reviendra à mon cousin après sa mort. Je suis terriblement désolé, Jenny, mais en l'état des choses je ne puis me marier avec toi, alors que c'est ce que je voudrais le plus au monde. Je t'aime, et je ne sais comment je pourrai supporter l'avenir sans toi.

Mon père a toujours insisté pour que les devoirs familiaux passent avant le reste, et je crois juste de respecter ses vœux et d'y obéir. Je suis sincèrement désolé et te souhaite bonne chance dans ta vie, de tout mon cœur.

Avec toute l'assurance de mon respect et de mon amour,

Fredrik Barker

Jenny posa la lettre sur ses genoux et regarda dans le vide. Elle ressentit une pointe d'amertume. Si Fredrik l'aimait vraiment, il ne se serait pas laissé contrarier par l'usine ou par son père, il aurait trouvé une solution. Elle replia lentement la feuille et la remit dans l'enveloppe. Mais ces choses-là n'existaient que dans les contes. Rarement les gens osaient prendre des risques quand leur bien-être et les intérêts de leur famille étaient menacés. Elle le comprenait bien. Peut-être aurait-elle fait pareil, à la place de Fredrik. On ne pouvait condamner personne.

Jenny cacha la lettre dans un coffret fermé à clef, sous son lit. C'était tout. Affaire classée. Elle se traîna dans la cuisine pour peler les pommes de terre et essaya de s'endurcir, mais des larmes tombèrent parmi les épluchures.

18

Entre les tâches d'assistance aux pauvres et l'administration du presbytère, Jenny était très occupée. Elle fuyait les divertissements de la ville et les événements mondains, car elle n'aurait pas supporté de voir Fredrik Barker. En journée, elle pouvait l'oublier en travaillant ; mais la nuit, il hantait ses pensées.

Le soleil printanier était de plus en plus chaud. La neige fondante gargouillait dans les gouttières et les routes étaient quasiment impraticables : le traîneau ne glissait plus, les roues s'embourbaient.

Kosti Vanhanen l'avait invitée de nombreuses fois au théâtre et aux concerts, mais elle avait toujours inventé un prétexte. Elle ne voulait pas le voir. C'était tout de même un comble, que deux hommes l'aient mise dans cet état !

Heureusement, Jenny reçut une invitation à pique-niquer au cap Koroinen dès que la route serait sèche. Mme Tallgren lui écrivait qu'elle avait de grandes nouvelles à lui annoncer. Voilà qui allait enfin lui changer les idées ! Elle était pâle et amaigrie, tant elle dormait mal et n'avait plus d'appétit. La compagnie de la doyenne était donc fort bienvenue.

Elles se retrouvèrent au presbytère de Sainte-Marie par un clair jour de printemps. La dame était d'excellente humeur.

— Vous voilà, Mme Malmström ! Je vous attendais ! s'exclama-t-elle en prenant Jenny par la main. Venez. Je nous ai concocté un panier de pique-nique, et Paavo a harnaché un cheval. On se met en route tout de suite ?

Mme Tallgren prit les rênes. Le trajet n'était pas long : à peine une verste jusqu'au bord de l'Aura. Elles traversèrent la grand-route et empruntèrent lentement une petite voie carrossable qui sinuait entre les champs. De temps à autre, une roue s'enfonçait dans un nid-de-poule et la voiture se balançait tellement que Jenny manquait de tomber par-dessus bord. Les alouettes faisaient de hautes courbes au-dessus des terres et le soleil chauffait le visage. L'air sentait l'humus et le fumier épandu sur le domaine de Koroinen.

Tenant les rênes d'une main, Mme Tallgren battit l'air de l'autre avec enthousiasme :

— Écoutez ce qui s'est passé. Juste après avoir bavardé avec le fermier Matti, j'ai envoyé une lettre à la Société archéologique de Finlande, à Helsinki. Suite à cela, il y a deux semaines, nous avons reçu au presbytère la visite de l'archéologue d'État Johan Aspelin et de son collègue Alfred Hackman.

Elle marqua une pause et adressa à Jenny un regard éloquent.

— Sous ma conduite, ils ont pris connaissance des vestiges de Koroinen. En avril, c'est le meilleur moment : la neige a fondu et les herbes n'ont pas encore repoussé. Les éventuelles ruines et fondations ressortent plus nettement sur le terrain. Et devinez quoi !

Ses yeux étincelaient d'un enthousiasme irrésistiblement contagieux.

— Eh bien quoi, Mme Tallgren ? demanda Jenny en riant.

— Ils sont convaincus que les objets trouvés par le fermier Matti datent de l'âge du fer et du Moyen Âge, et que le cap offre à voir les vestiges d'une résidence antique ou d'un fort.

Compte tenu des écrits médiévaux, les archéologues présument qu'un château épiscopal se trouvait sur le cap, et peut-être aussi un monastère ! N'est-ce pas magnifique, Mme Malmström ?

Jenny approuva.

La route carrosable longeait les terres de Koroinen jusqu'au cap. Mme Tallgren arrêta le cheval et noua les rênes autour d'un arbre. Le cheval se mit à brouter l'herbe fraîche avec plaisir.

— Nous sommes arrivées. Allez, je prends le panier et on continue à pied !

La dame marchait si vite que Jenny avait du mal à la suivre. En empruntant un sentier à travers une espèce de remblai, elles atteignirent le cap, où l'on avait une vue ravissante sur la vallée. Du côté gauche coulait l'Aura ; à droite, son affluent, la Vähäjoki. Mme Tallgren laissa le panier sous un bouleau et fit signe à Jenny de la suivre.

— Regardez, Mme Malmström. Sur ce rivage, on voit distinctement des fondations. À cet endroit, il y a une sorte de rempart. Et là, au milieu de la zone, on ne sait pas encore ce qu'on trouvera sous ces grandes pierres.

Jenny venait parfois au cap dans son enfance, mais elle n'avait jamais rien remarqué de spécial.

— En vérité, ce sont clairement des fondations de bâtiments ! s'exclama-t-elle. C'est passionnant !

Elles déployèrent une couverture à carreaux à un endroit sec et ensoleillé pour s'y asseoir et admirer le paysage. Mme Tallgren sortit le pique-nique du panier. La cuisinière du presbytère de Sainte-Marie avait mis le café bien chaud dans une bouteille en verre protégée par une chaussette de laine. En outre, il y avait de la brioche et des tartines.

Jenny mordit dans sa brioche et regarda autour d'elle.

— Je veux bien croire que cet endroit ait eu une grande importance dans le passé, avec cette situation au confluent de deux cours d'eau. C'est curieux que je ne m'en sois pas rendu compte plus tôt, moi qui ai si souvent regardé cet endroit, de l'autre côté du fleuve, depuis le presbytère de Sainte-Carine.

— C'est souvent ainsi, de telles découvertes ne peuvent être faites que par un œil exercé, répondit Mme Tallgren. Mais les archéologues ont beau m'avoir assurée de l'importance de Koroinen, cela ne suffit pas, malheureusement : une véritable campagne de fouilles nécessite des moyens considérables. C'est pourquoi je vous ai amenée ici. Vous êtes à l'Association des dames depuis longtemps et vous connaissez la haute société. Pourriez-vous promouvoir ce projet ?

— Certainement, nous pouvons le présenter dès la prochaine réunion, répondit Jenny entre deux gorgées de café. Nous pourrions collecter des fonds pour les fouilles, par exemple en organisant une kermesse et une tombola.

— Oui, absolument, mais nous avons besoin d'actions plus rapides pour que les fouilles puissent débuter dès cet été, la coupa impatiemment Mme Tallgren. Si vous demandiez directement à Fredrik Barker ? Ces derniers temps, il ne lésine pas sur la bienfaisance, et il semble s'intéresser particulièrement à vous.

Jenny faillit s'étouffer avec sa brioche.

— Je vous demande pardon, mais vous vous méprenez ! se récria-t-elle, au bord de la colère. M. Barker ne sera pas intéressé, à mon avis. Je l'ai convaincu de participer aux logements ouvriers, oui, raison de plus pour que je ne le sollicite pas de nouveau, ce serait embarrassant. Il vaut mieux que quelqu'un d'autre le fasse.

Émue, Mme Tallgren serra le bras de Jenny.

— Aïe, je vous ai froissée. Je vous demande mille fois pardon, ce n'était pas mon intention. Je comprends très bien vos sentiments à l'égard de Fredrik Barker.

Jenny la regarda avec méfiance. Comprenait-elle vraiment ?

— Loin de moi l'idée de vous forcer à agir contre votre gré ! Mais ne nous tracassons pas. Nous aborderons la question à la réunion de l'Association des dames et nous verrons bien comment les choses avancent, n'est-ce pas ?

Mme Tallgren ne voulait sûrement rien dire de mal. C'était le simple fait d'entendre le nom de Fredrik Barker qui avait bouleversé Jenny. Celle-ci sourit, conciliante.

— Oui, voilà.

Elle ne se doutait pas qu'avant l'été Fredrik Barker allait lui causer un choc pire encore.

19

Les Dahlström habitaient rue de l'Évêque, dans une maison de pierre à étage agrémentée d'une ravissante roseraie. Derrière, le jardin descendait jusqu'au bord de l'Aura. La maison ressemblait à un palais, tant elle était somptueuse. Beata avait invité Jenny à lui rendre visite l'après-midi. Elle vint accueillir son amie au portail.

— Ravie de te voir, Jenny !

Elles ne s'étaient pas revues depuis la partie de patinage, aussi avaient-elles beaucoup à se raconter.

— Viens, allons prendre le thé dans le jardin. Quelle merveilleuse journée de printemps !

Ses filles Wilhelmina et Charlotta jouaient dehors, en robes blanches et chapeaux de paille. Elles firent la révérence. Jenny leur offrit de petits cornets de bonbons aux fruits. Ravies, les fillettes coururent se cacher dans un buisson pour savourer leurs friandises, ce qui amusa les dames. Beata conduisit Jenny derrière la maison.

— Allons dans la gloriette, je nous ai fait servir là-bas.

Sur le côté, il y avait un petit pavillon bleu avec des fenêtres à carreaux ornées de vitraux sophistiqués. Des lilas poussaient tout autour.

Beata ouvrit en grand les portes vitrées, et elles s'assirent sur des sièges en rotin. La maîtresse de maison servit le thé dans des tasses en porcelaine chinoise colorée. Un jet d'eau gargouillait au loin. Les petits oiseaux chantaient.

— Ah, c'est merveilleux ! s'exclama Jenny, humant profondément les puissants arômes printaniers, les yeux fermés. On se croirait au paradis.

— Oui ! Les lilas sont enfin assez grands pour nous procurer un coin secret où prendre le thé. Mais dis-moi, ma chère amie, comment vas-tu ?

Jenny raconta son excursion au cap Koroinen. La découverte de Mme Tallgren captiva très vite Beata :

— Nous devons absolument passer à l'action ! La kermesse et la tombola seraient rapides à mettre en œuvre.

Jenny mordit un morceau de l'excellent cake anglais préparé par la cuisinière des Dahlström.

— D'après Mme Tallgren, la tombola ne suffira pas. Il faudrait obtenir des fonds plus rapidement si l'on veut débuter les fouilles cet été.

— Je peux demander à mes oncles si ce projet les inspire, répondit Beata du tac au tac.

— Oh, merci, Beata. Quant à moi, je pourrais envoyer une lettre à Rettig.

Le mari de Beata était un cousin des frères Ernst et Magnus Dahlström, célèbres hommes d'affaires qui possédaient plusieurs entreprises à Turku. Ils participaient à de nombreux projets caritatifs, notamment à la Société des logements ouvriers.

Les deux amies s'entretinrent encore de l'éducation des fillettes, de la taille des rosiers et de la nouvelle cuisinière. Beata posa sa tasse sur la table et resservit du thé.

— J'allais oublier... Tu ne devineras jamais ce que m'a appris Helene Crichton, hier ! Le fils de John Barker, Fredrik, déménage à Stockholm ! Il doit s'y marier avec la fille de l'industriel von Krohn. Celui-ci possède plusieurs aciéries en Suède, il est d'une richesse démesurée.

L'épouvante prit Jenny à la gorge et lui coupa le souffle. Elle ne quitta pas sa tasse des yeux mais ses mains tremblaient.

— Ah bon ? ponctua-t-elle en feignant l'indifférence. Pour une nouvelle…

— Oui, dit Beata en réfléchissant. Pourquoi donc Fredrik Barker s'en va-t-il tout à coup à Stockholm ? Je croyais qu'il était content, à Turku. Enfin, évidemment, un tel mariage est utile aux deux familles. Tu te rends compte, Jenny, nous qui croyions pendant tout ce temps qu'il s'intéressait à Amanda ! Ha ha ! Si nous pouvions voir sa tête quand elle apprendra la nouvelle !

Jenny tenta de rire aussi, mais elle se sentait trop mal. Après un commentaire évasif, elle changea rapidement de sujet.

Heureusement, elle parvint à prendre congé sans laisser voir son trouble.

— Merci à toi, ma chère amie, j'étais ravie de te revoir après si longtemps, dit-elle en toute sincérité.

Elles s'enlacèrent et Jenny monta dans la charmante calèche des Dahlström. Beata avait expressément tenu à ce qu'elle se laissât raccompagner. Elle lui en était reconnaissante, car son esprit était maintenant si confus qu'il lui tardait d'être chez elle.

Depuis la nouvelle rapportée par Beata, la vie paraissait vide. Et en même temps, c'était un soulagement : Jenny n'aurait plus à craindre de tomber sur Fredrik Barker. Mais le pire était d'admettre qu'elle ne le reverrait peut-être jamais. Elle essaya de l'oublier en travaillant encore davantage.

Une semaine plus tard, Jenny lut dans le journal que Fredrik Barker et Emilie von Krohn s'étaient mariés à Stockholm, en l'église de Riddarholmen. Plus de trois cents invités étaient présents. Les noces avaient été somptueuses et spectaculaires. Le journaliste faisait l'éloge de la belle mariée avec sa longue traîne et sa robe ornée de perles.

Jenny regardait dehors sans rien voir. La jalousie et l'envie la dévoraient. Elle aurait donné n'importe quoi pour être à la place de l'épouse de Fredrik. Mais elle ne pouvait pas donner ce qu'on attendait le plus d'une femme : un héritier. Elle était une coquille vide, incapable d'être mère. Sa bouche se tordit. Une femme insignifiante, sans valeur. Il ne lui restait plus qu'à devenir une vieille fille aigrie.

Elle froissa le journal en boule puis se ressaisit. Ces sentiments n'étaient pas à son honneur. Elle était égoïste. Si elle l'aimait vraiment, elle ne lui voudrait que du bien. Joignant les mains, elle pria pour Fredrik et lui souhaita un mariage heureux.

L'après-midi, Jenny alla se recueillir sur la tombe et discuta longuement avec Matias dans ses pensées. Elle n'avait plus personne à qui se confier. Il l'aurait comprise et consolée, lui. Elle savait maintenant ce que voulait dire l'expression « avoir le cœur brisé ». Rien n'allégeait la douleur. Un lourd épuisement l'accablait et l'avenir n'avait aucun sens, à part peut-être dans l'ensoleillement croissant annonçant l'été. Elle leva les yeux vers le ciel bleu et serra les dents. Elle devait surmonter cette épreuve. Elle retourna lentement au presbytère pour préparer le dîner.

20

Hélas, le printemps allait être une catastrophe. Après le 1er Mai, le doyen développa une mauvaise toux avec une forte fièvre et dut garder le lit. Jenny soigna son père du mieux qu'elle pût. Elle lui fit boire une infusion de feuilles de framboisier pour soulager la toux et prépara un remède à partir de graines de lin, mais la fièvre persistait. Le quatrième jour, elle envoya Viktor chercher le docteur Spoof. Celui-ci examina le patient, mesura sa température, sonda ses poumons au stéthoscope et secoua la tête. Jenny l'observait avec inquiétude. Elle pressentait le pire.

— Mme Malmström, je crains fort que votre père ait une fièvre pulmonaire. À son âge, c'est dangereux.

Il sortit un flacon vert de son sac en cuir noir.

— Donnez-lui ce remède matin, midi et soir, et tentez de faire baisser la fièvre en le rafraîchissant. Je reviendrai dans deux jours.

Jenny veilla au chevet du malade sans discontinuer, dormant sous un plaid dans le fauteuil de la chambre. Aina venait la relever de temps en temps, mais Jenny insistait pour être présente auprès de son père. Elle le tenait par la main et chantait des berceuses pour l'apaiser tandis qu'il se balançait sur les côtés, en proie au délire. Régulièrement, elle essuyait son front brûlant avec une serviette fraîche et priait.

Finalement, rien n'y fit. Au bout d'une semaine, le doyen mourut dans son sommeil, la nuit, la main dans celle de sa fille.

Cette fois, c'en était trop. Le chagrin de Jenny prit des proportions incommensurables. La douleur se manifestait partout, le simple fait de respirer lui faisait mal et lui donnait la nausée. Couchée dans sa chambre, elle ne cessait de pleurer.

Aina et Viktor se faisaient beaucoup de souci pour elle. La gouvernante lui apportait à manger sur un plateau, qu'elle revenait chercher plus tard, intact. Ses paroles de réconfort étaient vaines, la dame n'entendait rien. Elle vivait dans un monde lointain, un monde de chagrin.

Le troisième jour, en revenant chercher le plateau, Aina regarda Jenny avec affliction.

— Pardon, mais faut qu'madame elle se r'mette. Elle mange rien et s'lave pas. Le doyen voudrait pas voir sa fille dans ç't état. En plus, le doyen, faut lui préparer d'bonnes funérailles. M'dame pourrait p't-être écrire au doyen d'la cathédrale, que c'était un bon ami d'not'doyen ? I'pourrait donner un coup d'main, si m'dame y arrive pas toute seule.

Jenny revint à elle et leva vers sa gouvernante un regard désolé.

— Aina a raison, souffla-t-elle malgré son épuisement. Mon père mérite de dignes funérailles.

Soupirant lourdement, elle quitta son lit.

— Aina aurait-elle la gentillesse de m'apporter un baquet d'eau chaude de la cuisine ? Je vais faire ma toilette, puis j'écrirai au doyen Renwall.

Poussant un soupir de soulagement, Aina s'empressa d'aller chercher l'eau pour le bain.

21

Les funérailles eurent lieu une semaine plus tard en l'église Sainte-Carine. Le doyen Renwall avait eu l'amabilité de prendre en charge l'organisation. Quelle bénédiction, qu'Aina en ait eu l'idée ! Jenny et elle avaient assez à faire avec les préparatifs de la réception.

La mort du doyen Stenroos ayant été annoncée dans les églises et dans la presse, les couronnes de fleurs et les condoléances étaient arrivées par dizaines. On pouvait s'attendre à ce que la cérémonie réunisse plusieurs centaines de personnes.

Le jour de l'enterrement, l'église était pleine pour l'accompagner dans son dernier voyage. Comme le déclara le doyen Renwall dans son éloge funèbre, Waldemar Stenroos avait été un pasteur au bon cœur, sage et apprécié de tous.

Vêtue de noir, Jenny était assise au premier rang, à côté de Beata venue soutenir son amie. Toute la famille Tallgren était présente. Tante Loviisa n'avait pas pu venir à cause de ses rhumatismes, ce qui était un soulagement pour Jenny. Elle avait tout de même envoyé une lettre à sa nièce pour donner des consignes précises en vue des funérailles. Jenny l'avait remerciée poliment.

À court de larmes, Jenny était pétrifiée par les émotions. Trois ans auparavant, on avait enterré son mari, puis son fils. À présent, c'était le tour de son père. Elle serra la main de Beata avec gratitude. Le soutien de son amie lui était précieux.

Pendant le dernier cantique, Kosti Vanhanen et Ivar Tallgren se levèrent avec quatre autres hommes pour porter le cercueil de Waldemar Stenroos.

L'assemblée sortit à leur suite, descendant la pente de l'église Sainte-Carine, non loin de la tombe où reposaient le gendre et le petit-fils du doyen. Tour à tour, les gens déposèrent des fleurs sur sa sépulture, après quoi Kosti Vanhanen prit la parole de la part de Jenny pour inviter l'assemblée à prendre le café au presbytère. Elle lui était reconnaissante pour cette initiative.

Aina avait recruté des servantes pour lui prêter main forte. Elles couraient çà et là, versant le café dans les tasses. Jenny resta plusieurs heures à la porte de la salle, recevant les visiteurs et leurs condoléances. Ses mains tremblaient. Comme elle avait hâte que tout cela soit terminé ! Enfin les gens se retirèrent et elle alla remercier le doyen Renwall.

— Dieu te bénisse, Jenny, résiste à toute cette peine, lui dit-il avec compassion. Rappelle-toi qu'en cet instant tout peut paraître désespéré, mais le temps finira par avoir raison du chagrin. Et n'oublie pas le pouvoir de la prière.

— Merci, doyen Renwall, parvint à bredouiller Jenny en hochant la tête.

Le dernier à quitter le presbytère fut Kosti Vanhanen.

— Tiens bon, chère Jenny, dit-il en lui serrant la main. Je peux t'appeler Jenny ? Je viendrai bientôt te rendre visite pour voir comment tu t'en sors. D'accord ?

Elle acquiesça, et Kosti quitta la cour à pied. C'était une chaude journée d'été, les oiseaux chantaient et les lilas bleus fleurissaient dans le jardin, mais Jenny s'en apercevait à peine.

Kosti revint deux jours plus tard. Ils burent le café dans la véranda. Le soleil brillait entre les rideaux en dentelle, les géraniums sentaient fort. Kosti posa sa tasse sur la table et s'éclaircit la gorge.

— Écoute. J'ai beaucoup réfléchi. Tu as peut-être appris que j'ai obtenu un poste de sénateur. C'est pour moi un grand honneur, et j'en suis arrivé à la conclusion que je dois quitter mon travail ici et déménager à Helsinki.

— Oui, je savais que tu avais obtenu ce poste, mais j'ignorais que cela impliquait de déménager à Helsinki, répondit Jenny, surprise.

— Eh bien si, et je veux que tu viennes avec moi.

La tasse s'arrêta net sur les lèvres de Jenny, qui leva les yeux vers ceux de Kosti.

— Oui, Jenny, je te demande d'être mon épouse. Je trouve que nous allons si bien ensemble ! Nous avons les mêmes valeurs, et j'apprécie beaucoup la femme que tu es. Je veux fonder une famille avec toi.

Elle n'en revenait pas. Était-elle prête à déménager à Helsinki ? Voulait-elle se marier avec Kosti Vanhanen ? Elle ne l'aimait pas et ne croyait pas qu'il l'aimât non plus.

— Cher Kosti... commença-t-elle en reposant sa tasse. J'apprécie beaucoup ton amitié et tout ce que tu as fait pour m'aider à l'enterrement, mais je ne puis consentir à être ton épouse.

Il la regarda avec un air surpris. Visiblement, il ne s'attendait pas à une réponse négative.

— Enfin, Jenny, pourquoi ?

— Je ne serais pas une bonne épouse, parce que je ne t'aime pas, répondit-elle en caressant la nappe crochetée. Au demeurant, je ne souhaite pas partir d'ici.

— Jenny, ne sois pas sotte ! De toute façon, tu devras quitter le presbytère puisqu'un nouveau pasteur va s'installer ici. Et pour ce qui est de l'amour, ça n'existe que dans les livres romantiques. Je n'aurais pas imaginé que tu crusses à ces balivernes. Un vrai mariage qui fonctionne n'est pas construit sur la passion mais sur la camaraderie et le respect.

Jenny se mordit la lèvre en évitant son regard.

— Merci, Kosti, mais je ne changerai pas d'avis sur ce point.

— Très bien, Jenny, soupira-t-il. Je comprends, les choses vont trop vite. Tu viens de perdre ton père, et tu ne voudrais pas quitter ton domicile, mais crois-moi, c'est la seule solution qui vaille.

Il se leva.

— Je reviendrai te voir la semaine prochaine pour renouveler ma demande. J'espère que tu auras retrouvé ton bon sens d'ici là.

Plus il en rajoutait, plus elle savait qu'elle avait pris la bonne décision. À la porte, il saisit sa main et y posa les lèvres. Elle retira son bras.

— Je reviendrai la semaine prochaine, mercredi, insista Kosti avec un regard déterminé. J'attendrai ta réponse jusque-là.

Jenny lui tourna le dos avec l'esprit confus. Était-elle obligée de se marier avec Kosti, qui ne croyait pas à l'égalité entre homme et femme ? Avait-elle encore le choix ? Mais à lui non plus, elle ne pouvait pas donner d'héritier. Pourrait-elle garder le secret ? Elle retira distraitement les fleurs mortes parmi les géraniums de la véranda. Que faire ?

22

Maître Sarlin s'essuya le front avec un mouchoir blanc. Par cette torride journée d'été, il était venu au presbytère pour exécuter le testament du doyen Stenroos. Jenny le reçut dans la grande salle.

Le notaire sortit un dossier de sa sacoche noire et chaussa ses lunettes. Il parla lentement, articulant chaque mot minutieusement :

— Mme Malmström, votre père a légué « à ses fidèles domestiques Aina et Viktor Jokinen, ainsi qu'à sa sœur Loviisa Helin, 100 marks à chacun, et tous ses biens à sa fille, qui en jouira comme bon lui semblera ».

M. Sarlin reposa le testament.

— Je tiens à préciser que le montant de ces biens n'est pas très élevé, mais il est suffisant pour acheter un petit logement à Turku, par exemple. Le mobilier du presbytère étant désormais votre propriété, vous êtes libre d'en vendre une partie au nouveau pasteur de Sainte-Carine et d'emporter tout ce que vous voudrez. En outre, malgré l'emménagement du nouveau pasteur dès sa nomination, je vous informe que vous disposez encore d'une année de carence, en tant que fille, pour résider ici après le décès de votre père. Il est de notoriété publique que le nouveau pasteur de Sainte-Carine sera vraisemblablement le vicaire de la paroisse cathédrale, Johan Stenius, qui m'a demandé de vous faire savoir que, n'ayant pas d'autres engagements, il vous prendrait volontiers pour épouse. Vous pourriez continuer de vivre ici comme avant et poursuivre votre remarquable travail en la paroisse.

M. Sarlin ôta ses lunettes et interrogea Jenny du regard. Elle connaissait ce M. Stenius, un quinquagénaire à la barbe grise. Si la situation n'avait pas été aussi désespérée, elle aurait éclaté d'un rire hystérique. C'était la troisième demande qu'elle recevait en l'espace de quelques mois !

— Je suis désolé, Mme Malmström, conclut M. Sarlin en rangeant le testament dans son sac. Je devine que ceci est tout à fait inattendu pour vous, aussi n'attends-je pas de réponse immédiate de votre part. Disons que vous me répondrez par lettre sous deux semaines ? Avez-vous compris tout ce que je vous ai dit ?

Jenny hocha la tête et M. Sarlin se dirigea vers la porte.

— Donnez-moi bien les consignes à suivre, dans votre lettre, dit-il en coiffant son chapeau melon et en s'inclinant. Au revoir et portez-vous bien, Mme Malmström.

L'après-midi, le facteur Nummelin apporta une lettre de tante Loviisa.

Ma chère Jenny,

J'ai pensé à ta situation et je suis très soucieuse. Il faut que tu te maries une fois pour toutes avec ce maître Vanhanen. Tu n'as pas le choix. Et si par malheur il ne voulait pas de toi, tu viendras vivre chez moi. C'est décidé, tu auras la chambre de ma domestique. De toute façon, elle va se marier cet été et me quitter. Tu pourrais être ma demoiselle de compagnie, me rendre de menus services et me faire la lecture. Nous pourrions bien nous entendre.

Réponds-moi sans tarder.

Ta tante Loviisa

La nuit d'été était chaude et Jenny ne trouvait pas le sommeil. Elle finit par se lever et alla ouvrir la fenêtre. Attirée par le jardin nocturne, elle passa un gilet de laine sur ses épaules et sortit.

L'herbe était humide sous ses pieds nus. La queue frissonnante, Hyrry la suivit dehors. Un merle entonnait un chant mélancolique, dans le noir, sur une cime d'arbre. Les pommiers en fleur sentaient bon. Les primevères jaunes plantées autrefois par sa mère s'épanouissaient au pied du soubassement de pierres, et dans le lointain les cloches tintaient au cou des vaches qui broutaient l'herbe fraîche au bord de l'eau après le long hiver.

Jenny s'assit sur un banc, sous un pommier aux fleurs blanches. Hyrry sauta sur ses genoux, ronronnant et quémandant des caresses. Elle le gratouilla sous le museau et il pencha la tête avec satisfaction. Puis, détectant quelque chose dans l'ombre des arbres, il sauta à terre et disparut dans les pivoines. Un rameur passait lentement sur l'Aura.

Elle allait devoir renoncer à tout cela. Sa gorge était nouée. Elle ne voulait pas se marier avec le pasteur Stenius.

Quelques étoiles scintillaient dans le ciel nocturne. Elle crut voir le doux visage de son père devant elle. Se surprenant à renifler, elle constata qu'elle pleurait. Elle pleurait pour tout ce qu'elle avait perdu. Comme son père lui manquait ! La solitude était écrasante. Elle n'avait plus personne. On aurait dit que Dieu l'avait abandonnée.

Finalement, elle poussa un soupir et s'appuya au dossier d'une main tremblante. Elle avait trop de souvenirs douloureux, ici. Soudain, Fredrik Barker lui revint à l'esprit. Que pouvait-il bien faire, en ce moment ? Regardait-il ces mêmes étoiles, là où il était ? Pensait-il à elle parfois ? Un sourire amer lui tordit les lèvres. Sans doute pas.

Elle coupa un rameau du pommier, huma la fleur et prit sa décision. Le moment était venu d'aller de l'avant. Mais elle ne partirait pas pour Helsinki, ni chez sa tante à Naantali. Elle allait emménager à Turku.

II

23

— Martta, tu as encore laissé la bouillie coller au fond de la casserole ? cria Jenny en direction de la cuisine. Ça sent le brûlé !

— Pardon, m'dame ! se confondit Martta dans l'embrasure, cramoisie. J'suis vraiment désolée. J'essayais d'bien touiller, mais ça a brûlé quand même. C'est sûr'ment pasqu'y avait du lait.

— Ce n'est rien, la rassura Jenny en riant. La prochaine fois, mélange plus fort.

Tandis que Jenny se plongeait dans son journal, Martta entra dans le salon avec une assiette.

— Mais r'gardez m'dame, cette fois, j'ai réussi les œufs au plat.

Jenny leva les yeux.

— En effet, bravo ! Ils sont vraiment parfaits.

Martta fit une petite moue satisfaite et posa l'assiette sur la table. Elle retourna en cuisine, sa longue tresse blonde se balançant dans son dos.

Jenny la regarda s'éloigner. Cette fille était merveilleuse. C'était une vieille connaissance de Nummenpakka, de la famille Wahlroos. Elle l'avait prise à son service voilà un an. Kaisa avait fini par mourir d'une maladie des poumons et le père ne pouvait pas entretenir les enfants avec sa maigre paye. Quand Jenny avait gagné un peu plus, elle avait voulu embaucher une bonne et s'était alors souvenue de Martta. La jeune fille était idéale pour ce poste.

Martta avait maintenant treize ans ; si elle ne savait guère que cuire un œuf et préparer le thé ou le café, elle apprenait vite et se montrait toujours agréable et joyeuse. En outre, Jenny avait ainsi le plaisir de se tenir informée des dernières nouvelles de Nummenpakka.

Jenny avait acheté un petit appartement dans une maison de bois près de la place Alexandre. Il ne contenait qu'une modeste cuisine, un salon et une chambre. Elle n'avait pas besoin d'un logement plus grand. En quittant le presbytère, elle avait emporté ce qu'elle avait de plus précieux, à savoir le mobilier de la bibliothèque, pour l'installer dans son nouveau salon. Les murs aveugles étaient couverts d'étagères : elle avait emporté tous les livres de son père. Les sofas verts étaient placés d'un côté de la pièce, et il y avait même le vieux fauteuil à bascule dans un coin, avec l'étagère à tabac. Elle ne fumait pas, évidemment, mais ce petit coin lui rappelait tellement son père qu'elle l'y voyait presque assis, ses cheveux gris en pagaille, lisant le journal, la pipe aux lèvres.

Dans le salon, il y avait encore la place pour une petite table à quatre couverts. Jenny avait emporté tous les meubles de son ancienne chambre à coucher, ainsi que le service en porcelaine bleue de sa mère. Le nouveau pasteur de Sainte-Carine – qui était bel et bien Johan Stenius – avait racheté le reste pour un bon prix. Apparemment, il ne s'était toujours pas marié. Aina et Viktor travaillaient maintenant à son service, et Jenny passait les voir à l'occasion, lorsqu'elle allait se recueillir au cimetière. Ils ne manquaient pas de lui réserver un accueil chaleureux.

— Mme Malmström ! cria Martta dans la cuisine. Z'êtes d'accord si j'vais ach'ter du poisson au marché, aujourd'hui, et j'vous fais un filet avec des patates ?

— Entendu ! répondit Jenny. Tu pourras même emporter les vidures chez toi pour faire une soupe. Moi, je n'en fais rien.

— Merci, m'dame. Z'êtes si bonne.

La modeste paye de Martta était vitale pour sa famille. Chez elle, les tâches ménagères l'occupaient aussi avec ses petits frères. Seuls les deux garçons étaient encore en vie : Aapo et Matti. Les petites sœurs avaient succombé à la scarlatine, voilà déjà plusieurs hivers.

Comme Jenny se replongeait dans son journal, elle tomba sur un avis de décès qui dissipa aussitôt son sourire : la veille, le patron John Barker était mort d'une attaque à son domicile. Une pensée terrible frappa son esprit : si John Barker était mort, Fredrik allait devoir s'installer à Turku avec son épouse pour reprendre la direction de l'usine.

Jenny repoussa le journal et, choquée, regarda par la fenêtre du salon. Elle ne voulait plus éprouver cette douleur. Elle avait enfin appris à mener sa nouvelle vie sans désir ni chagrin. En trois ans, la peine s'était adoucie, elle arrivait presque à mener une existence normale.

— M'dame, i'sont pas bons, les œufs ? demanda Martta, revenue de la cuisine pour débarrasser. Z'avez rien mangé.

— Si, si, Martta. C'est moi, je ne sais pas, je n'ai pas faim.

Jenny l'aida à poser le couvert sur le plateau.

— Merci pour le petit-déjeuner, maintenant je vais à l'école.

L'école de jeunes filles de Mlle Heurlin était un établissement privé qui jouissait d'une grande renommée à Turku depuis plusieurs décennies. La directrice avait gardé de Jenny le souvenir d'une jeune fille assidue et intelligente. C'était elle qui avait écrit à son ancienne élève pour lui demander de venir enseigner la religion et l'histoire aux demoiselles de la haute société.

Les frais de scolarité étaient de 15 marks par mois : seules les familles les plus aisées en avaient les moyens. Mlle Heurlin avait étudié à Stockholm et était très exigeante avec ses élèves. Les enseignantes étaient originaires de Turku ou des environs, à l'exception de Mlle Heickell, qui venait de Suède.

Mlle Heickell enseignait la lecture et l'écriture, Mlle Wrede l'arithmétique et Mlle Sinebrykoff le dessin, la couture et la broderie. Quant à Mlle Heurlin, elle enseignait la musique, l'anglais et le français, ainsi que les bonnes manières en vigueur dans la haute société.

Jenny avait la charge d'enseigner la religion, l'histoire, la géographie et la littérature. Elle avait commencé par dispenser dix heures de cours par semaine, puis vingt. Au début, la paye lui permettait à peine de manger et de se chauffer, mais ensuite elle avait eu les moyens d'embaucher Martta.

L'école occupait un bel immeuble en pierre à étage, en bordure du parc de l'Église. Jenny n'avait qu'une verste à parcourir jusqu'au pont, après quoi il ne lui restait qu'à passer devant la cathédrale. Elle arriva dans la salle de classe juste avant que la cloche de l'église sonnât neuf coups. Ce jour-là, elle allait enseigner l'histoire aux plus âgées. Elles en étaient à la guerre de Finlande.

Lorsque Jenny entra, les élèves se levèrent à côté de leurs pupitres. Elle leur souhaita le bonjour, les élèves répondirent en chœur, puis elle pendit sa pèlerine au portemanteau.

— Vous pouvez vous asseoir. Ouvrez vos cahiers et prenez des notes. Aujourd'hui, je vais vous raconter les circonstances qui ont conduit à l'invasion de la Finlande en 1808.

Les filles se rassirent, sortirent leur matériel de leurs pupitres et se penchèrent sur leurs cahiers.

Après le déjeuner, avec les plus jeunes, Jenny alla cueillir des plantes au bord de l'Aura pour confectionner un herbier.

L'objectif était de coller les échantillons sur papier puis de les aplatir sous la presse et de les faire sécher. À côté de chaque plante, on écrirait son nom latin.

Le soleil printanier avait donné à la végétation une jolie couleur verte parmi les herbes brunes. Les oiseaux chantaient dans les arbres au bord du fleuve et les fillettes gambadaient gaiement de-ci de-là. Jenny essayait de leur dire de marcher avec calme et dignité comme des femmes de qualité, mais cela restait sans effet. Elle finit par les laisser faire. Le printemps chamboulait toujours la nature et les gens.

Profondément perturbée par la nouvelle du matin, Jenny avait été distraite toute la journée. Comment supporterait-elle de rencontrer Fredrik et sa femme ? D'assister à leur amour, à leur bonheur dont elle était exclue ? Turku était une petite ville, tôt ou tard elle tomberait sur lui. Désespérée, elle se baissa pour ramasser un petit tussilage jaune. Mme Barker était sûrement très belle. Attendait-elle déjà l'héritier de la famille ?

Kosti lui revint à l'esprit. Était-il heureux, à Helsinki ? Elle avait lu dans le journal que le sénateur Vanhanen était entré en campagne pour changer le système électoral favorable aux plus riches, réclamant que les ouvriers puissent également se porter candidats.

Au début, Kosti avait envoyé de nombreuses lettres, essayant encore de convaincre Jenny d'être son épouse. Puis l'arrivée des lettres avait cessé. L'été suivant, elle avait lu dans le journal qu'il s'était marié avec la fille d'un marchand de la capitale. Cela lui avait fait plaisir. Elle était très satisfaite de sa vie d'enseignante et ne souhaitait rien d'autre. Pourtant, parfois, le soir, la vanité de la vie lui inspirait un sentiment déprimant qui tentait d'envahir son esprit – mais elle ne se laissait pas abattre. Le monde contenait trop de misère, elle n'était pas en mesure de se plaindre : elle avait tout de même un travail, un toit sur la tête et du pain sur la table.

— Mme Malmström, nous avons toutes cueilli les échantillons de tussilage et les chatons de saule. Pouvons-nous rentrer chez nous ?

Émergeant de ses pensées, Jenny regarda Emma von Hellens qui lui montrait son bouquet.

— Vous pouvez partir, approuva Jenny en souriant.

Et les joyeuses jeunes filles retournèrent vers l'école en sautillant.

L'après-midi, Jenny rentra chez elle et pendit sa pèlerine dans le vestibule. Martta chantait dans la cuisine. Cette fille lui était vraiment indispensable. Auparavant, le logement était glacial en automne et en hiver, comme personne ne venait le chauffer en journée. De même, la lessive prenait tellement de temps que Jenny pouvait y perdre tout un jour de congé. Et comme c'était agréable de rentrer à la maison l'après-midi quand Martta avait préparé le dîner, fût-il cru ou brûlé !

Elle ouvrit la porte du salon et se figea : deux petits chats accouraient vers elle, zigzaguant de-ci de-là. Elle les regarda, ahurie. Ils ne devaient pas avoir plus d'un mois. L'un était gris et ébouriffé, l'autre jaune à rayures. Tous deux avaient encore les yeux bleus typiques des chatons.

Poussant un cri d'admiration, Jenny s'accroupit pour les prendre dans ses bras. Martta guettait par la porte de la cuisine.

— M'dame Malmström ! J'les ai trouvés ç'matin dans la poubelle. Quéqu'un les avait abandonnés là. Alors moi j'ai pas pu les laisser. Visez comme ils sont mignons. J'leur ai donné les vidures, ils ont tout mangé ! I'd'vaient avoir sacrément faim.

— Oh mais qu'ils sont mignons ! s'exclama Jenny, tout de suite conquise. Que comptes-tu en faire, Martta ?

— Chais pas bien… hésitait Martta dans l'embrasure, une louche à la main. Mon père il aim'rait pas que j'les ramène à la maison. C'est qu'on a d'jà bien assez d'chats, à Nummenpakka.

— Alors ils peuvent rester ici, déclara Jenny avec plaisir. Donne-leur des noms, Martta, puisque tu les as trouvés.

La fillette en prit un dans ses bras. Comme il essayait d'entrer par l'encolure de sa robe, elle éclata de rire.

— Oh m'dame, vraiment, vous voulez bien adopter deux chats d'gouttière ?

— Apparemment, c'est déjà fait ! constata Jenny en caressant le petit gris qui essayait de se faufiler. Vas-y, trouve-leur des noms.

Martta réfléchit.

— C'est deux garçons, alors j'vais les app'ler Killi et Nalli, comme les géants de Raisio[1].

— Jolis noms ! Lequel est lequel ?

— Ben disons qu'c'est l'gris Killi, et l'jaune, là, Nalli.

— Alors c'est entendu ! Emmène-les à côté. Tu pourras leur aménager une litière dans une caisse près de la cuisinière. Ils seront au chaud. Et donne-leur du lait dans une soucoupe. Le laitier est passé hier, il a livré deux bouteilles.

Les chatons sous le bras, Martta regagna la cuisine en chantonnant :

— *Mirri a une robe colorée comme le paysage en automne, son dos est doux comme le lin, comme la soie un peu sa tête…*

Jenny alla se changer dans sa chambre. Dans la cuisine, les chatons réclamaient du lait avec des miaulements retentissants. Elle avait envie de rire. Ce matin-là, elle était encore loin de se douter qu'elle allait adopter des chats ! Elle en oublia presque que Fredrik Barker était en train de revenir dans sa vie.

---

1. Allusion à la paroisse de Raisio, non loin de là, dont une légende raconte que la robuste église aurait été bâtie par deux géants.

24

Des centaines de citadins s'étaient rassemblés sur les ponts pour assister à la débâcle : les gros blocs de glace traversaient la ville à grand fracas avec le fleuve en crue. On les appelait « les Bonshommes de Halinen ». Non moins grande était la nouvelle selon laquelle, en ce même jour, Fredrik et Emilie Barker emménageaient dans la rue du Château, dans la maison de pierre à étage où Fredrik avait passé son enfance, à côté de l'usine de coton. Toute la ville était curieuse de voir le nouveau patron en compagnie de sa belle et riche épouse suédoise. Le départ de Fredrik Barker pour Stockholm remontait déjà à trois ans. Le couple reçut aussitôt une pluie d'invitations à tous les événements mondains.

Après l'enterrement de son père, Fredrik prit rapidement la direction de l'usine. Il lança de grandes réformes qui auraient à peine effleuré l'esprit de son prédécesseur. À côté du bâtiment à deux étages, il fit construire un atelier de tissage sur cinq niveaux. L'usine augmentait sa production, et le nombre d'employés dépassait déjà les deux cents.

Au grand plaisir des citoyens, le couple Barker était également attaché aux œuvres de bienfaisance. Jenny lut dans le journal qu'ils avaient fait un don pour construire un nouvel immeuble destiné aux pauvres à Korppolaismäki, l'hospice municipal en centre-ville étant devenu trop petit. Le nouvel établissement disposerait de foyers séparés pour les hommes et les femmes, ainsi que pour les fous. Jenny appréhendait le jour où elle tomberait sur les Barker. Comment réagir avec naturel ? Elle parvint à éviter Fredrik pendant presque tout le printemps, mais leur rencontre était inéluctable.

En tant que membre du comité de direction de l'Association historique, Jenny avait été convoquée à une réunion. Le comité comprenait par ailleurs l'industriel Rettig, la consule Vivi Malm, le journaliste Lillja et le bibliothécaire Adolf Lindman. Ils se voyaient en général chez Rettig.

Cette fois, l'ordre du jour concernait le financement des fouilles au cap Koroinen. Mme Tallgren avait mis la pression sur le comité et l'avait bombardé de lettres. En outre, des archéologues étaient présents, convaincus qu'on avait affaire à un fort épiscopal du Moyen Âge. Mme Tallgren voulait débuter les fouilles sans délai. On n'avait déjà que trop attendu. La tombola de l'Association des dames avait procuré quelques fonds pour les fouilles, mais pas assez. La ville non plus n'avait pas d'argent pour financer le projet, et les dons s'étaient avérés fort maigres.

La famille Rettig habitait une maison de pierre dans le centre de Turku, rue de la Nonne, à côté de la manufacture des tabacs. Jenny arriva en avance. Elle fut conduite dans la bibliothèque, à l'étage. Les autres membres du comité étaient déjà présents, et elle prit place dans un fauteuil en cuir devant la fenêtre. De là, elle avait une bonne vue sur la pièce aux murs couverts de papiers peints vert foncé et de bibliothèques en chêne. Les rayonnages de Rettig était pleins de livres d'histoire.

Elle échangea quelques mots avec Vivi Malm, venue s'asseoir dans le fauteuil voisin. Adolf Lindman et le journaliste Lillja étaient plongés dans une conversation. Rettig était assis en bout de table. Éprouvant un intérêt particulier pour l'histoire de la ville, il présidait l'Association historique. Il avait les cheveux grisonnants, une barbe imposante, soigneusement taillée, et des moustaches cirées, recourbées vers le haut.

Jenny appréciait grandement M. Rettig. C'était un directeur d'usine généreux et cultivé qui prodiguait à Turku des dons considérables et menait des réformes en faveur des citoyens. Les premiers logements ouvriers étaient achevés et leurs heureux habitants y avaient emménagé. D'autres étaient en construction près de l'usine Barker et du chantier naval Crichton.

Tirant sa montre du gousset de son gilet rayé, Rettig s'éclaircit la voix.

— Chers membres du comité de direction, je vous informe que nous aurons aujourd'hui un invité-surprise.

Levant les yeux vers les autres membres, il ajouta :

— Il s'agit de l'industriel Fredrik Barker.

Jenny devint livide, puis cramoisie. Elle baissa les yeux et tripota nerveusement sa jupe.

— M. Barker nous a fait part de son intérêt pour les fouilles de Koroinen, poursuivit Rettig, et il viendra aujourd'hui prendre connaissance des tenants et aboutissants. Il pourra participer au financement du projet s'il estime ces recherches archéologiques nécessaires. Il devrait arriver d'une minute à l'autre.

Justement, on entendit des pas dans l'escalier, et la silhouette carrée de Fredrik Barker passa la porte. Jenny ne savait pas où tourner les yeux. Le voir était un choc. Son cœur battait à tout rompre et ses mains ruisselaient de sueur. Elle essaya de se ressaisir. Heureusement, Fredrik avait fixé son attention sur le maître de maison, ce qui lui laissa une chance de reprendre ses esprits.

Jenny observa Fredrik discrètement. Il était toujours aussi beau et élégant. Assaillie par une nostalgie presque cinglante, elle respira profondément. De légers changements, toutefois, étaient perceptibles. Il n'était plus aussi juvénile, et il avait quelques rides autour des yeux, peut-être causées par des soucis.

Après avoir serré la main à Rettig, Fredrik se tourna vers les autres membres du comité de direction pour les présentations. C'est alors qu'il remarqua Jenny.

Les yeux scintillants, il se leva pour aller la saluer. Il s'inclina et prit sa main dans la sienne. Elle sentit des frissons glacés lui parcourir l'échine.

Alors le regard de Fredrik se déplaça vers ses lèvres.

— Je me souviens bien de Mme Malmström. Nous nous voyions souvent, avant mon départ pour Stockholm.

Incapable de parler, Jenny se contenta de hocher la tête avec un sourire forcé.

Rettig pria Fredrik de s'asseoir et donna un coup de maillet pour ouvrir la séance.

— Bienvenue à la réunion de l'Association historique. Aujourd'hui, notre ordre du jour concerne le financement des fouilles archéologiques du cap Koroinen.

Rettig observa les membres du comité de direction par-dessus ses lunettes et son regard s'arrêta sur Jenny.

— Mme Malmström est peut-être la mieux informée de la situation. Auriez-vous l'amabilité de nous rendre compte, et en particulier à Fredrik Barker, de ce qui a été trouvé au cap et de la somme nécessaire pour procéder aux fouilles ?

Jenny rougit. Il ne manquait plus que cela ! Elle leva les yeux vers Fredrik, qui l'observait sans sourciller.

— S'il vous plaît, Mme Malmström, acquiesça-t-il en laissant voir un sourire. Je suis tout ouïe.

Jenny déglutit et tâcha de se ressaisir.

— Mme Tallgren, bredouilla-t-elle… C'est la femme du pasteur de Sainte-Marie, elle a fait venir des archéologues de

Helsinki… Compte tenu des découvertes effectuées à Koroinen et des sources historiques, ils pensent qu'il a dû y avoir un château épiscopal sur le cap, au Moyen Âge.

Fredrik l'observait toujours sans sourciller. Elle s'humecta les lèvres et poursuivit :

— Mme Tallgren a demandé des ressources à l'Association historique pour débuter les fouilles. L'archéologue Juhani Aaltonen est déjà désigné, il peut commencer n'importe quand pourvu qu'on lui en fournisse les moyens.

Suivit un moment de silence. Rettig se pencha en avant et fit la moue.

— Si nous nous lancions dans le financement de ces fouilles, nous souhaiterions que les trouvailles rejoignent le Musée historique de Turku. Il n'est pas question qu'elles partent à Helsinki ! C'est ma condition *sine qua non*, gronda-t-il en enroulant ses moustaches. Qu'en pensez-vous, Barker ?

Fredrik frémit en entendant son nom. Il semblait dans un autre monde. Son regard se posa sur Jenny.

— Absolument. Je suis prêt à financer ce projet à hauteur de 500 marks.

Leurs yeux restèrent comme aimantés pendant un moment, puis Jenny finit par détourner la tête. Pendant ce temps, les membres du comité murmuraient avec satisfaction.

— Cinq cents, répéta Rettig en le notant sur le procès-verbal. En ce cas, je m'engage à fournir la même somme. Mme Malmström, annoncez à Mme Tallgren que le projet peut commencer à la condition que les trouvailles restent à Turku.

Jenny n'en revenait pas.

— Merci, M. Rettig, M. Barker. Je vais l'en informer tout de suite après la réunion.

Rettig battit des mains et s'appuya à son dossier.

— Bien. À présent, je propose que nous prenions le café. Il sonna la clochette et les domestiques entrèrent dans la pièce avec un chariot de service.

Comme Vivi Malm se levait pour aller aux toilettes, Fredrik vint s'asseoir à sa place, près de Jenny. Elle aurait voulu prendre ses jambes à son cou ! Rettig versa du cognac pour les hommes et de la liqueur pour les femmes. Les domestiques servirent les boissons aux invités.

— Je propose un toast aux fouilles et à Fredrik Barker, qui vient d'être élu au conseil municipal, dit Rettig en levant son verre. Bonheur et succès !

Tous se joignirent à ses félicitations, sauf Jenny, qui restait muette. Fredrik faisant tinter son verre contre le sien, elle fut obligée d'affronter son regard légèrement amusé.

— Et Mme Malmström ? Vous ne me félicitez pas ?

— Si, bien sûr, M. Barker, répondit-elle d'une voix qu'elle espérait relativement posée.

— Mais quoi ? insista-t-il en riant tout bas. Je vois bien que quelque chose vous ennuie.

Sans détourner les yeux, Jenny leva le menton.

— M. Barker, votre succès ne m'ennuie pas du tout, mais je serais plus satisfaite si les employés de votre usine pouvaient aussi se porter candidats aux élections.

Il la regarda en souriant de plus belle.

— Je suis heureux que tu n'aies pas changé, Jenny, chuchota-t-il à son oreille. Mais tu vas tout gâcher, si tu n'apprends pas à tenir ta langue. En entendant tes idées subversives, Rettig risque de retirer ses fonds.

Elle le fusilla du regard, mais elle savait qu'il avait raison. Haussant les épaules, elle reprit d'une voix plus audible :

— Merci encore, M. Barker, de bien vouloir financer les fouilles.

Elle se leva dignement et s'éloigna le plus possible pour se servir du café. La tasse tremblait un peu dans sa main. Fredrik sourit d'un air entendu.

Il la laissa tranquille et alla s'entretenir avec Adolf Lindman au sujet de la bibliothèque populaire, mais il continuait de l'observer attentivement tandis qu'elle contemplait les livres de Rettig à l'autre bout de la pièce.

Jenny rentra de la réunion avec l'esprit en ébullition. Elle avait enfin rencontré Fredrik, et cela s'était passé exactement comme elle l'avait craint. Ses sentiments n'avaient nullement diminué malgré plus de trois ans passés sans le voir. Elle enleva sa pèlerine et jeta furieusement ses chaussures dans un coin du vestibule. Elle s'affaissa sur le banc, appuya la tête contre le mur et ferma les yeux. Hélas ! Pourquoi devait-elle encore rencontrer Fredrik Barker ? N'avait-elle pas assez souffert dans sa vie ?

Martta était déjà partie. Jenny alluma le poêle et prépara du thé. Killi et Nalli tournaient dans ses jambes et miaulaient pour avoir à manger. Elle leur donna de la viande cuite.

C'était magnifique, bien sûr, que Fredrik ait accepté de financer les fouilles, mais en conséquence elle allait le revoir aux réunions de l'Association historique. Elle se blottit sous un plaid pour boire son thé sur le sofa, et les chatons sautèrent sur ses genoux, ronronnant et remuant leurs pattes. Elle les caressa distraitement.

Elle voulait oublier Fredrik et continuer de mener une existence enfin bonne et paisible. À présent, tout était différent : il était revenu et chamboulait à nouveau sa vie. Fredrik Barker ne ferait aucun bien à ses nerfs. Elle se leva pour aller piocher quelque chose à lire. Les chatons protestèrent en miaulant lorsqu'elle les posa à côté. Elle devait se sortir Fredrik de la tête.

25

— Joyeux été, Mme Malmström ! Joyeux été !

De joyeuses voix cristallines résonnaient dans la salle de classe. On avait entonné le cantique de l'été et distribué les bulletins. Jenny se tourna en souriant et agita la main en direction des jeunes filles qui ramassaient leurs manuels et couraient vers la liberté.

L'école fermait le dernier jour de mai : c'étaient alors les grandes vacances pour les élèves comme pour les enseignantes. Les cours reprendraient à la fin du mois d'août. Mlle Heurlin ne rémunérait pas ses employées durant cette période, mais Jenny avait mis de l'argent de côté par précaution.

Elle n'eut guère le temps de savourer son oisiveté qu'elle reçut une lettre de Maria Tallgren.

Ma chère Jenny,

Les fouilles ont enfin commencé ! L'archéologue Juhani Aaltonen a débuté son travail sans tarder. Il m'a dit qu'il avait besoin d'aide pour faire des esquisses des objets découverts, aussi ai-je pensé à toi.

Tu sais bien dessiner. Malheureusement, mes occupations ne me laissent pas le loisir de l'assister, mais nous te serions fort reconnaissants si tu pouvais te rendre disponible quelques heures de temps à autre pour rendre service dans ce projet grandiose. Viens donc aux fouilles la semaine prochaine, lundi à neuf heures, nous discuterons avec le directeur du chantier.

Amicalement,

Maria Tallgren

Typique de Maria : elle n'envisageait même pas que Jenny puisse refuser ! Cela dit, Jenny n'avait rien contre. Il serait intéressant de découvrir comment on dessinait les trouvailles archéologiques.

À pied depuis le centre-ville, la rive occidentale de l'Aura menait au cap Koroinen en une demi-heure. Jenny partit en avance. Le début de l'été était très pluvieux et c'était encore une journée nuageuse, aussi avait-elle laissé son ombrelle à la maison. Si le soleil sortait, son large chapeau de paille ferait l'affaire. Pour déjeuner, elle avait emporté des tartines et du jus de fruit.

En arrivant au cap un peu avant neuf heures, elle vit une quinzaine de personnes au travail, aussi bien des hommes que des femmes. Elle les observa un moment. Les uns creusaient à la pelle et apportaient la terre dans des brouettes à d'autres, qui manipulaient des tamis métalliques. Après cette étape, un troisième groupe collectait la terre tamisée pour l'entasser à l'emplacement réservé.

Sur le bord du cap, Maria Tallgren était en compagnie d'un homme plutôt jeune. Apercevant Jenny, elle agita la main avec enthousiasme.

— Ah, te voilà ! Bonjour, très chère. M. Aaltonen, voici ma bonne amie Mme Jenny Malmström. Jenny, je te présente l'archéologue Juhani Aaltonen.

L'homme tendit la main en souriant. Il était grand et blond, très svelte. Les manches de sa chemise blanche étaient retroussées. Il avait une peau bronzée et des bras musclés, témoignant qu'il ne rechignait pas devant le travail physique.

— Enchanté, Mme Malmström, dit-il en l'examinant de ses yeux bleus.

— Toute la joie est pour moi, répondit Jenny en saisissant sa main. Je n'ai jamais eu l'occasion d'assister à des fouilles archéologiques. Mme Tallgren m'a demandé de vous offrir mon aide pour dessiner. Je ne sais pas si je serai à la hauteur, mais je veux bien essayer.

M. Aaltonen sourit de plus belle, dévoilant une rangée de dents blanches. Jenny rougit. Cet homme était absolument charmant !

— Tout à fait, Mme Malmström, approuva-t-il en écartant ses cheveux blonds devant ses yeux. Puis-je d'abord vous présenter les fouilles ?

— Certainement, accepta Jenny en lui rendant son sourire.

Maria prit congé pour vaquer à ses occupations. Elle venait tous les jours sur le chantier, la visite n'avait rien à lui apprendre.

Ils se rendirent au bout du cap, d'où l'on voyait le mieux l'ensemble de la zone. M. Aaltonen sortit de son sac en bandoulière une carte dessinée par ses soins et posa le pied sur une pierre pour s'appuyer.

— Vous savez sûrement que nous exhumons ici ce qui pourrait être un château épiscopal du Moyen Âge ?

Jenny acquiesça.

— Nous avons d'abord mesuré la zone, élaboré la carte et divisé le terrain en carrés, marqués par des poteaux. Cette division facilite le tracé et la notation exacte de l'emplacement des découvertes.

Il montra des ouvriers qui creusaient sur le côté.

— Nous avons débuté les fouilles dès le mois de mai, mais les cribles apportés de Helsinki se sont avérés trop fins. La terre argileuse entraînée par les pluies incessantes était trop dense. Il a fallu interrompre les travaux jusqu'à l'arrivée de nouveaux tamis. C'est pourquoi nous sommes un peu en retard.

Il se tourna vers Jenny.

— Pour ma part, je trace les cartes de la zone et prends des notes. Votre tâche consisterait à dessiner les objets sur papier à l'échelle.

Il lui montra ce qu'il avait déjà fait. Jenny examina les feuilles en penchant la tête. Chaque objet était représenté sous différents angles. Le travail n'avait pas l'air compliqué. Il suffisait de mesurer l'objet et de le dessiner à la bonne échelle.

— Je pense que je pourrais y arriver. Quand puis-je commencer ?

— Mais tout de suite, répondit-il en riant. Venez sous ce bouleau. Je vous apporte le matériel et quelques objets.

Jenny passa toute la journée à dessiner sur le chantier. La plupart du temps, elle n'avait affaire qu'à des fragments de vaisselle en terre et à des pièces de monnaie. Elle apprenait vite et, grâce à ses compétences artistiques, elle savait placer les ombres pour faire ressortir les formes.

En examinant les dessins en fin de journée, M. Aaltonen parut surpris.

— Mme Malmström, vos dessins sont remarquables. Vous êtes douée. Je n'aurais pas pu faire mieux.

Jenny sourit joyeusement. Ils convinrent qu'elle viendrait deux jours par semaine. Davantage ne serait pas nécessaire, car on ne reproduisait pas tous les objets : uniquement les plus remarquables et les mieux conservés.

En arrivant sur le chantier la semaine suivante, Jenny fut accueillie par Maria qui l'embrassa en rayonnant d'enthousiasme.

— Je suis ravie que tu aies accepté ! M. Aaltonen est très content de ton travail. Comment trouves-tu cette activité ?

Elles s'assirent dans l'herbe pour admirer le paysage. Jenny passa les bras autour des genoux.

— C'est passionnant. Dire que des gens ont vécu ici il y a des centaines d'années et que nous n'en savions rien avant ces fouilles, c'est extraordinaire ! Combien de trésors la terre recèle-t-elle ainsi dans ses profondeurs, dont nous ignorons tout ?

— Tu as parfaitement raison, approuva Maria. Je sais exactement ce que tu veux dire. Mais écoute, je suis venue t'inviter à dîner samedi prochain au presbytère de Sainte-Marie. J'ai invité M. Aaltonen, il viendra aussi. Ce sera une soirée formidable ! Nous pourrons discuter tranquillement. Tu dormiras dans notre chambre d'amis, pour ne pas avoir à rentrer en ville à pied en pleine nuit. Tu veux bien ?

Maria la suppliait presque. Jenny accepta avec plaisir. Au même moment, M. Aaltonen s'approcha d'elles en souriant et leur souhaita le bonjour. Ils se mirent brièvement d'accord sur les objets que Jenny allait dessiner.

La jument brune du presbytère leva la tête en hennissant tandis que Maria détachait les rênes autour de l'arbre et montait en calèche.

— Au revoir ! Je vous attends tous deux pour dîner samedi à six heures.

Elle agita la main et s'éloigna dans le bruit des roues, après quoi Juhani Aaltonen et Jenny retournèrent à leur travail. Pour dessiner, on avait apporté une table et une chaise sous le bouleau. Jenny s'assit et se mit à la tâche. De temps en temps, elle guettait les fouilles avec curiosité, mais M. Aaltonen n'eut pas le temps de lui tenir compagnie de toute la journée. Il traçait les cartes et prenait les mesures de niveau tout autour du cap avec un assistant. À l'occasion, il passait donner des consignes aux ouvriers.

L'après-midi, Jenny rentra chez elle à pied, sans avoir revu M. Aaltonen, parti acheter des outils en ville. Elle était un peu déçue, elle aurait aimé le connaître un peu mieux. Mais l'occasion se présenterait bientôt puisqu'ils allaient dîner ensemble au presbytère de Sainte-Marie.

26

— Bienvenue, Jenny ! Allons prendre le café dans le jardin. Le valet Paavo portera ton coffre dans ta chambre.

En cet après-midi, Maria était sortie accueillir Jenny qui descendait de calèche. C'était le plein été, les moineaux bavardaient dans les buissons et le soleil s'était enfin décidé à briller. Jenny ouvrit son ombrelle blanche en dentelle et suivit son amie.

Le jardin était beaucoup plus grand que celui de Sainte-Carine. Presque un siècle plus tôt, le botaniste Pietari Kalm avait été pasteur à Sainte-Marie ; en son temps, le jardin était florissant. Maria lui avait donné un nouvel essor.

Elle présenta fièrement la cerisaie et la pommeraie. Les groseilliers poussaient dans un vaste îlot à part. Au milieu, à l'endroit le plus ensoleillé, se trouvait le potager. Jenny admira les ciboulettes aux fleurs violettes et la menthe luxuriante. Le potager sentait bon, vibrant sous les bourdons et les syrphes qui voletaient de fleur en fleur.

Maria avait servi le café à l'ombre d'un grand érable. Les lilas fleurissaient côté route. Inspirant les puissants arômes à pleins poumons, Jenny ressentit une tristesse passagère. Le parfum des lilas lui rappelait toujours l'affreux printemps où son père était mort.

Tout à coup, un cri perçant la fit sursauter : c'était un troupeau d'enfants surgissant du buisson de lilas. Les plus jeunes, Mikko, Aili et Anna-Maria, jouaient au cheval-bâton avec leur gouvernante et sautillaient en hurlant tout autour du jardin. Amusée, Maria expliqua que les aînés Oiva et Kaarlo étaient partis à la pêche. La gouvernante s'adressait aux enfants en finnois, tandis que Maria lançait des consignes en suédois.

La famille Tallgren étant fortement fennomane, les enfants portaient des prénoms finnois et les aînés fréquentaient l'école finnoise. Cependant, Maria parlait à ses enfants en suédois pour qu'ils apprennent les deux langues : le suédois était la langue de l'intelligentsia et des fonctionnaires, il fallait le maîtriser si l'on voulait réussir dans la vie.

Les femmes s'assirent sur des sièges en rotin.

— C'est merveilleux que tu sois venue. Inna nous a préparé du gâteau aux carottes, et il faut absolument que tu goûtes ce jus de rhubarbe.

Maria servit la boisson rose.

— Alors, Jenny ? l'apostropha-t-elle avec des yeux perçants. Voilà deux semaines que tu dessines sur le chantier. Que penses-tu de notre directeur de fouilles ?

Jenny prit une gorgée.

— M. Aaltonen ?... Il est sûrement très compétent. Je n'avais jamais vu quelqu'un s'adonner à son travail aussi minutieusement.

— C'est un homme formidable. Je suis très contente que nous l'ayons au presbytère. Savais-tu qu'il loge dans notre dépendance durant tout l'été ?

Jenny hocha la tête tandis que Maria servait le café.

— À vrai dire, on le voit rarement, tellement il est absorbé dans son travail, mais nous dînons souvent ensemble. Nous avons eu des conversations passionnantes sur l'histoire antique !

Oh, Jenny, pour la première fois depuis longtemps, je me sens vivre !

— Je suis tellement heureuse pour toi, répondit Jenny en souriant. C'est entièrement grâce à toi que les fouilles ont démarré ! Tu as été magnifique.

Maria lui serra la main.

— Merci, chère amie, mais il ne faut pas oublier la contribution de Rettig et de Barker. Sans eux, le projet n'en serait pas là.

Jenny acquiesça.

Après le café, Maria voulut lui présenter les plantes utiles de son jardin. Elles parcoururent lentement le terrain pour en faire une visite exhaustive, puis elles se retirèrent dans leurs chambres pour la sieste.

Le dîner fut servi à l'étage, dans la grande salle. Jenny avait revêtu sa robe de soirée noire qui commençait à être vieillotte, mais elle n'avait pas les moyens d'en acheter une autre. En automne, elle aurait peut-être la possibilité d'en changer et de se procurer un nouveau col en dentelle.

Juhani Aaltonen et Ivar Tallgren étaient assis sur les sofas, tous deux vêtus de costumes noir avec gilet. Ils se levèrent galamment lorsque les femmes entrèrent.

Tout timides, les enfants arrivèrent à table dans leurs vêtements de cérémonie. Maria voulait qu'ils mangent avec les adultes pour apprendre à faire la conversation.

Quand les domestiques eurent apporté la soupe et l'eurent servie, les hôtes déclamèrent le bénédicité et le repas commença.

— Alors, quoi de neuf au cap Koroinen ? demanda le pasteur à l'archéologue. Avez-vous fait des découvertes ?

M. Aaltonen goûtait la soupe d'asperges du potager. Il acquiesça.

— La trouvaille la plus remarquable, c'est un grand bâtiment dont on a découvert les fondations au milieu de la péninsule.

Aujourd'hui, nous avons trouvé des ossements humains à l'intérieur.

Maria poussa un soupir.

— Ça alors ! s'exclama le pasteur en haussant les sourcils. Qu'est-ce que cela signifie, à votre avis ?

L'archéologue posa sa cuillère et s'éclaircit la gorge.

— Les ossements indiquent que des gens ont été enterrés sous le bâtiment. Pour cette raison, je suis tenté de penser qu'il s'agissait d'une chapelle appartenant au fort épiscopal.

— Voila qui est époustouflant ! s'enthousiasma Maria. Jusqu'ici, on pensait qu'il y avait eu la résidence de l'évêque, sur le cap, mais pas une église.

— Sous les fondations du bâtiment, on a découvert aussi des monuments funéraires entourés de murs de briques, poursuivit M. Aaltonen. Je suis porté à croire que ce sont les sépultures des premiers évêques de Finlande.

Bouche bée, Maria battit des mains.

— Mais c'est absolument incroyable ! Qui eût cru que le cap Koroinen s'avérerait un site majeur de l'histoire de Finlande ? Je suis tout à fait enchantée. M. Aaltonen, je vous envie tellement ! Comprenez-vous dans quelle position privilégiée vous êtes ? J'ai toujours aimé l'archéologie, et si seulement j'avais pu naître homme, je serais sûrement allée l'étudier à Helsinki.

— Vous avez parfaitement raison, Mme Tallgren, répondit-il avec compassion. Je vous comprends bien. Les hommes sont privilégiés, et je soutiens absolument les études pour tous, indépendamment du sexe.

Il se tourna vers Jenny.

— Certaines femmes ont réclamé une dérogation et ont pu obtenir le baccalauréat. J'espère qu'elles seront de plus en plus nombreuses à le faire. Qui sait, peut-être verrons-nous un jour la première femme professeur !

Jenny était émerveillée. M. Aaltonen exprimait des idées si subversives qu'elle n'en croyait pas ses oreilles. C'était la première fois qu'elle entendait un homme défendre les droits des femmes. Cela l'encouragea à participer à la conversation.

— M. Aaltonen, à votre avis, les femmes devraient-elles avoir le droit de vote ?

— Certainement ! répondit-il. Vous êtes aussi intelligentes et capables que les hommes. Quand vous serez libres d'étudier, je crois qu'on pourra compter sur vous pour mener des changements retentissants dans la société, et uniquement dans la bonne direction.

Avec un grand sourire, Maria lui servit du rosbif avec une sauce au raifort.

— M. Aaltonen, vous êtes tellement génial que je pourrais vous embrasser.

Le pasteur Tallgren éclata d'un rire bienveillant.

— Je propose un toast et trois hourras à toutes les femmes.

Ils levèrent leurs verres et les enfants joignirent leurs voix cristallines à l'acclamation :

— Hourra ! Hourra ! Hourra !

En dessert, ils dégustèrent du flan et du kissel à la rhubarbe. Au fur et à mesure de la discussion, Jenny avait l'impression que Juhani Aaltonen était une homme sérieux, très instruit et modeste. Loin de se vanter de ses accomplissements, il ne parlait de lui-même qu'en passant, et en minimisant ses mérites.

Après le repas, ils passèrent au salon pour jouer aux dés. Juhani Aaltonen était assis en face de Jenny. Elle le trouvait encore plus séduisant.

Le lendemain matin, Jenny descendit dans la salle à manger. Elle fut déçue de ne pas y trouver M. Aaltonen : la gouvernante Inna lui rapporta qu'il était parti de bonne heure car des affaires pressantes l'appelaient à Turku. Jenny prit son petit-déjeuner avec Maria et les enfants. Le pasteur préparait le culte.

Après avoir mangé leur bouillie de céréales, ils revêtirent leurs habits du dimanche et se rendirent à l'église Sainte-Marie, de l'autre côté de la route.

Après l'office, Jenny rentra en ville avec l'attelage du valet Paavo, car elle devait nourrir les chats et les laisser sortir. De bonne humeur, elle fredonnait en regardant défiler les luxuriants paysages de la vallée de l'Aura. Elle était heureuse de pouvoir penser à autre chose qu'à Fredrik Barker. En outre, Maria lui avait soufflé après le dîner que Juhani Aaltonen était célibataire.

27

Pendant que le cordonnier Vuorinen ronflait derrière la cloison, Jenny lisait le journal dans son salon et buvait tranquillement son café du matin. Elle avait fini par se lever, lasse d'entendre ce tintamarre.

À la une du journal, elle repéra une annonce : la Société des artistes et l'Association des arts de Finlande avaient monté une exposition à l'hôtel de ville, avec la participation de plusieurs artistes finlandais de renom. Cette manifestation rencontrait un grand succès auprès du public : 2 760 personnes avaient déjà acheté un billet d'entrée. Étaient accrochés entre autres *La Mort de Wilhelm von Schwerin* et le *Soldat blessé dans la neige* de Helene Schjerfbeck, ainsi que le *Combat de grands tétras* de Ferdinand von Wright.

N'ayant rien de spécial à faire dans la matinée, Jenny décida de s'y rendre. Elle était particulièrement intéressée par les œuvres de Helene Schjerfbeck.

L'hôtel de ville se trouvait à l'entrée du pont de l'Aura, au bord du fleuve. C'était à deux pas de son appartement. Jenny poussa la lourde porte en bois sculpté et acheta un billet. La surveillante la conduisit dans la salle des fêtes, à l'étage, où la plupart des œuvres étaient accrochées. Les fenêtres donnaient sur le fleuve, et le plafond était orné de fresques et d'immenses lustres en cristal.

La surveillante redescendue, Jenny resta seule dans la salle. Elle commença la visite avec un imprimé décrivant la liste des œuvres. Elle était contente d'avoir la paix.

Sur le mur du fond, on pouvait voir un *Paysage d'automne* de Victor Westerholm et la *Vieille Femme avec un chat* d'Axel Gallén. Jenny admira le tableau de Westerholm, artiste de Turku. Les traits de pinceau étaient incroyablement précis. La réalisation avait dû prendre beaucoup de temps.

Elle contempla ensuite la toile de Gallén. Elle en eut le souffle coupé. Quelle œuvre audacieuse ! Elle n'avait jamais vu un tel sujet en peinture. Une vieille femme laide, le ventre gonflé par la faim, tendant la main à un chat. Jenny en avait les larmes aux yeux.

Alors qu'elle examinait attentivement le *Combat de grands tétras* de von Wright, Fredrik Barker entra dans la salle. Jenny sentit son cœur s'arrêter et le sang s'échapper de son visage. Il aurait été impoli de ne pas le saluer, aussi s'efforça-t-elle de composer un hochement de tête. Pour autant, cela fut loin de le repousser. Constatant qu'il n'y avait personne autour d'eux, il se dirigea droit vers elle à grands pas. Jenny était incapable de bouger ou de respirer. Il la prit par le bras et lui lança un regard passionné.

— Enfin nous voici seuls, Jenny. C'était douloureux, de ne pas pouvoir parler avec toi.

— Je vous demande pardon, M. Barker ? répondit Jenny, ahurie, n'en croyant pas ses oreilles.

Il la serra plus fort.

— Trêve de formalités. Tu me manques.

Jenny soupira et essaya de retirer son bras.

— Comment oses-tu me parler de la sorte ? Tu es un homme marié !

Il ne la lâchait pas, ne la quittait pas des yeux. Elle avait l'impression que le monde entier vacillait.

— Arrête, soupira Fredrik. J'étais obligé de me marier avec Emilie, tu le sais bien. Mais je n'ai pas pu t'oublier. Je n'ai jamais cessé de suivre le cours de ta vie. Je suis fort désolé pour la mort de ton père, j'ai appris la triste nouvelle quand j'étais à Stockholm et je me suis fait beaucoup de souci pour toi. Pourquoi n'as-tu pas consenti à la demande de Kosti Vanhanen ?

De nouveau, c'était le tour de Jenny de s'offusquer :

— Je ne sais pas où tu t'es renseigné, mais cela ne te regarde pas le moins du monde !

Fredrik sourit, le regard chargé d'admiration.

— Quelle mégère ! Tu as repris confiance en toi.

Il tendit la main, caressa la joue de Jenny avec son pouce et la regarda tendrement. Elle ferma les yeux. C'était plus fort qu'elle, un frisson la parcourait et stoppait les méchancetés sur ses lèvres.

— Tu m'as manqué, dit Fredrik d'une voix rauque. Où pourrions-nous nous voir ?

— Assez, Fredrik ! bondit Jenny, choquée. Es-tu fou ? Tu es marié ! Nous ne saurions plus avoir que les rapports les plus formels, et il vaudrait mieux que nous n'en ayons plus du tout ! Comment peux-tu imaginer revenir ici après tant d'années et faire comme si rien n'avait changé ? Tu as fait un choix autrefois, et nous devons à présent en assumer les conséquences.

Ils échangèrent un regard chargé d'étincelles. Tout à coup, Fredrik attira Jenny dans ses bras. Ses genoux fléchirent et elle faillit tomber. Elle plongea son regard dans ses yeux ardents.

— C'est hors de question, répondit Fredrik. Il est trop tard.

Elle le repoussa.

— Laisse-moi tranquille et retourne chez ta femme !

Comme il y avait du mouvement dans le hall, il dut la relâcher. Un groupe d'amateurs d'art entra alors dans la salle en s'entretenant joyeusement avec un guide.

Jenny essaya de calmer sa respiration. Elle jeta à Fredrik un regard d'avertissement et s'empressa de quitter la galerie sans ajouter un mot.

Fredrik ! Il faisait de leurs deux vies une torture, en se comportant ainsi. Jenny marchait avec colère au bord de l'Aura. Son sang était en ébullition. Si seulement elle pouvait étouffer ses émotions et cesser de se soucier de lui ! Mais elle n'y pouvait rien ! Chaque fois qu'elle le rencontrait, ses sentiments devenaient tout à fait confus.

En l'occurrence, elle savait que leur amour ne pourrait conduire qu'à la ruine et à la perte. S'il ne le comprenait pas, elle oui.

Jenny se mordit la lèvre et prit une lourde décision. Elle devait faire croire à Fredrik qu'il ne comptait plus pour elle. Elle devait se montrer aussi froide que possible. Cela lui brisait le cœur, mais elle s'endurcit. Il n'y avait pas d'autre solution.

28

C'était un calme dimanche d'été. Les cloches sonnaient la fin du culte et Jenny descendait les marches de la cathédrale parmi les autres paroissiens. Elle décida d'aller à pied au cimetière de Sainte-Carine. En cette saison, on accédait à l'église en coupant par un sentier herbeux longeant l'Aura, sans faire le détour par la route du Häme. À pied, cela ne prenait qu'une demi-heure.

Sous un soleil de plomb, Jenny resserra les rubans de son chapeau de paille sous le menton. Elle était sortie dans sa robe noire dominicale, sans veste : il faisait bien assez chaud.

Les iris jaunes fleurissaient sur la rive, et les fleurs des champs sentaient bon. De temps à autre, les poissons affleuraient à la surface du fleuve, produisant des cercles qui disparaissaient dans les joncs. Jenny était si heureuse au milieu de toute cette beauté qu'elle avait envie de sautiller.

Sur la rive, les vaches de Simola chassaient les mouches avec la queue, ruminaient l'herbe fraîche et l'observaient paresseusement. Les moutons accoururent à flanc de colline et elle s'arrêta pour leur tendre de l'herbe à travers la clôture. Elle avait envie de rire en les voyant se disputer son herbe à elle alors qu'ils avaient exactement la même de leur côté. Elle cueillit des fleurs – des renoncules jaunes, des myosotis bleus, des œillets roses et des cerfeuils blancs – et composa deux gros bouquets pour les tombes.

En arrivant au presbytère de Sainte-Carine, elle n'y vit personne, seules les poules rousses grattaient la terre sous les pommiers. Elle ouvrit le bon vieux portail et regarda la cour de son ancienne maison avec une certaine nostalgie. Le nouveau pasteur s'était bien occupé du jardin. Tout était presque comme avant. Il avait dû avoir une bonne récolte de pommes.

Au même moment, Aina sortit de l'étable avec un bidon de lait. Apercevant Jenny, elle posa son lourd fardeau.

— Qu'est-ce qu'i'voient là mes vieux yeux ? C'est bien Jenny Malmström ? Elle est vraiment v'nue nous voir ?

Jenny sourit à son ancienne gouvernante. Elle avait vieilli, elle était un peu voûtée.

— Oui, Aina. Et je voudrais te demander de me prêter des bocaux pour que je mette ces fleurs sur les tombes.

— Mais bien sûr ! J'descends juste porter ç'bidon à la cave et pis on ira chercher des bocaux dans la cuisine. Le pasteur il est pas chez lui, il est à la préparation des confirmations. J'vais nous faire un bon café et elle va m'raconter toutes les nouvelles de la ville.

Elles transportèrent le bidon ensemble et remontèrent préparer le café. Aina avait fait de la brioche le matin ; elles décidèrent d'aller savourer tout cela dans l'escarpolette sous le pommier.

Aina mit un morceau de sucre dans sa bouche et prit une gorgée de café.

— Rien d'spécial par chez nous, le pasteur il s'est pas encore trouvé un'dame. Y a la Maiju qui s'est mariée à la Saint-Jean avec le valet d'Simola. C'était une bonne chose, ça. Et Viktor est en pleine forme, là il donne un coup de main à Simola avec les foins. Il a emmené Virkku. Orvokki dev'nait trop vieille, il a fallu en faire d'la viande au printemps, mais main'nant on a une nouvelle vache brune, Kyllikki. Et pour donner du lait, elle en donne ! Ça coule à flots ! On ira la voir, après l'café.

Aina se pencha en avant pour mieux entendre Jenny qui racontait ses nouvelles, notamment son travail au cap Koroinen, où elle avait rencontré le directeur des fouilles.

— Parbleu ! s'exclama Aina avec une claque sur le genou. Ce type est v'nu aussi pour rencontrer l'pasteur. Qu'est-ce qu'il était beau et poli ! Il voulait quéqu'paires de bras. Alors nous on en avait pas en trop ici, mais à Simola il a dû trouver deux-trois valets.

Aina ne comprenait pas qu'on puisse se donner tant de peine pour de vieux objets rouillés. Jenny sourit et changea de sujet. Elle parla du jardin du presbytère, en pleine floraison.

— Ah oui, elle est énergique, c'te femme du nouveau pasteur ! dodelina Aina avec enthousiasme. Elle aura bientôt tout mis sens dessus dessous, dans l'coin. Si elle était un homme, qu'est-ce qu'elle f'rait pas !

Je ne te le fais pas dire ! songea Jenny.

Après le café, elles allèrent saluer la nouvelle vache, et Jenny caressa les chats de ferme. Ils semblaient se souvenir d'elle : ils tournèrent entre ses jambes en se frottant. Elle souleva Hyrry dans ses bras, colla sa joue contre la sienne et le serra fort. Il lui avait manqué !

Puis elle prit congé d'Aina, non sans lui promettre de repasser bientôt.

Au cimetière, elle apporta les fleurs sur les tombes, dans deux grands vases que la gouvernante viendrait récupérer plus tard. Elle s'inclina pour prier.

Sur le chemin du retour, Jenny fredonnait en mordillant un brin d'herbe. Elle écoutait le bruissement du vent dans la tremblaie. L'odeur de la forêt se mêlait à celle des roses sauvages au bord de l'eau. Ses pensées se tournèrent vers Juhani

Aaltonen. Ainsi, il était passé au presbytère de Sainte-Carine ? En tout cas, Aina l'avait bien aimé, apparemment, et Jenny appréciait l'opinion de son ancienne gouvernante. M. Aaltonen avait un peu le même calme et la même sagesse que Matias. Revenant à elle, Jenny constata que le poids du chagrin s'était enfin dissipé.

29

La fenêtre de la cuisine était ouverte sur la rue de la Berge, et les rideaux à rayures grises oscillaient de temps en temps dans le léger courant d'air, mais à l'intérieur l'air était statique. Les rues de la ville poudroyaient sous le soleil de mi-été, et il faisait une chaleur pénible dans le petit appartement. Heureusement, Jenny reçut une lettre de Beata l'invitant à la campagne. Ernst Dahlström, cousin de son mari, possédait une résidence à Ruissalo : chaque été, il y recevait toute la famille.

C'était un usage commun : à cette saison, les riches bourgeois et fonctionnaires de Turku se retiraient dans leurs villas sur l'île de Ruissalo, à quelques lieues de la ville. Dans le centre, il faisait chaud, et les puits étaient parfois à sec. Les maladies contagieuses se propageaient, aussi, surtout le choléra et la typhoïde. Les plus fortunés pouvaient se permettre de fuir ces conditions de vie délétères.

Les Dahlström s'étaient installés dans leur villa dès le début du mois de juin. Beata trouvait le temps long, elle écrivait que Jenny lui manquait et qu'elle l'attendait avec impatience : « Oh, Jenny, je serais tellement heureuse que tu viennes ! Je m'ennuie terriblement. »

Soulagée de pouvoir quitter un peu la poussière de la ville, Jenny accepta l'invitation de bon cœur. Comme elle prévoyait de séjourner une quinzaine de jours, elle donna congé à Martta, qui pourrait emmener Killi et Nalli à Nummenpakka. Elle s'assit à son secrétaire pour répondre à Beata.

Une semaine plus tard, Jenny descendait de calèche dans le port inférieur des vapeurs. Elle demanda au cocher d'embarquer son bagage à bord d'un navire dénommé *Helmi*, « La Perle », qui reliait Turku à Naantali via Ruissalo.

De bon matin, le soleil tapait déjà fort. L'air ondoyait sur le quai de pierre et les mouettes se disputaient à grands cris les restes des pêcheurs. Jenny rabattit son chapeau de paille pour mieux protéger son visage. La sueur ruisselait sur son dos. Elle avait mis sa robe d'été en coton blanc avec de grandes manches bouffantes. La coupe était droite et tombait jusqu'aux chevilles. Elle avait pris son ombrelle ornée de dentelle mais ne souhaitait pas l'ouvrir tout de suite. C'était pour la traversée. En l'occurrence, le chapeau devait suffire.

Elle paya le cocher et emprunta la passerelle pour atteindre le navire qui commençait à se remplir. Après avoir acheté un billet au receveur, elle monta sur le pont.

Quelle surprise ! M. Aaltonen était accoudé au bastingage. Le cœur de Jenny fit un bond.

Il était beau au soleil, bronzé, resplendissant de santé. Il avait l'allure d'un gentilhomme, avec complet clair et casquette d'étudiant.

— M. Aaltonen, quelle surprise ! Je ne m'attendais pas à vous voir ici.

Il se tourna et la reconnut. Joyeux, il souleva sa casquette.

— Bonjour, Mme Malmström. Quelle coïncidence ! Seriez-vous en route pour Ruissalo, vous aussi ?

Elle regarda ses yeux bleus.

— Oui. Les Dahlström m'ont invitée dans leur villa. Et vous, n'êtes-vous plus sur le chantier ?

— Les fouilles sont malheureusement suspendues pour au moins deux semaines, faute de moyens. J'attends un financement de la Société archéologique de Finlande, à Helsinki, mais dans l'immédiat nous ne pouvons que patienter.

Il se rappuya au bastingage.

— La situation est vraiment fâcheuse, mais Rettig a eu l'amabilité de m'inviter dans sa villa de Marjaniemi.

— C'est très gentil de sa part, approuva Jenny. Mais parlez-moi un peu des fouilles. Qu'avez-vous découvert ?

Il n'eut pas le temps de répondre qu'un matelot larguait les amarres tandis que la corne de brume donnait le signal du départ.

— Puis-je vous demander de vous asseoir à l'arrière avec moi ? Je vous raconterai tout !

Il lui offrit son bras et la conduisit à l'arrière du navire. Ils trouvèrent de bonnes places sur des bancs de bois, à l'ombre du pont supérieur. À la poupe flottait le pavillon blanc-bleu-rouge de la Russie.

Il exposa tranquillement l'avancement des fouilles. Jenny l'observait avec admiration. Il lui plaisait encore plus qu'avant. M. Aaltonen était un homme calme et intelligent. Et il avait d'immenses connaissances en histoire. Son père l'aurait certainement apprécié.

Après avoir dépassé le château de Turku et l'île de Pikisaari, ils aperçurent bientôt l'embarcadère du Parc populaire sur celle de Ruissalo. Juhani Aaltonen descendait là. Jenny continuerait encore un peu, jusqu'au quai de Kuuva.

— J'étais ravi de cette rencontre inopinée, Mme Malmström, dit-il en lui serrant la main. J'espère que nous nous reverrons.

— Merci, de même, répondit-elle en souriant. Profitez de votre séjour à Ruissalo, je reviendrai au cap Koroinen pour dessiner lorsque les fouilles reprendront.

— Je l'attends avec impatience, conclut-il en soulevant sa casquette.

Le *Helmi* accosta et la passerelle fut mise en place. La plupart des passagers descendaient là. Rettig avait envoyé son valet accueillir les invités. M. Aaltonen chargea tout seul sa valise sur la calèche et salua Jenny en agitant la main. Elle le regarda s'éloigner jusqu'à ce que le véhicule disparût dans le virage.

Attendant Jenny sur le quai de Kuuva, Beata agita de loin son mouchoir blanc.

Dès que son amie posa pied à terre, elle l'embrassa avec fougue.

— C'est merveilleux que tu sois venue ! Nous allons bien nous amuser. J'ai prévu plein de choses à faire. Comment s'est passé le voyage ?

Jenny redressa son chapeau, qui était parti de travers sous l'effusion de son amie.

— Bien, merci, répondit-elle en riant. J'ai eu la surprise de rencontrer l'archéologue Juhani Aaltonen, à bord. Il se trouve que je le connais, m'étant rendue assez souvent aux fouilles de Koroinen afin de dessiner les objets découverts.

Le valet des Dahlström chargea son coffre, et les deux amies prirent place dans la calèche. Comme le soleil tapait maintenant plus fort, elles ouvrirent leurs ombrelles. Le valet fit claquer les rênes et ils se mirent en route par le bord de mer vers la villa des Dahlström. Le vent marin était frais et la surface de l'eau chatoyait sous l'éclat du soleil. Jenny soupira de bonheur.

— M. Aaltonen m'a dit qu'il était invité à séjourner à la villa de Rettig parce que les fouilles étaient suspendues.

Beata inclina son ombrelle. Le grand air lui avait fait du bien. Elle était en bonne santé, gorgée de vitalité.

— Ah oui ? Il paraît que M. et Mme Barker y sont également. Tonton Dahlström les a tous invités chez nous en fin de semaine.

Jenny blêmit sous le choc. Ne remarquant pas la réaction de son amie, Beata continua avec enthousiasme :

— On va bien s'amuser ! J'ai hâte de rencontrer ton archéologue. Il est jeune et beau ?

Jenny émergea de ses pensées et rit.

— Il n'est plus tout jeune, mais je le trouve plutôt charmant.

— Jenny ! soupira Beata en donnant une bourrade à son amie. Tu es amoureuse !

— Mais non, se récria Jenny sans pouvoir s'empêcher de rire. Tu ne vas pas encore me marier avec tous les hommes !

— Bien sûr que si. Quoi de mieux que l'été, la nature de Ruissalo et un peu de romantisme ?

Beata serra le bras de son amie en riant gaiement.

La calèche arriva dans une allée bordée de grands chênes conduisant à la villa. Jenny n'étant jamais venue auparavant, elle observait avec curiosité le somptueux bâtiment de bois sur trois niveaux qui se profilait entre les arbres. Les planches étaient badigeonnées de jaune tandis que les fenêtres étaient bordées de bois ouvragé et peint en blanc.

Lorsque la voiture s'arrêta devant l'entrée principale, les femmes posèrent le pied sur les graviers. Rosina, la femme de tonton Dahlström, vint à leur rencontre sur la véranda. Elle saisit la main de Jenny en souriant.

— Bienvenue à la Villa Erstavik, Mme Malmström ! Ravie que vous veniez nous rendre visite. Beata a tellement parlé de vous ! s'exclama-t-elle tandis qu'elles gravissaient les marches de la véranda. Beata va vous montrer votre chambre. Vous pourrez vous reposer un peu après ce voyage, puis nous déjeunerons ensemble.

— C'est très aimable à vous de m'inviter, dit Jenny à la maîtresse de maison. Je me régale déjà. La nature de Ruissalo est merveilleuse et votre villa est d'une beauté tout à fait incroyable !

— Ruissalo fait du bien à tout le monde, approuva Mme Dahlström avec plaisir. Il faut que vous preniez des couleurs. Faites comme chez vous et sortez le plus possible. Beata vous montrera le jardin après le déjeuner.

La chambre de Jenny était au dernier étage, où menait un escalier grinçant en colimaçon. Beata ouvrit la porte, et Jenny poussa un soupir admiratif. La pièce était petite, mais sa fenêtre donnait sur la mer. Il y avait des rideaux vert menthe et un dessus de lit piqué à motifs de roses, joliment tiré sur le côté. À côté de la fenêtre, une porte menait sur un balcon.

— Jenny, viens voir cette vue ! dit Beata en ouvrant la porte.

Le balcon donnait directement sur la baie d'Airisto, parsemée de petits voiliers blancs. Jenny resta sans voix devant la splendeur du paysage. Des îlots dépassaient çà et là. La balustrade était couverte de violettes qui se balançaient doucement dans le vent. Des pinsons chantaient dans un bouleau.

— C'est le paradis terrestre. Je n'ai jamais vu d'aussi jolie chambre.

— Je me doutais qu'elle te plairait, se félicita Beata avec des yeux scintillants. Tata et moi étions d'avis que cette chambre était exactement celle qu'il te fallait. Tu as besoin d'un peu de changement dans ta vie.

— Oh, Beata ! Il n'y a pas de meilleure amie que toi !

Jenny l'embrassa, les larmes aux yeux. Beata la regarda tendrement.

— Repose-toi un peu. On se retrouve en bas dans une demi-heure.

Le déjeuner fut servi sur la véranda ensoleillée. Les filles de Beata, Wilhelmina et Charlotta, étaient déjà attablées. Elles saluèrent Jenny avec politesse, puis elles gardèrent le silence un moment, mais ne tardèrent pas à se disputer à qui était meilleure nageuse. Comme leur père et tonton Dahlström étaient partis le matin en vapeur à Turku, elles déjeunèrent à quatre. Il y avait de la soupe de poisson puis, en dessert, des fraises du jardin avec de la crème fouettée.

Après le repas, Jenny alla se promener dans le jardin avec Beata et les filles. Ces dernières se couraient après en poussant des cris tandis que Jenny et Beata marchaient tranquillement sur les graviers avec leurs ombrelles.

— Je nous ai préparé tout un programme ! s'exclama Beata, débordante d'enthousiasme. Ce soir, nous pourrions jouer au croquet ; et demain, aller à la plage avec les filles. Et une piste de quilles vient d'être construite dans le jardin de mon oncle Magnus. Sa villa est tout près d'ici. Nous pourrions aller l'essayer un de ces jours.

— Voilà qui promet d'être épuisant ! plaisanta Jenny. Mais oui, je viendrai absolument où tu voudras.

Jenny savourait son séjour chez les Dahlström. Le lendemain, elles passèrent une merveilleuse journée à la plage dans une anse sablonneuse. Jenny et Beata se prélassaient sur une couverture à l'ombre des arbres et regardaient les filles qui se baignaient, s'éclaboussaient et criaient comme des gorets. La cuisinière leur avait préparé un pique-nique.

Le jeudi, elles firent une excursion à la pointe de Kuuva, où les vagues battaient les rochers lisses en mugissant et le vent emmêlait les cheveux. Les yeux fermés, Jenny inspira profondément l'air marin et oublia qu'elle allait rencontrer Fredrik et sa femme en fin de semaine.

30

Toute la maisonnée s'était rassemblée sur la véranda de la Villa Erstavik pour accueillir la magnifique calèche de Rettig, ouverte et étincelante. Jenny s'approcha, livide. Le couple Dahlström alla en premier à la rencontre des visiteurs.

Les hommes étaient vêtus de complets d'été aux tons clairs. Juhani Aaltonen et Fredrik Barker portaient leurs casquettes d'étudiants.

Jenny évitait de regarder Fredrik. À la place, elle sourit à Juhani Aaltonen qui serrait la main de tonton Dahlström. Elle remarqua une jeune femme encore assise en voiture, vêtue d'une élégante robe de promenade couleur sable bordée de broderies brunes. Sa veste moulante avait des épaules bouffantes à la mode. Elle était blonde et belle, mais sa pâleur trahissait une grande lassitude. Fredrik lui tendit la main pour l'aider à descendre. Jenny ressentit un élancement d'envie. Cette femme devait être son épouse. Elle détourna la tête.

Tandis que les invités saluaient leurs hôtes, Juhani Aaltonen s'approcha directement de Jenny pour lui prendre la main en s'inclinant :

— Comme je suis heureux de vous revoir, Mme Malmström !

Elle rougit et esquissa un sourire timide. L'apercevant alors qu'elle avait encore la main dans celle de M. Aaltonen, Fredrik fronça les sourcils.

— Mme Malmström ! Que faites-vous ici ?

La brutalité de la question la fit sursauter. Il avait un reflet méfiant dans les yeux. Tonton Dahlström répondit gentiment :

— Mme Malmström est l'invitée de Beata. J'ignorais que vous vous connussiez.

— Nous nous sommes rencontrés dans le cadre de diverses œuvres de bienfaisance, répondit brièvement Fredrik en toisant Jenny. J'ignorais que Mme Malmström et M. Aaltonen se connussent.

Jenny était de plus en plus agacée.

— Mme Malmström m'a aidé aux fouilles de Koroinen, expliqua M. Aaltonen. C'est une dessinatrice exceptionnelle !

— Je me demande bien pourquoi on ne m'en a pas parlé, dit Fredrik en interrogeant Jenny du regard.

Bouillant intérieurement, elle répondit aussi calmement que possible :

— Je vous demande pardon, M. Barker, mais je ne trouvais pas cela important.

Le laissant à sa contrariété, la maîtresse de maison s'approcha pour présenter Mme Barker à Jenny. La femme de Fredrik lui serra la main en fuyant un peu son regard.

— Je suis ravie de faire votre connaissance, Mme Barker, dit Jenny avec une politesse impeccable et un sourire forcé.

La dame hocha la tête avec indifférence et se tourna vers son mari, dont le regard s'attardait sur Jenny. Celle-ci tourna les talons et alla discuter avec Juhani Aaltonen. Elle essayait par tous les moyens d'ignorer Fredrik et sa femme.

Bientôt les invités furent conduits dans leurs chambres pour se reposer et faire un brin de toilette avant le dîner. Jenny ferma sa porte et se laissa tomber sur son lit.

Elle fixa le plafond en serrant les dents. Le dîner allait être un cauchemar. Fredrik n'avait aucun droit de se montrer aussi possessif. Il était marié, tout de même !

Elle lança violemment ses chaussures dans un coin. Son amitié avec Juhani Aaltonen ne le regardait pas le moins du monde. Elle n'avait pas l'intention d'endosser la moindre culpabilité. Au contraire. Elle comptait consacrer toute son attention à Juhani et éviter de tourner les yeux vers Fredrik.

Elle se leva et enfila une robe de soirée écrue à col ouvert, en taffetas, avec une doublure de soie froufroutante et de longues manches étroites, élégantes et brodées. Elle l'avait empruntée à Beata. C'était un peu trop petit pour elle, mais elle était reconnaissante à son amie. Sa robe d'été en coton aurait été trop modeste pour un dîner à la Villa Erstavik.

Elle mit le bracelet en or offert par sa tante Loviisa, les boucles d'oreilles de sa mère en forme de larmes et, autour du cou, une simple petite croix en or, cadeau d'anniversaire de son père. Puis elle releva légèrement ses longs cheveux tout en laissant quelques boucles libres sous le chignon. Après un dernier coup d'œil dans le miroir, elle descendit.

Cette fois, le dîner était servi dans une salle aux meubles Gustav III peints en gris et au papier peint jaune pastel. Les convives se rassemblèrent autour d'une longue table dressée avec le meilleur service de la maison et l'argenterie au grand complet. Il y avait partout des roses du jardin cueillies par les filles le matin même et arrangées dans des vases par Mme Dahlström. Les hommes avaient revêtu leurs costumes noirs, et les femmes leurs robes de soirée.

Mme Dahlström plaça Jenny à côté de Juhani Aaltonen. C'était sûrement une manigance de Beata. Celle-ci prit place à côté d'eux, avec son mari et leurs filles. Rettig était assis en bout de table avec le couple d'hôtes. Jenny savait par expérience que les dîners duraient des heures. Cela allait être d'autant plus éprouvant que Fredrik et sa femme étaient assis face à elle.

La toilette de Mme Barker était élégante mais modeste. Elle avait un simple collier de perles autour du cou. Très taciturne, Emilie ne participait pas à la conversation. Elle répondit succinctement quand Mme Dahlström lui demanda de ses nouvelles par politesse. Fredrik n'était pas d'humeur à bavarder, lui non plus. Immobile, il regardait Jenny et Juhani avec un air sinistre.

Jenny se tourna vers son voisin, ravissant dans son costume. Elle nota de l'admiration dans ses yeux.

— Vous êtes très belle, ce soir, Mme Malmström.

Quelle surprise ! Il n'était pourtant pas un homme à distribuer souvent des compliments sur le physique.

— Merci, M. Aaltonen, répondit-elle en rougissant. Comment vous plaisez-vous à Ruissalo jusqu'à présent ?

— Très bien, répondit-il. Hier, nous avons navigué toute la journée. C'était merveilleux. Le temps était parfait.

Les domestiques servirent de petits toasts et des tartelettes au saumon. Jenny mit sa serviette sur les genoux en évitant le regard de Fredrik entre le vase de roses et le chandelier d'argent.

— Vous disiez que vous aviez découvert des caveaux en briques qui sont probablement des tombes d'évêques. Savez-vous de qui il s'agissait, au juste ?

Elle eut droit à un exposé approfondi sur les premiers évêques de Finlande. Pendant ce temps, les assiettes furent emportées, cédant la place à du rôti de chevreuil dans une sauce au vin rouge et à des raves cuites au four. Tout en savourant ces plats délicieux, Jenny écoutait l'archéologue avec un grand plaisir.

Toutefois, M. Dahlström ne tarda pas à l'interrompre :

— M. Aaltonen, goûtez un peu ce rôti de chevreuil. C'est moi qui ai chassé cet animal. La viande est fraîche.

M. Aaltonen posa sa fourchette et regarda son hôte, désolé.

— Je vous demande pardon, M. Dahlström, mais je suis végétarien.

Tous se tournèrent vers lui avec stupéfaction.

— Végétarien ! s'exclama le maître de maison à s'en faire trembler les moustaches. Mais pourquoi diable ?

— Pour des raisons éthiques et morales sur lesquelles je ne souhaite pas m'appesantir ici, répondit M. Aaltonen, embarrassé. Ainsi que pour des raisons de santé. Le régime végétarien me convient. Je me sens moins lourd et suis en forme. Mais je ne voudrais surtout pas vous causer de dérangement. Même sans viande, je m'accommoderai fort bien de ce qui se trouve sur cette table et ne resterai certainement pas sur ma faim.

— Sac à papier ! s'exclama M. Dahlström dans un grand éclat de rire. Eh bien, tant pis pour vous. Ce rôti de chevreuil, il n'y a rien de meilleur !

Tandis que le maître de maison se penchait en avant pour continuer de découper la viande, Jenny regarda son voisin avec stupéfaction. Quel homme merveilleux ! Elle n'avait jamais rencontré de végétarien, mais elle avait lu qu'en Inde la plus haute caste ne mangeait pas de viande, de même que les moines bouddhistes.

— Puis-je vous demander quelles sont les raisons morales qui vous empêchent de manger de la viande ?

— En général, je ne discute pas de cela, parce que les gens me prennent pour un hurluberlu, répondit-il, un peu surpris. Souhaitez-vous vraiment le savoir ?

Jenny hocha la tête.

— Eh bien, je trouve que les humains n'ont rien de différent des autres espèces. En fait, j'ai souvent plus d'estime pour les animaux. Moralement, il me semble que nous n'avons pas le droit de les exploiter et de les élever pour les manger. Dès lors qu'on peut rester en vie et en bonne santé avec une alimentation végétale, pourquoi manger de la viande ?

— Je trouve ce point de vue très intéressant, je n'avais jamais envisagé la question sous cet angle, médita Jenny. Mangez-vous du fromage et des œufs ?

Plongée dans la conversation, elle en oublia presque M. et Mme Barker.

Mme Dahlström observait discrètement Fredrik et secouait la tête en silence. Il ne semblait même pas remarquer sa belle épouse, qui ne mangeait quasiment rien, assise en silence. La maîtresse de maison était visiblement émue de voir que M. Barker n'arrivait pas à détacher ses yeux de Jenny Malmström. De toute évidence, il était amoureux de la meilleure amie de Beata.

Le dessert fut servi dehors, sur la véranda côté mer. La cuisinière avait confectionné un magnifique gâteau meringué, avec beaucoup de chantilly et de fraises. Le soir tombait mais il faisait encore chaud. Le clapotis des vagues montait du rivage et l'on apercevait des rameurs sur l'Airisto.

M. Dahlström déboucha une bouteille de mousseux, ce qui souleva des cris de joie. Il servit ses invités.

— Venez, mes amis ! Levons nos verres à l'été, à Ruissalo et à notre amitié.

Ils se rassemblèrent pour trinquer en souriant.

— *Skål !*

Juhani Aaltonen était prévenant envers Jenny. Il se pencha vers elle, et elle se rapprocha. Fredrik ne recherchait pas leur compagnie. Elle savait pertinemment où il était, pendant qu'elle fixait son attention sur son accompagnateur : un peu à l'écart, seul, il observait la mer. Tout en le guettant du coin de l'œil, elle prit une gorgée et soupira.

Après le dessert, Mme Barker annonça qu'elle se retirait. Épuisée à cause du voyage, elle avait besoin de repos. Fredrik l'accompagna dans l'escalier. Jenny ne les regarda pas. Beata alla coucher ses enfants, et les hommes s'assirent sur la véranda pour fumer des cigares. Avec l'obscurité, le ciel prenait une teinte pourpre.

— Mme Malmström, feriez-vous une promenade avec moi ? demanda Juhani Aaltonen. C'est une belle nuit d'été et je voudrais voir le célèbre jardin de la Villa Erstavik.

Le cœur de Jenny fit un bond.

— Avec plaisir, M. Aaltonen, répondit-elle en le prenant par le bras.

Ils descendirent les marches de la véranda latérale et se promenèrent lentement dans l'allée de graviers. Il faisait nuit. La pleine lune transparaissait entre les chênes. Une légère brume flottait sur les plantes. Une fauvette chantait à la cime d'un arbre, et le chèvrefeuille sentait bon. C'était un jardin enchanté.

Jenny n'avait pas envie de parler. Elle regardait autour d'elle, écoutait et humait. L'homme marchant à son côté était une présence chaude et rassurante.

Son compagnon ne parlait pas non plus. Un silence agréable se répandit autour d'eux. Ils firent le tour du parc, en passant par l'étang aux nénuphars, pour finir sous un grand chêne. Prenant la main de Jenny, M. Aaltonen déclara alors d'une voix rauque :

— Mme Malmström, je veux vous dire que vous êtes une femme exceptionnelle.

Il regardait ses lèvres. Elle sentit son cœur battre plus fort, certaine qu'il voulait l'embrasser. Mais contre toute attente, il détourna les yeux.

— Mieux vaut vous souhaiter une bonne nuit.

Il porta la main de Jenny à ses lèvres pour y poser un baiser.

— Bonne nuit, Mme Malmström.

Puis il s'inclina et s'éloigna sans se retourner. Elle le suivit des yeux, déçue. Pourquoi ne l'avait-il pas embrassée ?

Pendant un moment, elle se promena encore dans le jardin, tâchant de calmer ses pensées. Que voulait dire M. Aaltonen ? S'intéressait-il à elle ? Et elle, s'intéressait-elle à lui ?

Elle regagna lentement la villa par la véranda principale. En gravissant les marches, elle tressaillit en voyant une silhouette noire surgir de l'ombre. Elle se figea. Fredrik se planta devant elle et l'empoigna par le bras pour la tirer à lui. Le contact lui brûla la peau à travers la fine tulle. Il empestait le cognac, et son regard flamboyant était effrayant.

— Il t'a embrassée ?

— Tu nous espionnais ? demanda-t-elle, incrédule.

Fredrik la serra plus fort et s'écria avec fougue :

— Jenny, ce n'est pas un bon époux pour toi !

Elle dégagea son bras et répondit, les yeux en feu :

— Qu'en sais-tu ?

Il ne répondit pas.

Jenny regagna la maison en courant. Elle entendit Fredrik la rappeler mais ne s'arrêta pas.

Elle se précipita dans sa chambre, claqua la porte et tenta de reprendre son souffle. Enfin, elle prit son châle sur la chaise et ouvrit la porte du balcon. Inutile de chercher à dormir ! Assise dans le fauteuil en rotin, elle contempla la mer chatoyant sous la lune.

Les sentiments bouillonnaient dans sa poitrine. Elle posa la tête en arrière et serra les paupières. Quelle torture, d'être sous le même toit que Fredrik !

31

Lorsque Jenny descendit l'escalier, l'arôme des grains de café torréfiés flottait dans la villa. Le petit-déjeuner était servi sous la verrière. La table était revêtue d'une nappe blanche, avec des roses dans un vase. Il y avait du café à la casserole et un samovar pour le thé, des tartines, de la marmelade de cerises dans un pot, du jambon et du saumon fumés, des œufs durs dans des assiettes. La verrière offrait une vue incroyable sur la mer, d'un bleu scintillant au soleil du matin.

Jenny resta assise en silence. Elle n'avait guère dormi et sa tête lui faisait mal. Avec cette lumière éblouissante qui pénétrait par les fenêtres, elle avait envie de fermer les yeux.

Beata bavardait gaiement avec les Dahlström. Charlotta et Wilhelmina mangeaient des crêpes et buvaient du chocolat au lait. Le maître de maison lisait le journal en sirotant son café. L'épagneul de la famille dormait à ses pieds.

M. Aaltonen arriva, souhaita le bonjour à tous et prit place à côté de Jenny. Elle lui servit du café.

— Bonjour, Mme Malmström. Avez-vous bien dormi ?

— Oui, merci, mentit-elle. Et vous ?

— Plutôt mal, hélas, répondit-il avec un regard éloquent. Peut-être est-ce l'influence de la lune.

— Je sais ce qui vous fera du bien, M. Aaltonen, gloussa M. Dahlström qui les lorgnait derrière son journal. Un bon hareng bien gras et un œuf cru !

Puis il reprit son sérieux :

— Ah oui, mais c'est que vous êtes... Comment, déjà ? Végétarien. Toutes les bonnes choses vous sont défendues !

Il avait l'air outré, mais cela fit rire M. Aaltonen.

— Merci, M. Dahlström, le café et les tartines me suffisent à merveille. Après une tasse de café, je suis un homme neuf.

Ils se tournèrent en entendant des pas dans l'escalier : Fredrik descendait avec sa femme, toujours aussi pâle et lasse.

Mme Dahlström leur fit signe de s'asseoir à côté d'elle.

— Bonjour, M. et Mme Barker. Avez-vous bien dormi ?

— Hélas, non, répondit Emilie. Je dors toujours mal quand je ne suis pas chez moi, et Fredrik n'a pas cessé de se retourner. Je n'ai trouvé le sommeil qu'au petit matin.

— Vous m'en voyez désolée, déplora Mme Dahlström avec empathie. Mais vous allez reprendre des forces grâce à notre excursion. Partons tous après le petit-déjeuner pour la pointe de Kuuva ! Nous emporterons de quoi pique-niquer.

— Malheureusement, j'ai un tel mal de tête que je ne puis me joindre à vous, répondit Mme Barker avec un sourire fatigué. Je crois que je vais devoir retourner au lit. Mais passez une bonne journée, vous autres !

— Oh, pauvre Mme Barker, s'apitoya Mme Dahlström. Je vais vous faire apporter du laudanum. Reposez-vous tranquillement et considérez ce séjour comme des vacances. Faites comme chez vous.

— Merci, Mme Dahlström. Je me sens vraiment chez moi, ici. Je vous suis fort reconnaissante.

Fredrik se joignit à sa femme pour exprimer ses remerciements. Il la prit délicatement par la main.

Jenny baissa vite les yeux sur sa tasse.

Après le petit-déjeuner, ils se mirent en route. Mme Dahlström dirigea le groupe par un sentier forestier bordé de fougères perlées de rosée. Les oiseaux roucoulaient et sifflotaient dans l'ombre des feuillages, prenant leur envol de temps à autre, effarouchés par les promeneurs. Jenny repensa aux récits de voyage du capitaine Cook, avec les forêts tropicales et les perroquets.

Les hommes suivaient, portant les paniers et les boissons. Les filles de Beata couraient tantôt en tête de file, tantôt en queue. Non moins enthousiaste, le chien Jeppe se précipitait derrière elles en remuant la queue et en aboyant joyeusement entre le groupe et la forêt.

Marchant bras dessus bras dessous avec Jenny, Beata lui chuchota à l'oreille :

— Ton archéologue est tout à fait charmant, je trouve. Qu'en penses-tu ?

— Enfin, ce n'est pas « mon » archéologue, répondit Jenny en riant.

— Moi je trouve que si. Vous allez très bien ensemble. C'est un monsieur instruit et estimé, tout ce qu'il te faut. Voyons, saisis ta chance, tâche de le séduire.

Jenny se retourna : M. Aaltonen portait un panier et discutait avec Fredrik Barker en queue de file. Elle secoua la tête.

— Je crois que je n'ai aucune idée de ce qu'il faut faire pour séduire un homme.

— Ce n'est pas compliqué ! s'exclama Beata avec un rire cristallin. Tu n'as qu'à le regarder timidement en battant des cils. Et tu l'écoutes comme s'il disait les choses les plus merveilleuses au monde. Dans le fond, les hommes sont des êtres très simples.

— Merci pour tes conseils, Beata ! Je tâcherai de battre des cils le plus possible.

Les deux amies rirent aux éclats.

Bientôt, la joyeuse équipe atteignit la pointe de Kuuva. Le soleil ne cognait pas comme la veille, et la mer était calme. Ils s'installèrent à l'abri du vent, entre les massifs rocheux. Fredrik Barker et Juhani Aaltonen se mirent en quête de branches et de brindilles pour allumer un feu de camp. Mme Dahlström déploya des couvertures sur une grande pierre et les femmes s'y assirent avec leurs ombrelles.

Assis en hauteur sur le côté, Dahlström et Rettig allumèrent leurs pipes. En même temps, ils gardaient un œil sur les filles qui s'étaient mises en culotte et avaient lancé leurs jupes n'importe où. Elles poussaient des cris et s'éclaboussaient. Jeppe sautillait autour d'elles en hurlant de joie. La scène amusait M. Dahlström, qui riait à s'en tordre le ventre.

Adossée aux rochers, Jenny ferma les yeux. La pierre rayonnait de chaleur et le frais vent marin remuait les rubans de son chapeau de paille.

Les hommes allumèrent le feu, et Mme Dahlström prépara le café à la casserole. M. Aaltonen s'approcha de Jenny.

— Puis-je m'asseoir à côté de vous, Mme Malmström ?

Elle lui fit de la place, et il s'adossa confortablement aux rochers en étendant ses longues jambes. Puis il leva les yeux vers le large.

— Quel bel endroit ! Voyez-vous ces traces sur ce bloc ? demanda-t-il en caressant une pierre. Cela montre que d'immenses masses de glace ont glissé par ici, il y a des milliers d'années, à l'ère glaciaire.

Assis à côté de Rettig avec un cigare à la main, Fredrik les observait mollement. Jenny s'en rendit compte et fixa toute son attention sur son interlocuteur.

— Ah oui ? L'ère glaciaire a donc laissé des traces en Finlance ?

Elle l'écouta avec concentration, souriant toute seule en repensant au conseil de Beata. Assise sur un autre rocher, son amie lui lança un clin d'œil.

Mme Dahlström servit le café dans des tasses en porcelaine à motifs de roses, et ils dégustèrent les tartines de poulet et la tarte aux amandes préparées par la cuisinière. M. Aaltonen servit du jus de framboises à Jenny à l'instant où elle allait se lever pour prendre la bouteille. Elle saisit la tasse qu'il lui tendait et le gratifia d'un sourire.

Après le repas, les hommes se déchaussèrent et retroussèrent leurs manches pour aller patauger dans l'eau et faire des ricochets.

Soulevant sa jupe, Beata barbotait aussi. Lorsqu'elle découvrit la barque de tonton Dahlström parmi les joncs, elle poussa un cri de joie et agita la main en direction des hommes.

— M. Barker, M. Aaltonen ! Venez ramer avec Jenny et moi !

Ils pataugèrent pour aller inspecter la barque et, constatant qu'elle était en bon état, ils la mirent à l'eau. Fredrik aida Jenny à monter à l'arrière et s'assit à côté d'elle. M. Aaltonen aida Beata à la proue et prit place aux avirons. Tonton Dahlström les poussa à l'eau.

Mal à l'aise à côté de Fredrik, Jenny s'écarta le plus possible. On aurait dit qu'un courant brûlant passait entre eux. Elle essayait de l'ignorer, en vain. Elle ouvrit son ombrelle et laissa sa main glisser au fil de l'eau.

— Jenny, pourquoi m'évites-tu ? demanda discrètement Fredrik.

— Tu le sais très bien, chuchota-t-elle.

Elle aperçut un éclair de satisfaction dans ses yeux. Tentant de dissimuler sa contrariété, elle se tourna vers un couple de cygnes nageant l'un derrière l'autre derrière un rocher.

Beata entonna le *Chant du pêcheur en mer* et les autres se joignirent à elle en suédois :

— *Somna du min våg i västanfjärdar, somna sakta mot holmens strand...*[1]

Jenny soupira de bonheur lorsque la voix grave de Fredrik s'unit à la sienne.

Après avoir ramé autour du rocher voisin, M. Aaltonen fit demi-tour. M. Rettig et les Dahlström gesticulaient sur le rivage. Jeppe aboyait en agitant vigoureusement la queue.

Alors qu'ils avaient presque accosté, les filles arrivèrent à la nage, suivies par Jeppe. M. Aaltonen dirigea la barque pour la ramener au point de départ et l'amarrer parmi les joncs, puis se leva pour aider Beata à descendre. Pendant ce temps, Fredrik saisit Jenny par la taille pour la porter à terre. Elle essaya de le repousser, mais il rit et la serra plus fort.

— Arrête de te débattre, Jenny, ou nous allons culbuter tous les deux dans les joncs.

À terre, M. Aaltonen tendit sa main à Jenny, et elle sauta dans ses bras comme si elle avait les loups aux trousses. Euphorique de ces retrouvailles, Jeppe faillit la renverser. M. Aaltonen essaya d'éloigner le chien mouillé qui voulait leur sauter dessus. Les filles éclatèrent de rire.

Sur le chemin du retour, Juhani Aaltonen vint marcher à côté de Jenny.

— Ce séjour à Ruissalo a dépassé toutes mes attentes, s'émerveilla-t-il. Cette île est un véritable paradis.

— Je suis bien d'accord. Comme c'est revigorant, de sortir de la ville poussiéreuse !

— À propos de ville, M. Rettig et M. Barker ont eu l'amabilité de promettre davantage de ressources pour que nous

1. « Endors-toi, ma vague, dans les fjärds de l'ouest, dors sur les rives de l'îlot... » Contrairement aux fjords de Norvège, très escarpés, les fjärds sont des bras de mer entre des côtes beaucoup plus basses, sur la mer Baltique.

puissions continuer les fouilles dès la semaine prochaine. Puis-je vous demander de revenir nous aider à dessiner ?

— Ce serait une grande joie, accepta Jenny de bon cœur. Je rentre en ville lundi et pourrai venir en fin de semaine.

M. Aaltonen allait ajouter quelque chose, mais il tourna le regard vers le large, où une hirondelle de mer plongeait après sa proie.

Après le déjeuner, M. Rettig repartit pour sa villa de Marjaniemi avec ses invités. Lorsqu'ils montèrent dans sa magnifique calèche, toute la maisonnée de la Villa Erstavik vint dire au revoir sur la véranda. Juhani Aaltonen chercha le regard de Jenny, mais elle observait Fredrik qui s'était penché pour border sa femme livide sous la couverture. C'en était trop. Elle tourna le dos et rentra.

32

Les Dahlström embrassèrent Jenny qui avait les larmes aux yeux. En deux semaines, elle s'était attachée à cette famille au bon cœur. Même Jeppe ne voulait pas la laisser partir ! Il courait après la voiture en geignant lorsque Beata la raccompagna à l'embarcadère.

Cependant, Jenny était heureuse de rentrer chez elle, où Martta l'attendait avec le repas. Comme les chatons venaient à sa rencontre dans le vestibule en dressant la queue, elle s'accroupit pour les saluer. Ils lui avaient manqué, eux aussi. Elle aimait dormir avec l'un couché à ses pieds et l'autre tout contre elle. Pendant son absence, elle avait eu peur qu'ils se perdent à Nummenpakka, où ils pouvaient courir librement dans la cour.

— Oh, Mme Malmström, comme ils se sont amusés chez nous ! gloussa Martta. Là-bas y a beaucoup plus de souris qu'ici, et ils ont adoré jouer avec les garçons.

— Je n'en doute pas, rit Jenny. Mais maintenant, ils vont devoir réapprendre à se comporter en chats de ville.

Martta apporta le bol de soupe sur la table du salon.

— M'dame, v'nez donc manger, j'vous ai préparé des patates et du lait.

Jenny retint une grimace de dégoût.

Le lendemain, il se mit à tomber une pluie sans fin. Cela continua de jour en jour. Comme Jenny avait promis de se rendre sur le chantier en fin de semaine, elle décida de prendre la calèche. Autrement, elle arriverait trempée.

En posant le pied au cap Koroinen en milieu d'après-midi, elle eut le plaisir de voir Juhani Aaltonen en ciré vert, qui pelletait la gadoue, de concert avec les ouvriers. Heureusement la pluie faisait une pause, mais avec ces précipitations récurrentes le cap n'était plus qu'un amas de boue argileuse. Jenny faisait très attention pour ne pas se casser la figure en marchant avec son parapluie sur les planches assemblées en guise de sentier.

Dès qu'il l'aperçut, M. Aaltonen vint à sa rencontre à grands pas avec ses bottes en cuir. Les gouttes ruisselaient autour de sa figure boueuse, mais il souriait de toutes ses dents blanches. Il s'arrêta devant elle et ôta son chapeau.

— Mme Malmström, je suis très touché que vous soyez venue malgré ce temps épouvantable. Je vous attendais. Comme vous le voyez, il a tellement plu que le travail devient quasiment impossible. Pour épargner les ouvriers, j'essaie de maintenir le rythme entre les averses. J'ai ouvert des fosses de différents côtés du cap, je ferai tamiser la terre dès que ce sera possible. Et vous avez de la veine : Mme Tallgren est passée ce matin pour annoncer qu'elle servira un café de fête pour tout le monde, aujourd'hui, sur le chantier. Restez donc avec nous.

Jenny sourit sous le regard chaleureux de M. Aaltonen et écarta une mèche mouillée qui dépassait sous son chapeau.

— Merci, avec plaisir.

Il l'entraîna dans la cabane pour regarder les nouveaux objets qu'elle allait dessiner. Il y avait encore beaucoup de monnaies ;

dans les fondations de l'un des bâtiments, on avait même trouvé un fragment de vitre verte.

À deux heures, on vit approcher le service de café du presbytère de Sainte-Marie, tiré par deux domestiques. Mme Tallgren était de la partie, avec ses filles et le vicaire.

Maria salua gaiement M. Aaltonen, Jenny et les ouvriers.

— Jenny ! Quelle merveilleuse coïncidence que tu sois là ! Nous allons faire la fête autour d'un bon café.

Le soleil apparaissant enfin entre les nuages, elle s'empressa de dresser la table. C'était un meuble de son domicile qu'elle couvrit d'une nappe blanche avec l'aide de ses domestiques, pendant que ses filles cueillaient des fleurs des champs pour les mettre dans un vase. Il y avait des tasses, des flacons de café et de la brioche.

Lorsque les ouvriers vinrent faire la queue un peu craintivement, il se remit à tomber des cordes. Mais on prit tout de même le café. Tout le monde grelottait sous l'averse, buvant et écoutant Maria qui expliquait le rôle majeur du professeur Aspelin dans l'archéologie finlandaise. L'ambiance était à la fête malgré les trombes d'eau.

Les filles se tenaient un peu à l'écart, derrière Jenny. Elles étaient trempées et Aili déclara à sa sœur :

— Heureusement que papa fait de la voile à Rymättylä avec les garçons, autrement il dirait que maman est folle !

Jenny mit la main sur ses lèvres pour se retenir de glousser.

Après le café, Juhani Aaltonen renvoya les ouvriers chez eux : inutile de continuer sous la pluie. Trempés mais contents, la doyenne et sa suite retournèrent au presbytère.

Le fermier de Koroinen raccompagna Jenny en calèche à Turku. En chemin, ils déposèrent d'abord M. Aaltonen. Il sauta de la calèche en marche et agita la main.

— Au revoir, Mme Malmström, et priez pour que ce déluge finisse au plus vite !

— Au revoir, M. Aaltonen. Je vous le promets ! répondit Jenny en riant et en le saluant de même.

Elle le regarda jusqu'à ce qu'il disparût derrière la maison. Elle était déçue que leur rencontre eût été si brève. Leur relation aurait eu une chance de s'approfondir, mais quelque chose semblait le retenir.

33

De retour des fouilles, Jenny trouva sa domestique éplorée dans la cuisine. Elle ne l'avait jamais vue dans cet état.

— Qu'as-tu, Martta ? demanda-t-elle, soucieuse. Viens, allons dans le salon et raconte-moi ce qu'il s'est passé.

Elle la fit asseoir sur le sofa et lui prit les mains. Martta n'arrêtait pas de pleurer. Jenny la regarda avec pitié et serra ses mains plus fort. Enfin la malheureuse parvint à bredouiller entre les sanglots :

— Mon père il est mort hier. Il avait l'sang infecté. Une vilaine blessure, à ç'qu'i'paraît. L'est allé chez la guérisseuse Aalruuska, à Nummenpakka, mais y avait rien à faire.

Elle sanglota de plus belle, la bouche tordue.

— Qu'est-ç'qu'on va dev'nir ?

Le désespoir dans les yeux, de grands ruisseaux de larmes déferlaient sur ses joues pâles.

— La Lehtonen elle a dit qu'on va êt'vendus aux enchères. Aux enchères !

C'était un sort épouvantable, Jenny le savait. La commune organisait des ventes aux enchères pour placer les orphelins. Dans la bouche du peuple, on appelait cela « le marché aux esclaves ». Le représentant de la commune qui faisait office de commissaire-priseur cherchait à placer les orphelins pour le coût annuel le plus bas possible. En général, les enfants achetés ainsi finissaient dans des fermes où ils devaient travailler sans discontinuer. Ils pouvaient être terriblement maltraités.

Elle avait entendu des récits horribles où un enfant acheté aux enchères n'avait même pas pu entrer dans la maison pour manger, il avait dû rester dans l'étable avec les vaches. Jenny était affolée. Elle ne pouvait pas permettre qu'il arrive cela aux enfants Wahlroos.

— Oh, Martta, mon trésor, s'apitoya Jenny en embrassant tendrement la jeune fille. Je suis désolée pour ton père. Mais ne te fais pas de souci. Je ne laisserai rien de mal vous arriver. Où sont tes frères ?

— À la maison, sanglota Martta. Des hommes sont passés hier pour v'nir chercher papa. On a pas d'sous pour l'enterrement, mais l'pasteur il a promis qu'papa ira au cimetière des pauvres.

Jenny réfléchit.

— Voici ce qu'on va faire. Je commande une calèche et tu vas chercher tes frères. Prenez vos vêtements. Vous allez vous installer chez moi jusqu'à nouvel ordre. Ne t'inquiète pas, Martta, tout va s'arranger !

Elle souriait pour l'encourager.

— Mais on peut pas habiter ici ! s'exclama Martta avec les larmes aux yeux. Où elle va dormir madame ?

Jenny avait pensé à tout :

— Écoute, vous trois dormirez dans la chambre, et moi dans le salon. Ce sera très bien. Il y a beaucoup plus de place ici que dans votre ancienne maison.

Lorsque Martta fut partie, Jenny s'assit pour réfléchir. Elle devait d'abord écrire au fermier de Simola, bailleur de la famille Wahlroos, pour l'informer que les enfants s'installaient chez elle. Il allait falloir vider leur logement. Ils n'avaient pas beaucoup de meubles. Mieux valait les donner à d'autres pauvres. Ensuite, elle devait écrire à la commission sociale de la commune pour demander la garde des enfants. Elle pensait l'obtenir facilement, vu qu'elle était une veuve indépendante à la conduite irréprochable, et qu'elle n'avait pas l'intention de réclamer d'allocations pour subvenir aux besoins des enfants. Il allait falloir se serrer la ceinture, mais ils auraient toujours de meilleures conditions de vie que dans le taudis de Kuuvuori.

Bien que ce fût contraire à l'usage, Jenny n'hésita pas un seul instant. Le sort avait jeté sur son chemin les enfants nécessiteux de la famille Wahlroos, et elle se trouvait en mesure de les aider. Elle était une veuve célibataire sans intention de se remarier. Elle souhaitait leur garde. Plus elle y pensait, plus elle était convaincue que c'était la meilleure chose à faire. Elle sourit en contemplant le fauteuil à bascule de son père. Il aurait sûrement approuvé sa décision.

Les enfants arrivèrent tard le soir. Jenny avait fait leur lit dans la chambre et le sien sur le sofa du salon. Aapo et Matti se tenaient dans le vestibule, tout timides dans leurs haillons crasseux, les yeux fixés sur leurs orteils nus.

Comme ils lui faisaient pitié ! Elle alla les accueillir.

— Bienvenue, Aapo et Matti. Martta a dû vous dire que vous allez venir habiter chez moi.

Les garçons n'osaient pas lever les yeux, mais leur grande sœur souriait craintivement derrière eux.

— Laissez vos bagages dans le vestibule. Je vous ai mis l'eau du bain dans la cuisine. Martta vous lavera d'abord. Mettez vos vêtements sales sur les chaises de la cuisine, vous enfilerez ces chemises propres. Ce sont des sous-vêtements à moi. Vous roulerez un peu les manches, ce sera très bien. Après, on mangera des tartines.

Martta hochait la tête. Aapo se colla à sa sœur et lui prit la main.

Quand les enfants furent partis, Jenny examina leurs ballots de vêtements. Elle ne vit pas de punaises, mais elle les jeta dehors, sur les marches. Elle les ferait bouillir le lendemain, par précaution. Elle ne voulait pas de vermine dans son appartement.

Un peu plus tard, les garçons arrivèrent dans le salon, tout propres. Martta leur avait mis les chemises de corps de Jenny et les avait peignés. On aurait dit des angelots à tête de lin, dans leurs longues chemises blanches. Jenny les regarda tendrement. Elle avait envie de les prendre dans ses bras, mais c'était prématuré.

Les garçons s'assirent prudemment à la table du salon en regardant autour d'eux, sans oser dire un mot. Martta apporta les tartines et le jus de fruit sur un plateau. Les deux frères écarquillèrent les yeux devant ce repas et se jetèrent goulûment sur les tartines, ce qui fit rire Jenny.

— Je comprends que vous ayez faim, mais à l'avenir vous devrez apprendre à manger calmement. Sinon, vous risquez d'avaler de travers. Et avant le repas, nous disons le bénédicité.

Penauds, les garnements reposèrent les tartines et joignirent docilement les mains.

Ils dirent la prière à voix haute, puis les garçons reprirent leurs tartines avec des gestes beaucoup plus réservés. Jenny sourit pour les encourager.

— Je vous en prie, régalez-vous !

L'été touchait à sa fin et les enfants s'accoutumaient tout doucement chez Jenny. Les garçons s'étaient pris d'affection pour les chatons, qui les suivaient partout avec curiosité et dormaient la nuit dans leur lit.

Jenny avait monté au grenier le fauteuil à bascule et l'étagère à tabac, et elle s'était acheté un lit et un paravent qu'elle avait installés dans le coin du salon. Elle avait contemplé le fauteuil orphelin avec un peu de regrets.

Les enfants partageaient la chambre à trois. Leur lit était extensible sur le côté, ils y tenaient bien côte à côte.

L'aîné, Matti, était encore réservé, mais Aapo s'asseyait sur les genoux de Jenny et se laissait caresser la tête. On décida que les enfants l'appelleraient « tante Jenny », sachant qu'elle ne pourrait jamais remplacer leur mère. Elle ne pouvait pas leur demander de l'appeler « mère », et « Mme Malmström » était beaucoup trop formel.

En premier, elle apprit aux garçons quelques principes d'hygiène. Ils ne devaient plus s'essuyer le nez à la manche ou cracher par terre, et il était impératif de se déchausser dans le vestibule.

Ils priaient ensemble chaque jour et Jenny leur apprenait à bien se tenir à table. Il fallait absolument se laver les mains avant le repas, une étape que les garçons cherchaient à éviter par tous les moyens. S'ils résistaient, Martta soutenait Jenny :

— Faites comme elle dit tata Jenny ou ça va barder !

Jenny reçut un certificat de la commission sociale lui octroyant la garde des enfants Wahlroos. Elle soupira de soulagement et leur fit des crêpes pour fêter cela. Désormais, ils formaient officiellement une famille.

Le soir, elle bordait les enfants après la prière et éteignait la lampe à huile. Une fois qu'ils étaient endormis, elle restait assise dans le fauteuil du salon, longuement, dans le noir.

Comme la vie humaine était étrange ! Elle avait cru ne jamais avoir de petits dont elle s'occuperait et qu'elle aimerait ; or, en peu de temps, trois enfants et deux chatons étaient entrés dans son quotidien. La vie des enfants était une grande responsabilité, mais elle l'assumait volontiers. L'existence ne lui paraissait plus vide du tout. Elle savait qu'elle avait pris la bonne décision. Jenny sourit toute seule dans l'obscurité. Elle était devenue mère.

Ce grand changement dans la vie de Jenny se répandit en ville comme une traînée de poudre. Les gens chuchotaient derrière son dos quand elle sortait avec les enfants.

Certaines femmes de l'Association des dames cessèrent de la saluer dans la rue. Jenny s'en fichait, mais elle fut triste de constater que même Beata évitait sa compagnie. En même temps, elle était consciente qu'il serait désormais difficile d'organiser des rencontres avec son amie, avec les enfants Wahlroos qui ne parlaient que finnois et ceux de Beata seulement suédois, mais elle soupçonnait qu'il y avait autre chose. M. et Mme Dahlström craignaient peut-être la mauvaise influence que ces gosses d'ouvriers pourraient avoir sur leurs filles.

Jenny décida d'apprendre le suédois aux enfants. Elle connaissait les deux langues : dans sa jeunesse, son père parlait finnois et sa mère suédois. Dès lors que les enfants Wahlroos pouvaient bénéficier d'une instruction, elle était certaine qu'ils se débrouilleraient n'importe où.

34

Tandis qu'elle reprisait le pantalon de Matti dans le salon, Jenny entendit frapper à la porte. Les garçons jouaient dans la cour avec les enfants du cordonnier d'à côté, et Martta alla ouvrir.

— Où est Mme Malmström ? Il faut que je la voie tout de suite !

En reconnaissant la voix chevrotante, Jenny leva la tête, perplexe. Après quelques pas de talons assénés sur le plancher, la porte du salon s'ouvrit, et tante Loviisa s'introduisit avec un air hostile. Désemparée, Martta resta sur le seuil. Jenny se leva et posa son ouvrage de couture.

— Tante Loviisa ! Quelle surprise ! Nous ne vous attendions pas, mais je vous en prie, entrez donc. Martta, tu voudras bien nous préparer du café ?

Alors que la fille faisait la révérence et s'éclipsait en cuisine, l'intruse toisa Jenny avec la plus grande sévérité.

— C'est cela, c'est cela. Je ne suis pas venue juste pour te voir. Je loge à l'hôtel Phoenix, sur la grand-place.

Jenny l'invita à s'asseoir dans le meilleur fauteuil. La tante s'appuya sur sa canne et jeta un regard critique autour d'elle.

— Je vois que tu as emporté le mobilier de chez toi. Mais ces sofas ne vont pas du tout ici, déclara-t-elle en montrant les meubles du bout de sa canne. Ils sont beaucoup trop grands, trop luxueux pour cette pièce.

— Malheureusement, je n'avais pas les moyens d'en acheter d'autres, répondit Jenny en souriant patiemment. Ils devront faire l'affaire.

Tante Loviisa pinça les lèvres et la regarda de ses yeux tranchants.

— Pourquoi ne t'es-tu pas mariée avec ce Vanhanen ou avec le nouveau pasteur de Sainte-Carine ? C'est toi-même qui t'es mise dans ce misérable pétrin.

Jenny allait dire quelque chose, mais sa tante continua, insatisfaite :

— Et qu'est-ce que c'est que ces rumeurs qui disent que tu as adopté de sales gosses d'ouvriers ? C'est vrai ?

— Oui, c'est vrai, répondit Jenny sans se laisser déstabiliser. Et ce ne sont pas de sales gosses, ce sont des enfants tout à fait normaux.

Abasourdie, tante Loviisa donna un grand coup de canne par terre et haussa le ton :

— Ma fille, es-tu devenue folle ? Ne vois-tu pas que cela va te mener à ta perte ? Aucun homme ne voudra te prendre pour épouse avec cette marmaille... De sales gosses d'ouvriers, par-dessus le marché ! Les rumeurs se propagent jusqu'à Naantali ! Bientôt, pas un seul cercle mondain ne t'invitera, et j'aurai une honte sans égale de mon unique parente. Comment peux-tu être aussi égoïste ?

Remarquant la pauvre Martta terrorisée sur le pas de la porte avec son plateau, Jenny se figea d'un bond, tremblante de rage et de colère.

— Maintenant, cela suffit ! s'exclama-t-elle en brandissant le poing. Vous avez exprimé votre opinion on ne peut plus clairement. À l'avenir, vous auriez peut-être intérêt à renier votre unique parente. Cela vous évitera bien des contrariétés. Et à mon avis, il vaut mieux que vous ne mettiez plus les pieds ici, vous vous épargnerez la peine de nous voir, car je n'ai pas l'intention de renoncer à mes enfants adoptifs, quoi que puissent en penser les cercles mondains !

Un silence pénible se répandit dans la pièce. Jenny poussa un profond soupir. Jetant un coup d'œil vers la porte, elle constata que Martta s'était enfuie en cuisine.

Tante Loviisa se leva lentement et toisa froidement sa nièce en haussant le menton.

— Je n'aurais pas cru que tu fusses si sotte et si têtue. Tu tiens clairement de ta mère. Mais soit. J'ai compris. Dorénavant, tu n'es plus ma nièce, déclara-t-elle en la pointant du bout sa canne.

Elle tourna le dos, quitta le salon en claudiquant furieusement et claqua la porte derrière elle, faisant vibrer les tableaux sur les murs.

Tremblante, Jenny s'écroula sur le sofa. Elle regrettait de s'être emportée. Sa tante était sa seule parente en vie. Mais elle était tout de même soulagée d'être enfin débarrassée de ses critiques. Il était plus que temps de mettre les points sur les i.

Martta reparut prudemment dans la pièce.

— N'aie pas peur, Martta, lui dit Jenny en souriant. Tout va bien. C'était ma tante Loviisa, elle venait pour me faire la leçon, mais elle est déjà repartie.

— Tata Jenny, j'suis affreusement désolée qu'on vous a causé tell'ment d'mal, bredouilla Martta en regardant ses orteils. J'avais pas compris qu'madame à cause de nous elle pourra plus se r'marier.

— Allons Martta, viens ici.

Martta vint s'asseoir à côté de Jenny, qui la regarda dans les yeux.

— Tu dois me croire quand je te dis que vous ne m'avez causé aucun mal. Au contraire, je suis reconnaissante pour chaque jour que j'ai le bonheur de passer avec vous. Et je ne souhaite pas me remarier : je veux prendre mes décisions toute seule. Ne vous inquiétez pas, nous nous débrouillerons très bien.

Un sourire réservé ranima le visage de la pauvrette.

— Va chercher le café. Même si ma tante est partie, nous le boirons dans le salon.

Martta retourna chercher le plateau. Le sourire de Jenny ne dura guère. Elle était affligée par cette dispute avec sa tante. Son père n'aurait pas voulu qu'elles fussent brouillées. Devrait-elle lui écrire pour demander pardon ?

35

Le déluge était passé et le soleil avait recouvré sa chaleur estivale. Au moment de retourner sur le chantier des fouilles après une longue période d'interruption, Jenny décida d'emmener les enfants. Ils pourraient jouer et se baigner pendant qu'elle dessinerait.

Ils partirent à pied avec de quoi manger dans des balluchons. Les enfants étaient ravis de cette excursion, ils n'arrêtaient pas de bavarder. Les garçons couraient devant parce qu'ils n'avaient pas la patience d'attendre Jenny et Martta.

Au cap Koroinen, les fouilles étaient en pleine effervescence. La zone était totalement ouverte et on avait atteint les strates les plus profondes.

Assis à l'écart avec son fameux chapeau, Juhani Aaltonen traçait une carte lorsqu'il les vit gravir la pente herbeuse. Il leva le bras en souriant.

— Bonjour, Mme Malmström. Vous avez de la compagnie, aujourd'hui ?

— Ce sont mes enfants adoptifs, Aapo, Matti et Martta, énonça-t-elle tandis que les jeunes baissaient timidement les yeux. Dites bonjour à M. Aaltonen.

— Bonjour, M. Aaltonen, dirent-ils d'une seule voix sans le regarder.

— Vous pouvez aller jouer au bord de l'eau, maintenant, consentit Jenny en riant. Laissez-moi les casse-croûte, nous mangerons ensemble un peu plus tard.

Ils lui donnèrent leurs balluchons et dévalèrent la pente en courant.

— Les rumeurs étaient donc vraies, vous avez bel et bien pris des orphelins sous votre garde.

— Oui.

Les enfants galopaient au loin. On entendait des hurlements tandis que les garçons éclaboussaient leur sœur, restée sur la rive.

— Des enfants vigoureux. Puis-je vous demander comment vous arrivez à faire vivre trois enfants toute seule ?

Son visage ne détonait aucune forme d'ironie ni de désapprobation, seulement peut-être un soupçon d'inquiétude.

— C'est un peu serré, mais nous allons nous débrouiller. Je mettrai les garçons à l'école élémentaire à la rentrée et j'ai déjà commencé l'instruction de Martta. Tout ce que je souhaite, c'est qu'ils puissent exercer de bons métiers et devenir indépendants, le moment venu. C'était cela ou la vente aux enchères.

Juhani prit sa main, le regard empreint de respect.

— Jenny Malmström, vous êtes une femme exceptionnelle. Rares sont les gens qui ont votre courage et votre amour du prochain.

— Merci, mais en l'occurrence je ne pouvais pas faire autrement, répondit Jenny en haussant les épaules. Martta est ma bonne, et comme sa famille s'est trouvée dans le besoin, j'étais obligée de leur venir en aide.

— Certainement, mais peu de gens en auraient fait autant, insista-t-il en hochant la tête et en souriant. Je suis heureux que vous soyez venue aujourd'hui, car nous arrêtons les fouilles cette semaine.

— Déjà ?

— Nous avons ouvert toute la zone. Il est inutile de creuser davantage. Nous allons demander une nouvelle subvention à la Société archéologique : si nous l'obtenons, nous reprendrons en mai prochain.

Jenny était déçue. Elle allait devoir dire adieu à M. Aaltonen, mais elle tâcha de ne pas perdre contenance.

— En ce cas, je dois me mettre au travail sans tarder, pour pouvoir dessiner le plus possible aujourd'hui.

Elle s'installa sous son bouleau habituel. Pendant ce temps, l'archéologue achevait de creuser avec les ouvriers.

En milieu d'après-midi, Jenny rappela les enfants pour déjeuner. Les garçons avaient égaré la moitié de leurs vêtements en allant se baigner. Elle était en train de les sermonner lorsque Maria Tallgren passa en calèche avec ses petits derniers pour voir où en étaient les fouilles. Mikko, Aili et Anna-Maria sautèrent de voiture et observèrent Martta, Matti et Aapo avec curiosité.

— Venez donc faire connaissance, les encouragea Jenny en souriant.

Maria aussi incita ses enfants et agita les bras.

— Allez donc. Jenny a amené ses enfants adoptifs. Allez leur dire bonjour !

Les jeunes échangèrent des regards timides. M. Aaltonen les rejoignit.

— Écoutez, les enfants, j'ai là-bas deux cannes à pêche posées contre un arbre. Voulez-vous pêcher ?

Les enfants s'épanouirent. Mikko ouvrit la bouche en premier :

— Oh oui ! Je connais un excellent endroit où dénicher de vrais vers bien charnus.

Talonné par les jeunes, M. Aaltonen alla chercher les cannes, et Jenny les regarda avec émotion. Elle embrassa Maria.

— Merci.

— De quoi me remercies-tu ?

— De ne pas les avoir traités de sales gosses d'ouvriers.

— Enfin, pour qui me prends-tu ? rétorqua Maria, scandalisée.

— Mais non, gloussa Jenny, je sais que tu as un cœur en or.

Elle s'attendrit à la vue de M. Aaltonen qui riait avec les enfants en essayant de démêler les fils de pêche.

— J'ai entendu des rumeurs selon lesquelles tu avais adopté des orphelins, dit Maria. Je trouve que c'est un acte noble et généreux, mais comment vas-tu parvenir seule à les faire vivre ?

— Ne t'inquiète pas, répondit Jenny en souriant. Ce sera un peu serré, mais nous ne mourrons pas de faim. Nous nous débrouillerons.

Les enfants partis pêcher sur la rive, Juhani se joignit à elles pour faire un dernier tour du chantier. Le soubassement de l'église était totalement exhumé, et d'autres fondations étaient visibles en contrebas. Le chapeau en biais, Maria posait les pieds à côté de ceux de Juhani en soulevant sa jupe.

— Dites-nous, M. Aaltonen : les fouilles de cet été permettent-elles d'affirmer qu'il y a eu ici un manoir épiscopal ?

— Oui, c'est que je crois, confirma Juhani. Comme vous le voyez, les fondations de l'église ont été totalement déblayées. On a trouvé des sépultures humaines en dessous, et trois cents autres tombes au nord. Une sépulture en briques contenait un ensemble d'objets eucharistiques. Je pense que c'est la tombe d'un évêque.

Il leur fit signe de le suivre vers le fleuve.

— Sur cette rive, il y a eu au moins deux bâtiments, dont l'un était une habitation, car il y avait un fourneau dans le coin.

Ils regardèrent le soubassement carré avec un tas de pierres noircies dans un angle. De là se déployait une vue magnifique en aval.

Juhani sauta sur le tas pour montrer les vestiges du soubassement voisin.

— À côté, il a pu y avoir une tour défensive. On a trouvé des pièces de monnaie et des fragments de vaisselle du côté de l'habitation, en abondance dans la cour, surtout de Gotland et d'Europe centrale. Je les étudierai plus attentivement et les comparerai aux autres objets de la même époque.

Juhani se tourna pour contempler la zone de fouilles où les ouvriers remplissaient les fosses avec leurs pelles.

— Je suis très satisfait du travail accompli, malgré la pluie qui a un peu ralenti les travaux. J'ai là de bons matériaux pour poursuivre les recherches à Helsinki.

Maria prit congé en lui serrant la main.

— Je suis impatiente de lire votre rapport. Vous devez absolument m'écrire toutes les semaines pour me tenir informée de l'avancement. C'est promis, M. Aaltonen ?

Juhani mit la main sur son cœur en riant.

— C'est promis, Mme Tallgren. C'est le moins que je puisse faire pour répondre à votre hospitalité.

Maria rit avec joie et se dirigea vers le domaine de Koroinen pour saluer la vieille fermière.

De son côté, Jenny se remit au dessin. Elle coloriait un fermoir de livre en bronze à tête d'animal, tout en observant du coin de l'œil M. Aaltonen qui retournait donner des consignes aux ouvriers. Il se retroussa les manches et empoigna une pelle. La nostalgie s'empara d'elle. L'été et les fouilles étaient-ils donc finis ? Elle avait le sentiment de laisser trop de choses en suspens. C'était aussi le cas entre elle et Juhani. Elle l'observa faire une pause et boire de l'eau à la bouteille. Poussant un soupir, elle chercha le crayon vert dans son plumier. Elle avait cru qu'il pourrait s'intéresser à elle. Mais la situation avait radicalement changé, bien sûr, maintenant qu'elle était mère.

En fin d'après-midi, elle ramassa ses affaires et tendit la main à Juhani en s'efforçant de prendre une voix normale :

— Au revoir, M. Aaltonen. Je ne voudrais pas vous dire adieu.

— Au revoir, Mme Malmström, répondit-il en saisissant sa main dans les siennes et en l'implorant du regard. Je retourne à Helsinki la semaine prochaine, mais je souhaiterais que vous m'écriviez. Je tiens à savoir comment vous allez, vous et les enfants. Vous promettez de m'écrire ?

— Avec grand plaisir. M'assurez-vous de faire de même ?

Il acquiesça. Gênée, Jenny baissa la tête et descendit par le sentier pour récupérer les enfants sur la rive.

En se retournant, elle constata que Juhani ne l'avait pas quittée des yeux. Il leva la main en souriant.

Sur le chemin du retour, les enfants couraient devant tandis que Jenny marchait lentement derrière, perdue dans ses pensées. Une question la tracassait : Juhani l'aurait-il demandée en mariage si elle ne les avait pas adoptés ? Et aurait-elle accepté ? Elle rompit une branche dans un buisson au bord de l'eau et la jeta aussitôt. Il allait lui manquer. La vie était absurde. D'abord Fredrik ne voulait pas d'elle parce qu'elle ne pouvait pas avoir d'enfants, et maintenant qu'elle en avait, personne ne voulait d'eux. Tante Loviisa avait peut-être raison.

Aapo interrompit ses pensées en accourant pieds nus, battant des mains, ses cheveux blonds en désordre.

— R'gardez, tante Jenny ! R'gardez ! J'ai trouvé deux bêtes à bon Dieu !

Jenny sourit, ébouriffa sa tignasse blonde et se pencha pour observer son trésor.

36

L'air sentait l'automne et les pommes mûres. Les champs prenaient une couleur dorée. En prévision de l'hiver, Jenny acheta des pommes de terre aux bonnes femmes de l'archipel, en quantité suffisante pour remplir la resserre à la cave, ainsi qu'un quart de tonneau de harengs salés. Elle alla cueillir des airelles en forêt avec les enfants, et Martta l'aida à préparer de la confiture. Aina lui remit plusieurs sacs de pommes du presbytère pour faire de la compote. Petit à petit, avec satisfaction, on voyait les conserves remplir le garde-manger.

Jenny retourna enseigner à l'école des demoiselles tandis qu'Aapo et Matti entraient à l'école pré-élémentaire. Celle-ci était installée dans un nouvel immeuble en pierre à deux étages que la ville avait fait construire sur la place Alexandre. L'établissement accueillait plus de deux cents élèves, répartis en groupes en fonction de la langue d'enseignement : finnois ou suédois.

Du haut de ses quatorze ans, Martta connaissait tout juste l'alphabet. Jenny lui dispensa les mêmes enseignements qu'aux demoiselles de son école. Les enfants Wahlroos étaient d'ailleurs très accommodants, mais la scolarité leur posait quelques difficultés. Ils n'avaient pas du tout envie de faire des efforts pour apprendre. Les garçons désertaient pour aller jouer et Martta soupirait désespérément devant ses livres. Jenny commençait à se décourager.

Un jour, elle leur fit des remontrances, les garçons ayant encore été pris en flagrant délit d'école buissonnière. Elle les fit asseoir autour de la table du salon. Ils baissaient la tête, craignant une punition.

Jenny faisait les cent pas autour d'eux. Puis elle s'arrêta et les regarda sévèrement, les mains sur les hanches.

— Maintenant, vous allez m'écouter. Vos parents étaient des gens sans instruction parce qu'ils n'avaient jamais eu l'opportunité d'étudier et d'aller à l'école. Pour gagner leur vie, ils n'ont eu d'autre choix que de travailler comme des esclaves du matin au soir. Et voyez quel sort tragique ils ont rencontré ! Voulez-vous connaître le même destin ?

Les yeux baissés, ils secouèrent la tête en silence.

— Vous avez soudain la chance de pouvoir aller à l'école : quand vous saurez lire et compter, le monde entier sera à votre portée. Quand vous aurez acquis des savoir-faire, vous pourrez exercer des métiers respectés. Vous n'aurez pas à souffrir de travaux ingrats ni de la pauvreté. Comprenez-vous ce que je vous dis ?

Ils hochèrent la tête.

— Bien, soupira Jenny. Désormais, la question est entre vos mains. Votre avenir ne dépend que de votre assiduité. Vous pouvez partir.

Les garçons attrapèrent leurs cartables dans le vestibule et sortirent en courant. Martta alla silencieusement dans la cuisine. Jenny s'affaissa sur un siège du salon.

Après ces remontrances, les enfants firent des efforts. Les garçons renoncèrent à l'école buissonnière, et Martta s'exerça chaque soir à la lecture dans la chambre. Elle progressait à vue d'œil ! Comme elle était déjà à l'aise avec les livres pour enfants, Jenny lui emprunta des histoires courtes à la bibliothèque populaire. Les garçons obtinrent également de meilleures notes. Ils n'étaient pas les premiers de la classe, mais pas les derniers non plus.

Par un dimanche pluvieux, Jenny trouva Matti en larmes dans le lit. Il se tourna vers le mur et s'essuya discrètement les yeux. Émue, Jenny s'assit au pied du lit.

— Tes parents te manquent ?

Il ne répondit pas. Il respirait lourdement.

— Je crois savoir ce que tu ressens, dit-elle doucement en regardant par la fenêtre. Mes parents aussi sont morts, et je les aimais beaucoup.

Matti fixait toujours le mur.

— J'avais aussi un mari et un jeune fils, soupira Jenny. Eux aussi sont morts.

Alors qu'elle se levait pour le laisser tranquille, il tourna vers elle son visage éploré.

— Comment qu'il s'appelait, le fils ?

— Mikael, répondit-elle avec un regard triste. Comme l'ange dans la Bible.

— On pourra jamais être comme Mikael, sanglota Matti, pasqu'on est pas les vrais enfants de tata Jenny.

Elle se pencha pour caresser ses cheveux blonds.

— Mikael était mon enfant chéri, mais je n'ai pas eu le temps de le connaître, il est mort dès sa naissance. Vous, je vous connais, toi, Aapo, Martta, je vous connais et je vous aime. Je ne pourrai jamais remplacer votre mère, mais je suis reconnaissante de pouvoir être votre tata Jenny.

Matti leva prudemment la main et caressa celle de Jenny. Les larmes ruisselaient sur ses joues. Comme elle se penchait pour le serrer dans ses bras, il se cramponna à elle. Elle sentit les cheveux souples sous son menton, le petit corps chaud contre le sien. L'émotion lui noua la gorge. Elle lui sourit avec les larmes aux yeux.

— Viens, Matti, allons faire chauffer du lait. Il reste un peu de brioche d'hier.

Matti s'essuya la figure avec sa manche, puis il prit la main de Jenny et ils allèrent ensemble dans la cuisine.

37

C'était l'époque de la grande foire d'automne de Turku, une véritable fête populaire où l'on venait de loin, et les marchands apportaient toutes sortes de choses à vendre. Les jours de marché, les places Alexandre et Nikolaï, ainsi que celle du Marché-au-Bois, étaient bondées de charrettes et d'étals, jusqu'au pied de la cathédrale.

Jenny souhaitait s'y rendre avec les enfants. Il fallait acheter de la bure pour les pantalons des garçons et de l'étoffe pour la jupe de Martta. À la foire, les produits étaient en général beaucoup moins chers que dans les boutiques, à condition de savoir négocier.

Ils se levèrent de bonne heure pour devancer le plus gros de la foule. Malgré tout, il y avait déjà une forte affluence lorsqu'ils arrivèrent à huit heures. Messieurs à chapeau, dames, enfants, paysans aux relents d'étable, domestiques coiffées de foulard, soldats, tout le monde avançait en jouant des coudes. Une odeur de fumée se mélangeait à l'air frais : de vieilles femmes préparaient du café à la casserole à une extrémité de la place. On entendait un orgue de Barbarie dissonant, et un énorme brouhaha emplissait le marché. Les enfants avaient le tournis, en regardant ce fourmillement avec curiosité.

Jenny les arrêta et les avertit d'un ton sévère :

— Restez bien près de moi, autrement vous vous perdrez. Compris ?

Ils promirent. Puis elle se mit à louvoyer dans la foule avec les enfants dans son sillage.

Sur le côté gauche de la place, il y avait le stand de la pâtisserie Wiberg, après quoi les autres boulangers de la ville vendaient leurs produits : Mmes Hellman et Silvan, Karlstedt et Jernvall. On y trouvait des gâteaux, des beignets, des brioches. En face étaient installés le sellier Jakobsson, le forgeron de cuivre Sjöblom et le tôlier Ahlgren. Filén, vieil artisan de Turku, venait vendre ses pipes courtes ou longues ornées d'argent. Le relieur Ekblom et l'éditeur Lillja proposaient des psautiers et de la littérature légère sur un petit stand devant le théâtre.

De l'autre côté de la place, ils restèrent bloqués devant les étals des orfèvres Lundgren et Willgren. Il y avait là toute une file d'acheteurs : les paysans essayaient des bagues et achetaient des breloques pour leurs bien-aimées.

Le bord occidental de la place accueillait les potiers et les verriers, ainsi qu'une tente où l'on vendait des peintures à l'huile du tsar et d'autres célébrités. Devant un stand de jouets russes, Aapo s'attarda en regardant rêveusement un petit chien en bois à tirer avec une corde. Jenny revint sur ses pas.

— Tu le voudrais ?

Aapo hocha la tête. Après avoir longuement marchandé avec la vieille Russe, Jenny finit par obtenir le chien pour 2 marks. Tout heureux, Aapo serra son joujou contre sa poitrine.

— Oh, merci, tata Jenny ! J'ai jamais rien eu d'si chouette !

Jenny remarqua la moue boudeuse de son frère, un peu en retrait.

— Et toi, Matti ? Quel jouet voudrais-tu ?

Le garçon s'illumina et alla observer attentivement les objets que la bonne femme lui présentait avec obligeance. Il finit par se décider pour un fusil en bois. Après un nouveau marchandage sans pitié, Matti eut enfin son jouet pour le même prix que son frère.

— Merci beaucoup, tata Jenny ! s'exclama Martta en tendant le jouet à son frère pendant le paiement des achats. Vous savez, c'est pas la peine de penser à m'acheter que'qu'chose, moi, j'suis trop grande pour les jouets.

— Je ne vais pas t'acheter de jouet, nous allons chercher du tissu pour te confectionner une robe.

— Une robe ? Pour moi ? s'exclama Martta, bouche bée.

— Mais oui. Les tiennes n'ont été que trop raccommodées, il est grand temps d'acheter du tissu pour en coudre de nouvelles.

Elles continuèrent. Sur les étals suivants, des Russes vendaient des confiseries, des fruits, des confitures, de l'édam, de la mettwurst, du caviar et des conserves de poisson. Les marchands proposaient des dégustations, leurs cris retentissaient de tout côté.

— Elle est noble et bonne, ma saucisse, sans pareille ! Venez la découvrir, gracieuse dame, c'est la meilleure qualité !

Jenny et les enfants s'arrêtèrent pour goûter, mais cette fois ils n'achetèrent rien.

Les Tatars à voix forte négociaient des tapis persans et des peaux de Sibérie. Il y avait aussi des marchands qui achetaient des cheveux comme matériau brut pour fabriquer des perruques ou des bijoux capillaires. De nombreuses domestiques éplorées vendaient leur longue natte.

Dans l'allée suivante, les tanneurs Ingelin, Sahlbom et Tornberg négociaient de la maroquinerie. Il y avait même des vendeurs venus de Tampere et de Jyväskylä.

Enfin, Jenny trouva les étals de tissus. Là, des Juifs de Turku et des Russes vendaient leurs marchandises. Jenny examina avec Martta des cotons à rayures ou unis. Elles décidèrent d'acheter du blanc et du bleu clair pour les robes d'été, et du noir en mousseline épaisse pour l'hiver. Pour les pantalons des garçons, Jenny choisit une bure grise bien solide. Martta pleurait de joie.

— Ne te réjouis pas trop vite, rit Jenny. Nous avons encore bien des soirées devant nous avant que ces robes soient cousues.

— J'sais, tata Jenny, mais moi j'ai jamais eu d'si chouette tissu pour une robe.

Elles admirèrent encore un peu les soies colorées et les dentelles sophistiquées. Jenny aperçut alors Amanda Levy et sa sœur qui achetaient des rubans de soie. Elle salua son ancienne camarade d'école, mais celle-ci fit mine de ne pas la reconnaître. Jenny fronça les sourcils. Puis elle comprit en repensant aux enfants. Apparemment, elle n'était plus une fréquentation convenable pour Amanda Levy. Elle rit. La bêtise des gens la surprenait toujours.

— Venez, les enfants. Allons voir les cracheurs de feu.

Amanda chuchota à l'oreille de sa sœur, et les deux commères toisèrent Jenny et les petits en riant.

Des chapiteaux de cirque et de tir étaient érigés sur le bord de la place Alexandre, autour desquels se produisaient des acrobates et des cracheurs de feu. Un panneau attirait les badauds à l'entrée d'une tente : « VENEZ VOIR LA FEMME SANS BRAS ! Entrée 2 marks ». Une longue file s'était déjà formée.

Dans la grande foule amassée autour des cracheurs de feu, une rumeur s'élevait chaque fois que le bateleur faisait jaillir des flammes. Matti et Aapo couraient devant, tant ils avaient hâte de voir le spectacle. Jenny et les enfants prirent place dans la foule. Le cracheur de feu devait être tatare. Il avait une barbe foncée et bouclée, un pantalon noir bouffant, ainsi qu'un gilet et des bottes en cuir.

Il lançait une torche enflammée en l'air et la faisait tournoyer furieusement. Les gens l'acclamaient et battaient des mains. De temps à autre, il la plongeait dans sa bouche et le public applaudissait encore plus fort. Puis il éteignit la torche et brandit un long sabre qu'il enfonça lentement dans sa gorge. Le public retint son souffle. Jenny et Martta échangèrent des regards épouvantés. L'homme enfonça le sabre presque à moitié avant de le ressortir. Sous des applaudissements enthousiastes, il s'inclina et fit le tour du public avec son chapeau. Comme Jenny sortait quelques pièces de sa bourse, il la gratifia d'un grand sourire.

Tandis que Martta et Matti étaient toujours fascinés par le cracheur de feu, Jenny se tourna, regarda autour d'elle et s'affola : Aapo n'était plus là !

— Martta ! Matti ! Où est Aapo ?

Ils regardèrent dans la cohue de tous côtés, sans l'apercevoir nulle part.

— Matti, as-tu vu où allait ton frère ?

— Non, tata Jenny. Il était à côté d'moi à l'instant.

— Venez, nous devons nous mettre à sa recherche ! s'exclama Jenny, prise de panique. Aapo a disparu !

Il était difficile d'avancer dans la foule et Jenny se hissa sur la pointe des pieds pour mieux voir. Elle demandait partout si quelqu'un avait vu un petit blondinet avec un chien en bois. Les marchands secouaient la tête, désolés.

Des hommes s'étaient agglutinés devant un stand d'eau-de-vie. S'arrêtant pour leur demander s'ils avaient aperçu Aapo, Jenny se rendit compte trop tard qu'ils avaient bu. Elle vit s'approcher le plus âgé, qui était aussi le plus soûl.

Le sourire malicieux de l'ivrogne découvrit des dents brunâtres et irrégulières, il avait un regard de prédateur. Il empestait l'alcool et l'urine.

— On l'a pas vu, ton gosse, mais j'veux bien un bisou d'une jolie fille comm'toi !

Il empoigna Jenny pour essayer de la forcer à accoler sa bouche à la sienne. Elle esquiva *in extremis*, poussa un cri et le frappa avec son sac à main.

— Allez-vous-en, espèce de monstre ! VAURIEN !

Soudain quelqu'un s'interposa ; l'ivrogne lâcha Jenny et reçut un puissant coup dans la mâchoire, puis il tituba un moment et finit par s'affaisser par terre.

Sous le choc, Jenny se tourna pour voir son sauveur : Fredrik Barker la dévisageait d'un air furieux.

— Tu es blessée ?

Comme elle secouait la tête, il lui dit agressivement :

— Bon sang, que fais-tu toute seule dans un endroit pareil ? Tu devrais savoir que les femmes n'ont rien à faire à proximité des stands d'alcool, surtout seules !

La lèvre de Jenny se mit à trembler et l'inquiétude ombragea ses yeux. Elle se faisait déjà tellement de souci pour Aapo, l'incident était la goutte de trop pour ses nerfs.

— Pardon, Fredrik, c'est qu'Aapo a disparu.

Elle repensa alors à Matti et à Martta. Regardant autour d'elle, elle fut soulagée de les trouver un peu à l'écart, tout effrayés.

— Et peut-on savoir qui est Aapo ?

Jenny courut auprès des enfants et les serra dans ses bras.

— Pas de panique. Tout va bien, maintenant. Cet homme ne nous agressera plus.

Fredrik l'observait avec stupéfaction.

— Aurais-tu l'amabilité de m'expliquer ce qui se passe ? Et qui sont ces petits ?

— Ce sont mes enfants adoptifs, Martta et Matti, répondit Jenny d'une voix tremblante. Leur frère Aapo a disparu. Nous étions en train de le chercher quand cette épave m'a agressée.

Elle cherchait l'assaillant du regard, mais il s'était enfui. Fredrik lui prit la main et la serra de façon apaisante. Il avait tout de suite compris la situation.

— Les petits garçons s'intéressent au tir, aux jongleurs et aux bonbons. Faites le tour des étals de bonbons ; moi, je cherche dans les tentes de cirque avec mon domestique. Comment le reconnaître ?

À deux doigts de fondre en larmes, Jenny le regarda avec gratitude. Elle décrivit Aapo et ils se donnèrent rendez-vous au centre du marché, au pied du lampadaire, une demi-heure plus tard.

Jenny, Martta et Matti eurent beau chercher le garçon et interroger les vendeurs de bonbons, personne ne l'avait vu.

— Ne pleure pas, Matti, je suis certaine qu'on va le retrouver. Si ce n'est pas nous, ce sera sûrement M. Barker.

Au bout d'une demi-heure, ils slalomèrent vers le point de rendez-vous et Jenny soupira de soulagement : Fredrik et son domestique attendaient au pied du lampadaire, avec Aapo qui dégustait tranquillement un beignet d'une main tout en serrant son chien en bois de l'autre. Jenny accourut et le prit dans ses bras.

— Aapo ! Où étais-tu ? Nous étions si inquiets !

— J'étais nulle part, moi, répondit-il, la bouche pleine. J'suis juste allé voir dans la tente les types qui tiraient sur des boîtes de conserve. J'savais pas qu'j'étais perdu. Et pis le monsieur m'a trouvé et il m'a amené ici. Regarde, tata Jenny, il m'a acheté un beignet !

Fredrik avait suivi la conversation à distance et toisait le garçon sévèrement :

— Aapo, promets de ne plus jamais faire une chose pareille. Tu as causé bien du souci à tata Jenny et à tes frère et sœur.

Tout penaud, Aapo regardait ses chaussures.

— Promis, dit-il tout bas.

— À présent, mieux vaut que je vous ramène. Wilén, va chercher la voiture.

Tandis que Fredrik faisait signe à son domestique, Jenny voulut protester, mais elle finit par céder. La journée l'avait épuisée.

Les enfants et elle le suivirent à travers la foule. Elle ne fut pas vraiment surprise de l'entendre donner l'adresse à Wilén, montrant qu'il savait où elle habitait.

Il l'aida à s'asseoir à côté de lui. Elle était nerveuse, si proche de lui. Elle bougeait fébrilement sur son siège. Il se tourna pour observer son visage et essuya du pouce une saleté sur sa joue.

— Dieu merci, tu vas bien.

— Merci, Fredrik, chuchota-t-elle décontenancée.

— Décidément, Jenny, tu ne cesses de m'étonner, déclara-t-il en s'adossant à son siège. Comment expliques-tu que tu sois devenue mère adoptive de trois enfants ?

Elle regarda les petits, assis côte à côte sur la banquette arrière. Ils étaient muets comme des carpes.

— Martta était ma bonne lorsque leur père est mort. Ils auraient fini à la vente aux enchères, si je ne les avais pas aidés.

— Ils n'ont aucune famille ?

— Non.

— Il n'y avait tout de même pas de quoi les adopter. Ils auraient pu aller à l'assistance publique.

— Tôt ou tard, ils auraient été vendus, tu le sais bien, répliqua Jenny en regardant devant elle, les lèvres pincées. Désormais ce sont mes enfants, et j'en suis responsable. Il n'y a aucune raison de les mépriser à cause de leur origine.

Fredrik la regarda, soucieux.

— Ce n'est pas ce que je voulais dire, mais je doute que tes ressources suffisent à faire vivre trois enfants.

Elle le regarda avec détermination.

— Heureusement, tu ne sais rien de mes ressources. Nous nous débrouillerons très bien.

Le silence se posa entre eux. Fredrik regardait pensivement devant lui.

Enfin Jenny ouvrit la bouche :

— Comment se fait-il que tu parles aussi bien le finnois ?

— Un bon directeur d'usine parle la langue de ses subordonnés, répondit Fredrik en lui jetant un regard de côté avec un demi-sourire. J'ai eu la chance d'avoir une gouvernante finnophone, quand j'étais petit.

Wilén arrêta le cheval dans la rue de la Berge, et Jenny et les enfants descendirent de voiture. Fredrik les aida à décharger leurs achats.

Jenny leva les yeux, émue.

— M. Barker, je vous suis très reconnaissante. Nous n'aurions pas retrouvé Aapo sans votre aide. Et merci à vous, M. Wilén.

Elle leva son chapeau devant le domestique de Fredrik.

— Tout le plaisir est pour moi, madame.

Fredrik la prit par la main et baissa la voix.

— Au revoir, Mme Malmström. J'ai hâte que nous nous revoyions.

Ils se regardèrent dans les yeux. Toute parole était inutile. Chacun sentait les pensées de l'autre. Fredrik s'inclina et remonta en voiture.

Jenny et les enfants restèrent là pendant que Wilén tournait le cheval et reprenait la rue de la Berge en sens inverse pour regagner la ville. Fredrik se retourna et agita la main ; Jenny leva le bras, et les enfants firent de grands gestes.

— Ah, v'là un vrai gentilhomme ! soupira Martta. J'avais jamais vu un homme si chouette.

Jenny prit Aapo par la main.

— Venez, les enfants. Entrons et préparons le thé. Nous avons vécu tellement d'aventures aujourd'hui, je suis fourbue.

Les enfant passèrent la soirée à parler du charmant gentilhomme qui avait retrouvé Aapo ; comme le petit frère n'avait pas vu la bagarre, Matti dut lui montrer comment le charmant monsieur avait frappé l'ivrogne au menton pour sauver tata Jenny. Martta mima celle-ci, épouvantée, qui assommait l'ivrogne avec son sac à main. Jenny en rit aux larmes.

Les enfants dormaient dans leur chambre lorsque Jenny détacha son épingle à cheveux pour tresser une longue natte. Elle dit la prière du soir, souffla la bougie et se glissa sous la couverture. Killi sauta sur son ventre en ronronnant, elle le caressa distraitement. Pensant à Fredrik, elle laissa son regard rêveur se promener dehors, où une lanterne projetait une lumière jaune pendant que le vent malmenait les feuilles d'automne. Quel homme noble il était, et quelle attitude magnifique il avait eue avec les enfants ! Jenny poussa un soupir nostalgique et ferma les yeux.

38

Mlle Heurlin avait attrapé la grippe, ce qui n'avait rien d'étonnant en cet automne froid et humide qui sévissait depuis plus d'une semaine. Les tâches de la directrice furent réparties entre les autres enseignantes, et Jenny donna donc quelques heures supplémentaires.

Après quinze jours au lit, l'état de la demoiselle empira. Déjà âgée, elle n'avait plus les mêmes forces que dans sa jeunesse. Le docteur Spoof lui rendit visite presque chaque jour pour suivre l'évolution de la maladie.

Un matin, Jenny apprit que la demoiselle avait succombé à la fièvre pendant la nuit. Son cœur avait fini par céder.

Jenny joignit les mains et pria. Quelques larmes tombèrent sur ses genoux. Vraiment, elle l'aimait bien, Augusta Heurlin. C'était une directrice sévère mais juste, avec qui toutes les élèves étaient soumises aux mêmes règles, qu'elles fussent de famille aisée ou non. Elle allait regretter son calme, et la sagesse conférée par sa longue expérience.

À l'école, on observa une minute de silence avec les jeunes filles ; on alluma un cierge et l'on chanta des cantiques. Certaines élèves pleurèrent. Les leçons du jour furent annulées et les demoiselles rentrèrent chez elles.

Les enseignantes se trouvaient en pleine incertitude. L'école appartenait à Mlle Heurlin, qui payait leurs salaires. Comme elle n'avait pas d'héritier, l'avenir de l'établissement était maintenant compromis. Après discussion, on se mit d'accord pour continuer les cours comme d'habitude en attendant que le notaire indiquât la marche à suivre.

Une semaine plus tard, maître Sarlin convoqua les enseignantes dans une salle de classe pour leur lire les dernières volontés d'Augusta Heurlin. Il posa sa sacoche noire sur le bureau et chaussa ses lunettes, puis sortit le testament de son sac et le déplia.

— Mme Malmström, Mlle Heickell, Mlle Wrede, Mlle Sinebrykoff, commença-t-il en fixant son regard sur elles, j'ai l'honneur de porter à votre connaissance le testament de Mlle Heurlin. N'ayant pas d'héritiers, la demoiselle fait don de tous ses biens pour fonder un orphelinat à Turku. En déduction de la succession, vous recevrez chacune un semestre de salaire.

M. Sarlin leva les yeux.

— Malheureusement, cela signifie que l'école des demoiselles cessera son activité à la fin du mois. Vous dispenserez donc les leçons aux jeunes filles jusqu'à ce terme, après quoi vous serez libres de chercher un nouvel emploi.

Les collègues se regardèrent, abasourdies. Elles s'y attendaient un peu, mais le choc n'en était pas moindre. Tandis qu'elles se levaient pour sortir, M. Sarlin apostropha Jenny.

— Mme Malmström, puis-je vous prier de rester ?

Surprise, elle revint sur ses pas et se rassit tandis que le notaire fermait la porte.

— Malheureusement, j'ai de mauvaises nouvelles pour vous, annonça-t-il en ôtant ses lunettes pour l'observer de ses yeux sages. D'après le testament de Mlle Heurlin, votre poste était financé jusqu'ici par le patron Fredrik Barker. Par conséquent, vous n'êtes pas éligible à la paye semestrielle déduite de la succession. Mlle Heurlin était désolée, mais elle a conseillé dans son testament que vous demandiez une compensation à M. Barker.

Pâle comme la mort, Jenny dévisagea M. Sarlin avec de grands yeux.

— Vous... Vous êtes sûr ?

— Malheureusement, c'est ainsi, répondit-il avec compassion. À la demande de Fredrik Barker, Mlle Heurlin avait pris contact avec vous pour vous prier de travailler comme enseignante. Elle a souligné qu'elle était très satisfaite de vos services et vous a rédigé d'excellentes recommandations.

Jenny était sidérée. Elle finit par se lever lentement en hochant la tête.

— Merci, M. Sarlin.

Sans rien dire, elle quitta la pièce, prit sa pèlerine et son chapeau au portemanteau, puis alla marcher au bord de l'Aura.

L'eau était brune et les tilleuls se balançaient dans le vent avec de vives couleurs d'automne. Il tombait une légère bruine qui mouillait sa pèlerine, mais Jenny le remarquait à peine. Elle était bouleversée par ce qu'elle venait d'apprendre.

Tout à coup, elle poussa un éclat de rire désespéré. Mlle Heurlin était morte, elle venait de perdre son emploi et six mois de salaire. Elle avait enseigné à l'école de jeunes filles pendant presque quatre ans, et durant tout ce temps c'était Fredrik qui la payait ! Pouvait-on imaginer une situation encore pire ?

Les larmes ruisselèrent sur ses joues. Cette fois, elle avait du souci à se faire : comment faire vivre les enfants ? Elle éprouvait de l'amour en pensant à Fredrik, mais en même temps elle lui en voulait. Il n'avait aucun droit de se mêler de ses affaires ! Qu'avait bien pu penser Mlle Heurlin ? Qu'elle était sa maîtresse ? Jenny rougit jusqu'au cou.

Elle rentra chez elle avec détermination. Le mieux était de postuler dans les autres écoles de jeunes filles. Elle avait assez d'économies pour se débrouiller pendant quelques mois. Mais une chose était sûre : elle n'accepterait plus un seul penni de Fredrik Barker !

39

Assise dans son salon, Jenny tambourinait sur la table. Elle était soucieuse. Ses candidatures n'avaient pas produit de résultat, que ce fût dans les écoles de jeunes filles de Turku, à l'établissement féminin d'Alide Schwank, ou encore au pensionnat de Mlle Brotherus et à l'école de Siri Ringbom. Elle n'avait reçu que des réponses négatives : partout, on regrettait de ne pas avoir de poste à pourvoir pour le moment.

Alors qu'elle cherchait une solution, Martta lui apporta une lettre de Juhani Aaltonen. De passage à Turku, il lui proposait un rendez-vous le samedi à deux heures de l'après-midi au café Wiberg. Jenny se réjouit, attendant avec impatience de le revoir.

La pâtisserie-café Wiberg se trouvait dans la rue du Château, juste à côté de la bibliothèque populaire. C'était un petit local dans une maison de bois grise, avec fenêtres sur rue. La porte était surmontée d'une enseigne ovale aux lettres dorées sur fond noir : *A. G. Wiberg, Konditor.*

Lorsque Jenny entra un peu avant deux heures, Mme Augusta Wiberg était en train de servir des clients. Toute la ville connaissait cette petite dame rondelette. Qui, à Turku, n'avait jamais goûté aux célèbres confiseries de chez Wiberg ? À gauche du comptoir, une table était couverte de pâtisseries sorties du four : brioches, gâteaux au chocolat, meringues et tartes au citron. Une délicieuse odeur de tarte aux pommes et de café à la casserole flottait dans l'air. Derrière le comptoir trônait une armoire peinte en blanc aux portes vitrées. Elle contenait des petits cochons en pâte d'amande et des décorations en sucre, notamment des anges et des cupidons.

Jenny pendit sa pèlerine au portemanteau et entra côté salon, où quelques tables étaient à la disposition de la clientèle. Au même moment, la porte tinta : c'était M. Aaltonen. Il était magnifique, dans son manteau noir. Souriante, Jenny alla à sa rencontre.

— M. Aaltonen, je suis ravie de vous revoir après si longtemps.

Il la prit par la main et l'aida à s'asseoir. Ses yeux scintillaient.

— Tout le plaisir est pour moi, Mme Malmström. Puis-je nous commander du café et des pâtisseries ?

Jenny répondit par l'affirmative ; elle prit du plaisir à le regarder ôter son manteau et son chapeau. Il créait autour de lui une atmosphère sereine, elle avait l'impression de se trouver en présence d'un ami de longue date.

Peu après, Mme Wiberg leur apporta des gâteaux aux cerises et une cafetière. Ils échangèrent les dernières nouvelles. Juhani récapitula les travaux menés à Helsinki depuis les fouilles.

— Nous avons répertorié tous les objets. Les cartes ont été mises au propre. Je n'ai plus qu'à rédiger mon rapport, et ce sera tout pour cette année. Si l'on obtient le financement, les fouilles reprendront l'été prochain.

Il prit une cuillerée de gâteau et leva les yeux.

— Mais racontez-moi comment vous allez, les enfants et vous-même.

Jenny expliqua qu'elle avait brutalement perdu son emploi suite au décès de Mlle Heurlin.

— Comment allez-vous faire ? demanda-t-il, soucieux, en plissant le front.

Jenny remuait son café et scrutait le papier peint aux motifs de roses.

— J'ai quelques économies, nous pourrons nous débrouiller quelque temps. Je n'arrête pas de chercher du travail. Nous nous en sortirons.

Elle regardait Juhani avec un petit sourire reconnaissant, mais elle était beaucoup moins sûre d'elle que sa voix ne le laissait paraître.

Après un long moment de réflexion, il regarda Jenny d'un air résolu, avec le plus grand sérieux.

— Mme Malmström, puisque votre situation vient de subir un changement radical, je vais m'enhardir à vous faire une proposition.

Il prit sa main.

— Consentiriez-vous à être mon épouse ? Je ne croyais pas pouvoir vous proposer cela, car mon salaire de chercheur est très modeste et irrégulier, et vous méritez incontestablement mieux que moi, mais vous semblez à present dans une situation désespérée. Je sais que vous ne m'aimez pas, mais je vous estime grandement et nous nous entendrions sûrement bien. Je prendrais aussi les enfants sous mon nom, bien entendu, et je promets de m'occuper d'eux. Mon logement à Helsinki est petit, juste une pièce et une cuisine, mais qui sait, nous pourrions louer quelque chose d'un peu plus grand par la suite.

Abasourdie, Jenny le regarda avec les larmes aux yeux.

— M. Aaltonen, j'apprécie grandement votre offre et votre bonté, mais vous méritez une épouse qui vous aime vraiment et vous soutienne dans votre carrière. Je suis certaine que vous deviendrez professeur d'archéologie. Ne vous tracassez pas pour moi. Je trouverai bien un travail à Turku.

— Je m'attendais à cette réponse, dit Juhani en secouant la tête avec un léger sourire.

Il s'inclina et prit une mine plus grave.

— Promettez-moi au moins d'y réfléchir. Je ne suis pas pressé, nous pouvons très bien nous marier dans six mois. J'attendrai, bien sûr.

Jenny serra sa main avec gratitude.

— Pas un mot de plus. Je vous promets de réfléchir à votre offre. Mais à présent, reprenons du café, dit-elle en remplissant les tasses. Parlez-moi de votre quotidien à Helsinki. Allez-vous aux divertissements ?

Après une heure passée à bavarder, Juhani prit congé pour aller voir Rettig ; il raccompagna Jenny jusqu'à la place Alexandre.

— Maintenant que je vous ai présenté ma demande en mariage, puis-je vous appeler Jenny ? demanda-t-il en lui serrant la main. Et j'espère que vous m'appellerez Juhani.

— Volontiers… Juhani, accepta-t-elle en riant.

— Je vous souhaite tout de bon, à toi et aux enfants, conclut-il en souriant. Tu m'écriras, hein ? Et promets de songer à ma proposition.

— Je te le promets.

Il souleva son chapeau et la salua. Elle suivit des yeux sa haute silhouette qui s'éloignait dans la rue de l'Aura vers la maison de Rettig.

Une petite voix dans sa tête lui disait qu'elle aurait dû saisir cette offre. Cela aurait résolu tous leurs problèmes. Juhani leur aurait apporté la sécurité, à elle et aux enfants, peut-être même que leur mariage aurait été heureux, mais elle savait que sa décision était la bonne. Il avait raison : elle ne l'aimait pas, et pourtant Dieu sait qu'elle l'aurait voulu. Il eût été sans cœur de prétendre le contraire. Cependant, la petite voix dans sa tête ajoutait qu'il était urgent de trouver du travail avant de connaître de grandes difficultés.

40

Jenny rentrait par la rue de la Berge avec un gros panier. Elle était sortie acheter des harengs fumés au marché. Elle essayait d'économiser : cette fois encore, elle s'était abstenue d'acheter de la viande. Depuis plusieurs semaines, ils mangeaient essentiellement du poisson salé, des pommes de terre et de la bouillie de céréales. Pourtant, les enfants ne se plaignaient jamais. Ils étaient trop contents d'avoir le ventre plein. Jenny pensait à eux avec tendresse.

Martta vint l'accueillir à la porte tandis qu'elle enlevait ses chaussures dans le vestibule.

— Tante Jenny ! Le charmant m'sieur du marché, il est v'nu vous chercher. Il avait un truc important, mais i'vous a laissé une lettre.

Les joues rouges, Jenny pendit sa pèlerine à la hâte pendant que Martta lui apportait la lettre dans le salon. Elle la décacheta rapidement et s'assit dans un fauteuil pour en prendre connaissance.

Jenny, il faut qu'on parle. Rendez-vous demain à deux heures de l'après-midi.

Colline de la Garde.

Fredrik

Ses pensées se dispersèrent dans sa tête. Tellement typique de Fredrik ! Le message ne révélait pas la moindre intention de son auteur. Il avait dû apprendre le décès de Mlle Heurlin. Jenny replia la lettre. Elle allait le rencontrer, mais elle était bien décidée à ne plus accepter sa charité.

Le lendemain, Jenny grimpa d'interminables escaliers sous un vent fort avant d'atteindre le sommet de la colline de la Garde. Elle s'arrêta pour contempler le paysage. L'éminence offrait une vue spectaculaire sur la ville. En bas, on voyait le cours grisâtre de l'Aura. Les gens ressemblaient à de petites fourmis noires luttant contre les bourrasques.

Son chapeau faillit s'envoler ; elle resserra les rubans sous son menton et tenta de rabattre les mèches brunes qui cherchaient à s'échapper. Apercevant alors Fredrik qui approchait, elle inspira profondément pour tâcher de garder son calme.

— Tu as bien fait de venir, dit-il en la prenant par le bras. Marchons un peu. Nous devons parler.

Elle acquiesça et retira son bras. Ils arpentèrent lentement l'allée de gravier. Jenny veillait à garder une distance décente.

Un couple était assis sur un banc, en pleine conversation. Les rafales jetaient des feuilles jaunes sur le gazon et Fredrik tenait son chapeau.

— J'ai appris que Mlle Heurlin était morte et que l'école avait cessé son activité. La semaine dernière, j'ai rencontré M. Sarlin, il m'a expliqué qu'il avait dû t'avouer la vérité à propos de ton salaire. Et telle que je te connais, tu dois être furieuse.

Il se tourna avec un regard soucieux.

— Jenny, j'étais inquiet. Ton père venait de mourir, je ne voulais pas que tu aies des difficultés financières.

— Fredrik, tu étais marié avec une autre, rétorqua-t-elle sèchement. Tu n'as aucun devoir envers moi. Tu n'aurais jamais dû payer mon salaire.

— Comment vous débrouillez-vous, à présent, les enfants et toi ? demanda-t-il en fronçant les sourcils.

— Très bien, mentit-elle en fuyant son regard.

Fredrik mit sa main sous le menton de Jenny et la força à le regarder dans les yeux.

— Permets-moi de vous aider. Il paraît que les autres enseignantes ont reçu six mois de salaire. Laisse-moi te les payer, pour vous dépanner au moins quelque temps. Tu ne peux pas affamer tes enfants.

— Pour rien au monde ! suffoqua Jenny en repoussant sa main. Je te suis reconnaissante pour tout ce que tu as fait pour moi, mais je n'accepterai plus d'argent de ta part ! Ne comprends-tu pas combien ce serait injuste ? En particulier vis-à-vis de ta femme !

Elle leva le menton et affronta les yeux de Fredrik avec détermination.

— Je dois me débrouiller toute seule, à présent.

— Laisse-moi m'occuper de vous, c'est tout ce que je demande, supplia-t-il.

— Non ! Et c'est mon dernier mot, trancha Jenny en lui tournant le dos.

Ils marchèrent ainsi en silence.

— Es-tu amoureuse de Juhani Aaltonen ?

Jenny s'arrêta net.

— Qu'est-ce que cela veut dire ?

— Réponds-moi ! insista Fredrik en la serrant par le bras.

— Ça ne te regarde pas le moins du monde ! Cesse de t'immiscer dans ma vie !

Ils se regardèrent avec des flammes dans les yeux.

Finalement, Fredrik sourit.

— Tu ne l'aimes pas. Autrement, tu l'aurais avoué.

— Pourrais-tu me raccompagner jusqu'aux marches ? s'exclama Jenny, en colère. Cette conversation ne mène nulle part. Je crois qu'il vaut mieux que tu rentres auprès de ta femme.

Fredrik la raccompagna.

— Au revoir, Jenny. Je m'occuperai de vous. Que tu le veuilles ou non.

— Adieu, Fredrik, répondit-elle en se mordant la lèvre.

Elle lui tourna le dos et descendit l'escalier tandis qu'il la regardait s'éloigner avec un air peiné.

Les larmes coulaient sur ses joues. Elle avait du mal à rester forte quand il la regardait ainsi.

Elle n'aurait pas dû venir. Cette rencontre n'avait fait qu'augmenter la souffrance des deux parties. Si elle avait accepté l'offre de Fredrik, elle aurait eu six mois pour chercher un nouveau travail, mais elle n'aurait pas pu vivre avec cela sur la conscience. Elle devait trouver une autre solution.

Au bout de deux semaines, les provisions avaient tellement diminué que Jenny se résolut à mettre les garçons au travail. Martta le lui avait déjà suggéré plusieurs fois, mais elle avait toujours refusé jusque-là.

Aapo alla vendre *Sanomia Turusta* sur la place Alexandre, et Matti se fit garçon de courses entre le marché et les maisons aisées. C'étaient de menus travaux appropriés pour les petits garçons, qu'ils pouvaient effectuer après les cours – car Jenny était intransigeante avec l'assiduité scolaire.

Elle avait réussi à obtenir quelques cours particuliers. Elle donnait des leçons de piano à la fille du marchand Törnroos une fois par semaine, elle-même n'étant qu'une piètre musicienne, mais nécessité n'a point de loi. Par ailleurs, elle enseignait le suédois à un fonctionnaire municipal russophone, également de manière hebdomadaire. Elle avait dû vendre le service en porcelaine bleue de sa mère, mais ils avaient maintenant de quoi tenir au moins un mois.

Finalement, ils allaient passer le mois de décembre à vivoter. Pour les enfants, ce n'était pas difficile, vu qu'ils étaient habitués à la pauvreté, mais Jenny était chaque jour de plus en plus abattue.

Elle n'avait plus les moyens d'aller au théâtre ni aux concerts. Pour économiser le bois, elle ne chauffait que le salon. Désormais, ils dormaient tous dans un seul grand lit familial près du poêle. Pour les enfants, ce n'était que plus amusant. Killi et Nalli venaient se coucher à leurs pieds. Le cœur de Jenny fondait lorsque Aapo, dans son sommeil, passait ses petits bras autour de son cou, en quête de sécurité. Elle ne regrettait jamais le jour où elle avait adopté les enfants Wahlroos.

Il ne restait plus que quelques semaines avant Noël. Jenny était désolée de ne pas pouvoir offrir aux enfants la fête qu'elle aurait voulu. Elle n'avait même pas les moyens d'acheter un jambon.

Le salut se présenta cependant sous la forme d'une lettre de Maria Tallgren. Elle les invitait tous au presbytère pour célébrer Noël. Ayant appris leur détresse, elle voulait peut-être leur venir en aide.

Soulagée, Jenny ressentit une immense gratitude à l'égard de la famille du pasteur de Sainte-Marie. Elle accepta avec joie l'invitation de Maria.

Deux jours avant le réveillon, on frappa à la porte. Martta alla ouvrir.

— Tata Jenny ! Y a un garçon qu'apporte un jambon !

Jenny alla voir, ahurie. C'était un gamin de huit ans tout au plus, muni d'un énorme jambon.

— Qu'est-ce que c'est que ça ? Je n'ai rien commandé.

— On m'a dit d'vous l'apporter, répondit le garçon en reniflant sous son grand bonnet gris.

— Qui donc ?

— Le maît'boucher Jokinen.

Gênée, Jenny prit la marchandise et donna une pièce au petit coursier, qui déguerpit aussitôt. Elle tendit le jambon à Martta et elles le contemplèrent en silence dans le vestibule tel le miracle de Noël. Jenny regardait Martta avec des yeux ronds, et l'absurdité de la situation la fit éclater de rire, à tel point qu'elle dut s'appuyer au chambranle pour ne pas tomber à la renverse. Les yeux de Martta s'écarquillèrent de plus belle.

Enfin, Jenny s'essuya les yeux :

— Tu ferais bien de le cuire rapidement, avant que le petit livreur remarque son erreur et revienne le chercher.

Martta courut dans la cuisine.

Après s'être remise de ses émotions, Jenny retourna dans le salon pour tricoter un gilet de laine pour Aapo : il fallait l'achever avant le réveillon. Elle avait des soupçons quant à l'expéditeur du jambon. Elle posa son tricot et regarda rêveusement par la fenêtre. Puis elle plissa le front et coupa le fil, en colère. Les commérages allaient sûrement recommencer.

41

Le valet Paavo devait venir chercher Jenny et les enfants l'après-midi pour les conduire en traîneau au presbytère de Sainte-Marie. Ils plièrent leurs vêtements dans un coffre. Ravis, les chats essayaient de sauter dedans, mais Jenny les sortit de là en riant et ferma le couvercle. Les enfants étaient tristes de les laisser seuls pour Noël, mais elle les rassura : on ne s'absenterait que deux jours, et la femme du cordonnier viendrait les nourrir. Pour la peine, elle avait offert les restes du jambon à la voisine. Ils n'en avaient mangé qu'une moitié, l'autre risquait de se gâter pendant leur absence.

À l'approche de Noël, Jenny s'attendrissait : elle avait envoyé une demande d'excuses à sa tante Loviisa, avec des chaussettes rouges en laine tricotées par ses soins. Son père aurait été triste de les savoir brouillées. Elle avait reçu une lettre de Beata qui leur souhaitait à tous un joyeux Noël. Elle l'avait rangée dans le tiroir avec un sentiment de cynisme : le message ne laissait pas entendre qu'elles se reverraient.

Le valet Paavo vint les chercher comme convenu, et Jenny lui demanda de faire un détour par l'église Sainte-Carine ; elle voulait se recueillir sur les tombes.

Ils se mirent en chemin par la route du Häme. Il avait neigé en abondance, mais la glace de l'Aura n'était pas encore assez solide pour supporter un cheval et un traîneau. Jenny et les enfants observaient joyeusement autour d'eux. Le paysage était de plus en plus familier. Nummenpakka n'avait pas changé. Les mêmes bicoques bordaient la route. La chèvrerie de Lehtonen s'était écroulée et le sauna de Simola avait brûlé.

Paavo les déposa devant l'église. Jenny sortit de son sac deux couronnes de sapin qu'elle avait fabriquées pour que les enfants puissent les poser sur les tombes de leurs parents et de leurs sœurs. Pour sa part, elle se rendit de l'autre côté du cimetière. Les pierres tombales étaient presque ensevelies sous les congères façonnées par la neige tourbillonnante.

Jenny déblaya un peu la tombe de son père avec ses moufles et posa une couronne.

— Joyeux Noël, mon père, dit-elle tout bas en baissant la tête.

De même, elle posa une couronne sur la tombe de son mari et de son fils.

— Joyeux Noël, Matias et Mikael.

Les enfants couraient déjà sur la colline et Jenny remonta à leur rencontre en pataugeant dans la neige. Leurs joues étaient mouillées de larmes.

— Le chagrin demeure toujours en nous, mais il s'allège avec le temps, leur dit-elle avec compassion. Croyez-moi.

Un vent glacial soufflait sur le cimetière, faisant poudroyer la neige sur les tombes. Jenny tremblait de froid.

— Venez, retournons nous réchauffer dans le traîneau.

Les enfants la suivirent en direction de l'église. Paavo avait déjà effectué le demi-tour et ils montèrent se blottir sous les couvertures.

Jenny se tourna pour regarder son ancienne maison, la fameuse vieille jument et les pommiers. La demeure de son enfance lui manquait souvent, et à cet instant plus que jamais. Il lui semblait voir la silhouette de son père se rendant à l'église. Il n'y avait personne dans la cour, mais une lumière jaune brillait à la fenêtre de la cuisine. C'était sûrement la gouvernante qui préparait le repas de Noël. Elle aurait aimé aller saluer Aina et Viktor, mais ils n'en avaient pas le temps.

Les lanternes étaient allumées lorsqu'ils arrivèrent au presbytère de Sainte-Marie : il faisait déjà nuit. Les plus jeunes accoururent à leur rencontre. Ils étaient extraordinairement ravis de recevoir des camarades de jeu pour toute la période de Noël.

— Venez vite, entrez avant d'attraper la mort ! cria Maria sur le pas de la porte.

Elle les regarda en souriant tandis qu'ils secouaient la neige de leurs vêtements dans le vestibule.

— Soyez les bienvenus pour célébrer Noël au presbytère de Sainte-Marie. Nous vous recevons avec grand plaisir, les accueillit-elle en leur tenant la porte. Entrez, entrez !

À peine débarrassés de leurs vêtements chauds, les enfants s'enfuirent dans la chambre du bas pour jouer avec les petits Tallgren.

Jenny suivit son hôtesse dans la grande salle. Des bougies brûlaient devant les fenêtres, les vitres démultipliant leurs reflets, et les vieux cactus de Noël déployaient leurs fleurs orangées. Assis dans un fauteuil à bascule à côté du poêle, le pasteur fumait la pipe, répandant une odeur familière dans la pièce. Une fois de plus, la nostalgie assaillit Jenny.

Ivar Tallgren se leva pour la saluer :

— Bienvenue, Jenny ! Je suis ravi que tu sois chez nous avec les enfants pour Noël.

— Merci, Ivar. C'est toujours un bonheur, de venir ici.

Elle fréquentait si souvent le presbytère de Sainte-Marie qu'ils étaient passés au tutoiement.

Maria alla s'asseoir sur le sofa et tapota la place à côté d'elle.

— Viens à côté de moi bavarder et boire du vin chaud. Le dîner n'est qu'à six heures, nous avons donc largement le temps, précisa-t-elle en jetant un coup d'œil sur l'horloge.

Maria servit le vin chaud et tendit un plateau rond en argent recouvert de pains d'épices.

— Eh bien, Jenny... Voilà quelques mois que j'ai appris la mauvaise nouvelle : le décès d'Augusta Heurlin et la fermeture de l'école. Comment allez-vous faire, les enfants et toi ?

Jenny souffla sur son vin chaud et soupira.

— J'ai envoyé des lettres à toutes les écoles de jeunes filles de Turku ; hélas, aucune n'a besoin d'une enseignante en ce moment. J'ai réussi à obtenir quelques élèves en cours privé, mais j'avoue que nous vivons actuellement sur mes économies.

— C'est un peu ce que nous craignions, confia Maria en échangeant un regard avec son mari. Écoute, nous avons réfléchi. Avec mon travail, je n'ai plus le temps d'assurer l'instruction de Mikko, d'Aili et d'Anna-Maria. Accepterais-tu de leur donner des leçons, peut-être trois jours par semaine ? Contre rémunération, bien entendu. Ils sont encore petits, lire et compter suffira pour commencer. Mikko et Aili savent déjà lire, mais pas Anna-Maria. Qu'en penses-tu ?

Jenny regarda ses hôtes avec de grands yeux.

— Je viendrais plus que volontiers.

Maria et Ivar s'en félicitèrent.

— Bien, bien ! s'exclama Maria en battant des mains. Les enfants ne sauraient trouver de meilleure préceptrice.

Un lourd fardeau tombant ainsi de ses épaules, Jenny sourit, soulagée.

— Quand pourrais-je commencer ?

— Disons juste après l'Épiphanie, proposa Maria.

— Ce serait parfait, approuva Jenny.

Elles firent tinter leurs verres de vin chaud, après quoi la doyenne parla de sa dernière passion :

— Écoutez, j'ai observé les paysans et les ouvriers sur la route, et je suis absolument scandalisée de voir comment ils traitent leurs chevaux. Ils crient, ils braillent, ils les fouettent ! La plupart sont soûls, ils deviennent alors de véritables brutes. Un jour, Ivar a dû intervenir en voyant un ivrogne battre son cheval ; il lui a arraché sa bouteille et l'a vidée par terre.

Maria regarda son mari comme un héros.

— Comme je me demandais si on pouvait faire quelque chose face à ce problème, j'ai posé la question au vétérinaire Palmgren. Il m'a parlé d'une société protectrice des animaux qui existe à Turku depuis quelques années. Lui-même en est membre, et il a eu l'amabilité de me remettre un exemplaire imprimé des statuts.

Maria alla chercher une petite brochure brune et chaussa ses lunettes.

— Écoutez ceci : « L'association a pour but d'œuvrer en faveur d'un comportement qui soit compatissant et doux envers les animaux, ainsi que de combattre toute forme de mauvais traitements tels que les obliger à fournir des efforts démesurés, utiliser des accessoires qui les blessent ou leur procurent des souffrances, les laisser subir la faim ou la soif, ou encore faire preuve de méchanceté, notamment en maniant le fouet. »

Maria claqua la brochure sur son genou.

— Voilà exactement ce que je voulais dire. Ces comportements sont insupportables ! Palmgren m'a envoyé le bulletin d'inscription. Voudrais-tu adhérer aussi, Jenny ?

Jenny avait envie d'éclater de rire. Décidément, il n'y avait pas moyen de résister à Maria.

— Bien sûr !

Satisfaite, la doyenne ôta ses lunettes et les rangea dans leur étui.

— Ivar a l'intention de fonder ici la société de tempérance de Räntämäki. Cette ivrognerie outrancière doit cesser ! Elle ne peut que mener à la perte.

L'horloge sonnant six heures, Ivar se leva en souriant de bonne humeur.

— Eh bien, mesdames. Descendons dîner, si vous le voulez bien.

— Oh, est-il déjà si tard ? s'exclama Maria. On ne voit pas le temps passer, en si charmante compagnie.

Après le repas, ils se réunirent dans la grande salle avec les enfants pour jouer à des jeux de société et entonner des chants de Noël, accompagnés par Maria au piano. Jenny était heureuse de voir les yeux pétillants des enfants, et elle s'amusait à regarder Aapo qui chantait à tue-tête de sa voix désaccordée :

— *Le sapin est décoré, voici Noël à la porte…*

Jenny rit de bon cœur. Elle se rendit compte qu'elle ne s'était pas réjouie ainsi depuis longtemps. Finalement, tout s'arrangeait pour le mieux.

42

La veille de Noël, Jenny et les enfants se réveillèrent tôt dans de délicieux effluves en provenance de la cuisine. Ils s'habillèrent et allèrent voir si Inna avait préparé le café.

Un grand remue-ménage régnait en cuisine : Inna et Maria écrasaient les pommes de terre bouillies et les rutabagas pour en faire des gratins. La cuisson des pains d'épices embaumait toute la maison.

— Tiens, vous êtes levés, dit joyeusement Maria. Installez-vous dans la salle à manger, je vais vous apporter une casserole de bouillie. Les enfants, allez réveiller nos petits paresseux, ensuite vous sortirez prendre l'air après la collation.

Les assiettes et les cuillères étaient déjà disposées sur la table, autour d'une bougie. Encore tout ensommeillés, les enfants Tallgren arrivèrent pour manger. Il était bientôt sept heures, et il faisait toujours nuit.

Maria flanqua une grande casserole de bouillie en bout de table.

— Joyeux Noël à tous ! Remplissez-vous bien le ventre. Après cela, vous n'aurez plus faim pour un moment.

Tandis qu'elle retournait en cuisine, ils mangèrent leur bouillie en silence, personne n'ayant encore la force de parler. Matti s'étira et se pencha pour chuchoter quelque chose à Aapo. Le chat à rayures grises vint se frotter à la jambe de Jenny.

Après le petit-déjeuner, les enfants décidèrent de sortir jouer au bord de l'Aura avec la luge.

— Je peux faire la vaisselle, déclara Jenny en rapportant les assiettes sales dans la cuisine. Va donc te promener avec les autres, Martta. Vous avez de l'eau chaude ?

— Certainement, dit la gouvernante en lui montrant une grande marmite au coin du feu.

Maria enleva son tablier et le tendit à Jenny :

— Prends ceci. Je dois aller me changer pour rendre visite aux malades. Ivar est parti voir le grand-père de Tommila.

— Je peux rester ici pour donner un coup de main à Inna, dit Jenny en regardant Maria, les mains dans l'évier. Ce n'est sûrement pas le travail qui manque, avec les repas de Noël.

— Cela lui rendrait certainement un grand service, confirma la maîtresse de maison.

Maria et Ivar rentrèrent au presbytère en milieu d'après-midi, peu de temps avant les enfants. Ces derniers avaient de saines joues rouges, et leurs vêtements étaient couverts de neige.

— Changez-vous tout de suite, pour ne pas prendre froid ! s'affola Maria.

— Tata Jenny, comme on s'est bien amusés ! s'écria Aapo. Les grands ils ont fait un immeeeense tremplin au bord de l'eau. J'ai sauté haut comme ça ! Presque jusqu'au ciel.

Jenny redressa le bonnet d'Aapo en riant.

— C'est très bien ! Mais déshabillez-vous dans le vestibule et allez chercher quelque chose de chaud à enfiler dans le coffre.

Pour le repas, ils mangèrent de la soupe de haricots ; puis vint le moment de sortir pour le sauna de Noël, chauffé depuis plusieurs heures par le valet Paavo. Jenny y alla avec Martta, Aapo et Matti. Ils empruntèrent un sentier au milieu de la neige jusqu'au fond de la cour, où des volutes de fumée s'échappaient des ouvertures de la cabane. Il faisait déjà nuit, les étoiles brillaient dans le ciel bleu foncé. La neige crissait sous les chaussures, et la respiration s'élevait dans l'air en volutes de vapeur.

— Regardez, les enfants : voici la Grande Ourse, montra Jenny du bout de sa moufle.

Ils s'arrêtèrent pour observer le ciel. Matti pencha la tête et réfléchit un moment.

— Papa et maman, i'nous r'gardent de là-haut, en ç'moment ?

— Je crois bien que oui, répondit Jenny avec compassion. Et je crois qu'ils sont contents de ce qu'ils voient.

Les enfants contemplèrent longuement le ciel puis, plongés dans leurs pensées, suivirent Jenny jusqu'au sauna.

Après s'être déshabillés, les garçons firent des manières devant Jenny, aussi resta-t-elle poliment dans la pièce voisine pendant que les jeunes se baignaient en premier.

Elle entendit de grands cris lorsque Martta lava les cheveux de ses frères au savon.

— Silence ! Tu sais pas qu'il faut pas faire de bruit ? Ça fâche le lutin du sauna.

— Mais euh ça fait mal. Aïe, mes cheveux !

De l'autre côté de la cloison, Jenny éclata de rire. Martta était une excellente grande sœur. Quel bonheur que les enfants n'eussent pas été séparés !

Finalement, ils sortirent du sauna, et Jenny leur tendit les serviettes et les vêtements des grands jours.

— Séchez-vous et enfilez ceci. C'est mon tour, et puis je vous rejoins.

Quand toute la maisonnée fut passée au sauna, les femmes dressèrent le couvert de Noël dans la salle à manger, sur un beau chemin de table à motifs rouges, extraordinairement long. Les murs étaient couverts de lambris foncés, et les étagères décorées de choppes en étain et d'autres récipients. Le cochon favori des enfants ayant été abattu en automne, Inna avait fait cuire deux jambons pendant la nuit : on les apporta sur des plateaux. La nourriture était en quantités prodigieuses, mais après tout, ils étaient nombreux à manger. À une extrémité de la table, des mobiles en paille étaient suspendus sur des branches de sapin dans un vase. Quand tous les plats furent là, ils se réunirent dans leurs plus beaux habits. L'assemblée était grande : Jenny avec les enfants, toute la famille Tallgren et les domestiques du presbytère.

Debout en tête de table, Ivar Tallgren ouvrit la Bible. Tous l'écoutèrent en silence tandis qu'il donnait lecture de l'évangile de Noël. Enfin, ils récitèrent la prière de circonstance puis s'assirent pour manger.

Martta, Aapo et Matti échangeaient des regards stupéfaits. Jenny soupçonnait qu'ils n'avaient jamais vu autant de nourriture sur une table. Heureusement, elle leur avait appris à bien se tenir. Ils ne se jetaient plus sur les plats, ne s'essuyaient plus la bouche avec leur manche, et ils disaient merci. Longuement et avec délectation, les enfants dégustèrent le riz au lait et la soupe de raisins secs. Jenny n'avait jamais vu un tel bonheur sur le visage de Matti.

Après le repas, ils passèrent dans la grande salle, autour du grand sapin. Les enfants l'avaient décoré avec des bonbons enveloppés de papier argenté et des boules de coton. Il était enguirlandé d'un large ruban où était écrit : *Gloire à Dieu au plus haut des cieux, et paix sur la terre.* Inna venait d'allumer les bougies sur les branches : c'était un spectacle somptueux de voir l'arbre briller dans la pénombre. Ils se rassemblèrent autour pour danser la ronde et entonner des chants de Noël. Alors qu'ils en étaient à « Nous sommes tous les petits cochons de maman », Ivar entra avec un gros sac de chanvre.

— Les enfants, regardez ce que j'ai trouvé dans le vestibule. Le père Noël a livré un sac de cadeaux !

Tous se figèrent sur place, bouche bée. Le pasteur distribua alors les paquets : il y en avait un pour chacun.

Les enfants allèrent s'asseoir sur les bancs avec leurs cadeaux et attendirent que chacun ait le sien. Martta, Aapo et Matti scrutaient leurs paquets avec étonnement. Jenny les regardait tendrement. Elle avait glissé les leurs dans le sac. Malgré ses maigres ressources, elle avait absolument voulu acheter des cadeaux aux enfants. Tout à coup, elle sursauta en entendant son nom :

— Et voici un paquet pour Jenny, dit Ivar.

Elle alla prendre son paquet en faisant la révérence.

Chaque adulte avait aussi un présent. Pour finir, Ivar regarda au fond du sac.

— Vide ! Eh bien, vous pouvez les ouvrir.

Jenny mit le sien de côté : elle voulait d'abord contempler la joie des enfants. Aapo ouvrit son paquet en premier, les yeux écarquillés.

— Matti, r'garde, des soldats d'plomb ! Vise comme i'sont chouettes !

Matti lorgna le cadeau d'Aapo avec un brin de jalousie, mais il ne tarda pas à s'émerveiller à son tour :

— Oh, r'garde, moi aussi j'ai des soldats d'plomb ! V'nez, on va jouer !

Martta contemplait avec émotion le contenu de son paquet : un petit miroir de poche orné d'un paon, et un peigne assorti.

Les enfants Tallgren reçurent des livres : Mikko, un ouvrage sur les châteaux antiques de Finlande ; Kaarlo, *Le Comte de Monte-Cristo* ; et Oiva, *Le Tour du monde en quatre-vingts jours*.

Kaarlo scrutait le livre d'Oiva avec un grand intérêt.

— Tu pourras le lire après moi, lui promit son grand frère. On échangera nos livres.

Kaarlo acquiesça et se plongea dans sa lecture.

Anna-Maria ne savait pas encore lire, mais elle reçut un imagier coloré sur les animaux du Nord. Aili eut les *Lectures pour les enfants* de Topelius. Elle le montra à ses frères, curieux de savoir ce que contenait son paquet.

— Je vous en lirai un conte chaque soir, promit Maria.

Elle se tourna vers Jenny :

— Il se trouve que je connais assez bien Topelius, et je l'admire beaucoup. Sa belle-sœur habitait près de chez nous à Raahe, et leur fille Olga était ma meilleure amie. Dans ma jeunesse, j'ai passé quelques mois à Helsinki et j'ai logé chez la famille de Topelius. J'ai même été assise à côté de lui au théâtre.

— C'est une personne très douée, aux compétences multiples, déclara Jenny. Il est l'auteur de poèmes, de contes et même d'ouvrages historiques. En outre, il écrit dans la presse. Comment est-il de caractère ?

— Il est doux et pacifique. Une personne très respectable. Puissé-je le revoir un jour ! soupira Maria en regardant au loin.

Ivar eut en cadeau une nouvelle pipe et des pantoufles à carreaux, et Maria, la pièce d'Ibsen *La Dame de la mer.* Cela rappela à Jenny la nuit de Noël où elle avait lu *La Maison de poupée*. Elle tripota distraitement sa robe et soupira. Fredrik lui manquait. Comment se passaient les fêtes de son côté ? Était-il heureux avec sa femme ?

Jenny revint à elle lorsque l'horloge sonna dix coups et que Maria envoya les enfants se coucher. Ils protestèrent d'abord, mais finirent par accepter à condition de pouvoir emporter les cadeaux dans leurs chambres. Ils sortirent alors faire leur toilette avec la gouvernante pendant que Jenny restait en compagnie des maîtres de maison pour savourer l'atmosphère de la nuit de Noël.

Ivar leur servit du vin chaud et des confiseries. Maria s'assit confortablement pour continuer sa broderie ; lui s'installa dans le fauteuil à bascule et alluma sa nouvelle pipe.

Jenny avait gardé le paquet de ses hôtes pour l'ouvrir en dernier. Il contenait un beau livre à couverture rouge : *Johannes Brofeldt – La Femme du pasteur*. Son visage s'illumina.

— Ça alors ! J'ai lu *La Fille du pasteur*, du même auteur. Je ne savais pas qu'il avait écrit une suite.

— J'étais certaine que cela te plairait, sourit Maria. À mon avis, *La Fille du pasteur* est écrit de manière extraordinairement raffinée. Attends, je veux t'en lire mon passage favori.

Elle leva le doigt et posa sa broderie sur la table pour aller à la bibliothèque. Elle y prit un livre un peu usé et en retira un marque-page :

— « Peu à peu, les rêveries prenaient forme, elles se disposaient en mots qui adoptaient spontanément une certaine harmonie, surtout en ces circonstances où l'on se prélassait, en soirée, tendant l'oreille au tic-tac de l'horloge. Mais la nuit, eux aussi se volatilisaient, et le matin on ne se rappelait plus ce qui s'était embobiné la veille. »

Maria regarda Jenny en souriant :

— Comme il écrit bien !

Elle rangea le livre et se rassit dans son fauteuil tandis que Jenny buvait une gorgée.

— Oui, *La Fille du pasteur* est un livre d'une grande finesse, mais l'amour d'Elli pour maître Kalm m'a oppressée par son absence de réciprocité.

— Moi, j'ai déjà lu *La Femme du pasteur*, ajouta Maria avec un regard espiègle. Et je ne t'en dévoilerai pas l'intrigue !

— Dans ces conditions, je vais de ce pas me retirer dans ma chambre pour le lire, déclara Jenny en se levant.

— Je t'en prie ! s'amusa Maria en jetant un coup d'œil au cadran de l'horloge. Tu as six heures devant toi avant qu'on parte pour le culte de Noël !

Cependant, Jenny ne commença pas tout de suite : elle avait encore un cadeau à ouvrir. Une semaine auparavant, le facteur avait apporté un paquet en provenance de Helsinki. Elle avait reconnu l'écriture de Juhani et avait choisi de le garder pour le réveillon.

Martta, Aapo et Matti dormaient côte à côte dans le lit double lorsque Jenny se faufila dans la chambre. Le globe vert de la lampe à huile disposée sur un napperon brodé projetait une lumière douce sur la table de nuit. Elle sortit de son sac le paquet de Juhani et l'ouvrit. C'était un livre accompagné d'une lettre.

Chère Jenny,

Tu me manques. Je vous souhaite un très joyeux Noël, à toi et aux enfants. Voici l'ouvrage que j'ai écrit sur les fouilles de Koroinen. La Société archéologique a eu l'amabilité de le publier.

J'espère que tu as réfléchi à ma proposition. J'ai regardé, il y a des logements assez grands en location à Helsinki. Il y en a un qui serait disponible près de l'université, avec deux pièces et une cuisine. Mon salaire serait suffisant. Je comprends que déménager ici constituerait un grand changement de vie, mais je te prie de me dire si tu acceptes.

Juhani

Jenny caressa la couverture du livre : *Juhani Aaltonen – Un fort épiscopal du Moyen Âge au cap Koroinen de Turku*. Comme il était gentil ! Si seulement elle avait pu l'aimer !

Elle glissa la lettre entre les pages et rangea l'ouvrage dans son sac. Elle se mit en sous-vêtements, s'enfonça sous la couverture et prit *La Femme du pasteur*. Elle devait absolument savoir si maître Kalm allait répondre à l'amour d'Elli. Le chat du presbytère se roula en boule à ses pieds. Elle déplaça ses jambes pour qu'il trouve une place plus confortable.

Alors qu'elle avait lu presque tout le livre, elle en émergea quand l'horloge de la grande salle sonna cinq coups. Elle se leva en s'étirant et réveilla les enfants. Le chat l'imita. L'heure était venue de se rendre au culte de Noël.

Ils prirent le café à la hâte et, à six heures moins le quart, toute la maisonnée du presbytère et la famille de Jenny traversèrent la route pour se rendre à l'église. Ivar y était depuis longtemps.

Il faisait nuit noire. Une file de chevaux et de traîneaux circulait sur la route. Les grelots accrochés aux harnais tintaient, on les entendait de loin.

Des centaines de bougies brûlaient dans les lustres en cristal de l'église Sainte-Marie, donnant aux vitres un éclat divin au milieu des ténèbres. Venus de loin, les gens échangeaient des nouvelles sur le parvis. De temps en temps, ils battaient des moufles et sautillaient dans le froid pour se réchauffer.

Au signal des cloches, le bedeau ouvrit les portes. En faisant la queue pour rejoindre leurs bancs, les paroissiens se souhaitaient gaiement un joyeux Noël et l'église était emplie d'un brouhaha animé. Pendant ce temps, le bedeau allumait les derniers cierges sur l'autel.

Les proches du pasteur et leurs invités occupaient les meilleures places, aux premiers rangs. Derrière eux étaient assis les fermiers propriétaires puis, au fond de l'église, les ouvriers et les domestiques de la paroisse, les femmes à gauche de l'allée, les hommes à droite.

L'église était bondée, il n'y avait pas de places assises pour tout le monde. Jenny tremblait de froid. Faute de chauffage, on voyait la vapeur sortir de la bouche des gens. Cependant, la chaleur humaine commençait à se dégager de la foule, et tout le monde se tut lorsque le chantre entama à l'orgue le cantique du matin.

Vêtu de sa robe noire, le pasteur monta en chaire. Il se redressa, ouvrit la Bible et lut d'une voix solennelle l'histoire survenue jadis à Bethléem.

Assis en silence à côté des fils Tallgren, Matti et Aapo observaient gravement les cierges allumés sur l'autel. Ils fixaient les flammes dansantes en plissant les yeux. Jenny sourit : elle avait fait la même chose, à leur âge.

Elle baissa la tête, joignit les mains et pensa aux années passées. Dieu lui avait tant accordé dans la vie ! Elle avait connu de rudes épreuves, mais elle avait aussi reçu en abondance. Elle était heureuse d'avoir su écouter la voix de son cœur.

43

Jenny avait débuté comme préceptrice après l'Épiphanie. Les enfants Tallgren étaient intelligents. Mikko, surtout, avait toujours le nez fourré dans les livres. Il était souvent malade ; malgré son jeune âge, il avait eu le temps de lire presque tous les ouvrages que contenait la bibliothèque du presbytère. À la grande joie de sa mère, il avait un goût prononcé pour l'histoire.

En général, la journée s'organisait comme ceci : le matin, Jenny apprenait à lire à Anna-Maria dans la chambre pendant qu'Aili et Mikko composaient des rédactions dans le salon. Ils déjeunaient ensemble, puis lisaient des contes à voix haute et les commentaient. Comme devoirs à la maison, elle donnait des exercices de lecture puisés dans différents livres. Les enfants étaient studieux et bien élevés. Ils faisaient leurs devoirs et même un peu plus. Ce n'étaient pas des élèves difficiles.

Ce jour-là, en allant à Sainte-Marie, Jenny vit que les saules bourgeonnaient déjà. Le soleil printanier brillait et la neige fondait sur les routes. Dans les arbres, le *ti-ti-tu* des mésanges était aussi joyeux qu'exaltant. Elle arriva devant la porte de la cuisine en fredonnant et salua la gouvernante qui sortait avec le seau à ordures.

— Bonjour, Inna. Il y a du printemps dans l'air.

— Voui, m'dame Malmström, approuva Inna en faisant la révérence. J'vais chercher des œufs au poulailler, aujourd'hui j'fais des tartes pour tout l'monde.

— Merveilleux ! répondit Jenny en souriant. J'ai hâte.

Elle enleva sa veste et ses galoches en caoutchouc puis monta à l'étage. Maria buvait du café dans le salon en lisant le journal. Elle leva les yeux par-dessus ses lunettes.

— Bonjour, Jenny. Ce n'était pas trop pénible de marcher dans la boue ?

— Oh, non. Heureusement je suis partie tôt, je n'étais pas pressée. Quel printemps ravissant !

— En effet ! Plus que quelques semaines et ce sera Pâques. Assieds-toi et prends une tasse de café avant d'aller chercher les enfants. Tiens, écoute ce que je viens de voir dans le journal : « Emilie Barker, épouse de l'industriel Fredrik Barker, a succombé à une longue maladie. La bénédiction aura lieu dans deux semaines à la cathédrale. »

Maria ôta ses lunettes et regarda par la fenêtre, songeuse.

— Comme c'est triste ! Je n'ai rencontré Emilie Barker que quelques fois. Elle était très jeune. Il faut dire qu'elle paraissait souffrante, elle était anormalement livide et faible.

Jenny était abasourdie. L'épouse de Fredrik était morte ? Elle revit la pâle Emilie Barker que son mari couvrait dans la calèche devant la Villa Erstavik. Mme Barker était donc gravement malade.

Elle prit distraitement une gorgée de café et se brûla le palais. Soudain, elle se rendit compte que Fredrik était libre désormais. Elle reposa sa tasse sur la soucoupe. Une lueur d'espoir commençait à poindre.

— Que va-t-il arriver à l'usine de coton, à présent, si Fredrik Barker n'a pas d'héritier ? demanda Maria en remplissant sa tasse.

Jenny tressaillit et baissa les yeux. Maria ajouta du sucre dans son café et tourna la cuillère.

— Fredrik Barker n'aura peut-être pas d'autre possibilité que de se remarier, et le plus vite possible. Il n'a pas tant besoin d'argent que d'un héritier.

Jenny ne put que hocher la tête. Elle finit rapidement son café et se leva.

— Je vais chercher les enfants, dit-elle d'une voix aussi normale que possible. Merci pour le café.

44

Le glas sonnait en souvenir d'Emilie Barker. Jenny s'était rendue au pont de l'Église avec de nombreux autres curieux pour regarder l'assemblée vêtue de noir qui descendait les marches de la cathédrale vers les calèches afin d'accompagner Mme Barker dans son dernier voyage, au cimetière de Skanssi.

En premier, la foule vit passer un corbillard tiré par deux chevaux. Il était conduit par deux cochers vêtus de noir et suivi par un homme coiffé d'un haut-de-forme et couvert d'un long manteau assorti. Tendant le cou, le public essayait de compter les pompons qui se balançaient autour du toit du véhicule : plus ils étaient nombreux, plus les funérailles étaient coûteuses.

— Douze pompons ! s'exclama une voix, suscitant un murmure dans la foule.

Un long cortège funèbre suivait le corbillard. Fredrik occupait la première voiture, à côté d'un jeune garçon et d'un couple solennel. Jenny présuma que c'était le cousin de Suède, avec femme et enfant. Fredrik regardait devant lui, les yeux vides et tristes.

Près de Jenny, deux amies comméraient :

— M. Barker n'a pas lésiné sur la dépense ! Il paraît que tous les parents ont été invités, même de Suède, et qu'une énorme réception est donnée chez les Barker. Il devait vraiment l'aimer beaucoup, sa femme. Quelle tristesse, rappelée à Dieu si jeune ! Mais le bon Dieu ne regarde pas si on est riche ou pauvre. Quand il faut partir, il faut partir.

Tandis que les dames échangeaient un hochement de tête averti, Jenny décida de rentrer chez elle, lentement, en refoulant ses sentiments. Elle en avait vu assez. Fredrik ne pensait plus à elle. Il allait devoir prendre une nouvelle épouse qui donnerait naissance à l'héritier de l'usine Barker.

45

Lorsque Jenny rentra du centre-ville ce matin-là, les tilleuls avaient déployé leurs petites feuilles claires. Ils tendaient leurs branches vertes par-dessus la rue de la Berge telles d'immenses ombrelles en dentelle. Elle était sortie acheter des graines. Elle n'avait plus de potager à entretenir, mais elle profitait toujours du printemps pour semer des fleurs d'été devant les fenêtres et faire pousser des haricots contre le perron. Elle avait emporté un bon terreau du presbytère de Sainte-Marie. Martta était au marché au poisson, et les garçons à l'école, pour quelques semaines encore avant les grandes vacances.

Le soleil étant assez chaud, Jenny se mit à l'ouvrage. Elle enfila sa robe en coton bleue et un tablier – elle n'avait plus besoin de veste. Elle sortit, ouvrit la porte de la cave à coté du perron et remonta de grands pots pour y mélanger le terreau en fredonnant.

Tout à coup, une longue ombre se posa sur elle. Elle leva les yeux, s'attendant à voir Martta, mais fut frappée par une grande frayeur : c'était Fredrik Barker qui l'observait en souriant. Elle se releva et s'essuya les mains sur son tablier. Ses cheveux s'étaient détachés, des mèches dépassaient n'importe comment. Elle les repoussa tant bien que mal derrière l'oreille.

— Fredrik ! Que fais-tu ici ? demanda-t-elle, gênée.

— Je m'attendais à un accueil un peu plus cordial, répliqua-t-il en riant. Par exemple : « Bonjour, ravie de te voir. »

— Oui, bien sûr, répondit Jenny en souriant nerveusement. Bonjour, Fredrik.

Il s'approcha.

— Viendrais-tu te promener avec moi au bord du fleuve ? J'ai à te parler.

— Maintenant ? demanda Jenny, étonnée.

— À moins que tu aies autre chose à faire.

— Non, non. Seulement ces pots de fleurs... Je crois que mes vêtements ne sont pas appropriés, ajouta-t-elle en comparant sa tenue à l'élégant costume du visiteur.

— Tu es très bien ainsi, répondit Fredrik. Inutile de te changer.

— Attends tout de même, je vais prendre mon chapeau.

Jenny fit un saut dans le vestibule pour rectifier sa coiffure devant le miroir. Elle inspira profondément en essayant de calmer son cœur affolé. Que pouvait-il bien lui vouloir ? Il devait être très triste depuis la mort de sa femme. Comment le consoler ?

Elle mit son chapeau de paille et noua les rubans sous son menton. Puis elle enleva son tablier, enfila sa veste bleue et se pinça les joues. Enfin, elle sortit calmement et ferma la porte.

Fredrik l'attendait au portail.

Ils marchèrent côte à côte le long du fleuve en direction de la cathédrale. Les rives de l'Aura étaient toutes jaunes de tussilages. Les lavandières étaient accroupies sur le ponton, et les petits garçons en culotte courte pêchaient à la ligne à l'entrée du pont de l'Église.

— Mes condoléances pour la perte de ta femme, déclara Jenny en regardant prudemment Fredrik sous son chapeau. Comme c'est triste, qu'elle ait dû partir si jeune.

— Emilie a succombé à une longue maladie, soupira-t-il. J'ai engagé les meilleurs médecins du pays pour la soigner, mais en fin de compte il n'y avait rien à faire. C'était une rare maladie du sang qui la vidait de ses forces.

Ils marchèrent quelque temps en silence, puis Fredrik se tourna vers elle.

— J'ai appris que tu étais devenue préceptrice chez les Tallgren. Voilà un emploi qui te convient sûrement très bien.

— C'est une famille merveilleuse, approuva Jenny en souriant. Je suis très heureuse d'avoir fait leur connaissance. Mme Tallgren est devenue une excellente amie. On dirait une manifestation de la grâce divine après toutes mes difficultés.

— Néanmoins, je ne crois pas que ton salaire soit au niveau de l'école des demoiselles. Comment vous débrouillez-vous ?

— Très bien. Les garçons travaillent aussi. Matti est coursier et Aapo vend des journaux. Je suis très fière d'eux.

Ils empruntèrent le pont et débouchèrent dans le parc de l'Église. Fredrik conduisit Jenny derrière le restaurant Pinella. Les tables étaient installées à l'ombre des arbres, et des gens étaient assis de-ci de-là avec des tenues estivales et des chapeaux de paille, buvant du café. Les remarquant à peine, Jenny et Fredrik prirent place sur un banc au pied de la statue de Porthan.

Après un moment de silence, Fredrik se tourna vers Jenny avec un air très grave.

— Jenny, j'ai dit que j'avais à te parler, et le moment est venu.

Elle le regarda en fronçant les sourcils.

— J'ai commis une grande erreur en ne t'épousant pas, soupira-t-il. J'aurais dû agir contre la volonté de mon père. Je n'ai cessé de le regretter chaque jour de ma vie. Mais il faut que tu comprennes que j'étais jeune, vaniteux et ambitieux. L'usine passait alors avant mon propre bonheur.

Il détourna les yeux.

— Comme j'ai pu en souffrir ! Surtout quand je suis revenu à Turku, il m'était douloureux de te rencontrer tout en sachant que je ne pouvais pas t'avoir. J'étais malade de jalousie en voyant Juhani Aaltonen qui te courtisait à Ruissalo.

Jenny le regarda avec de grands yeux. Ainsi, Fredrik l'aimait. Il l'avait toujours aimée.

Il lui prit les mains, les yeux remplis d'amour.

— Jenny, je ne peux pas attendre plus longtemps. Quand la période de deuil sera finie, accepterais-tu d'être mon épouse ? Je te demande ta main pour la seconde fois. Lorsque nous serons mariés, je prendrai aussi tes enfants sous mon nom et je m'occuperai d'eux tous.

Bouleversée, elle le dévisagea sans savoir que dire. Elle retira sa main et s'écarta. Ses sentiments s'entrechoquaient. À peine une pensée lui donnait-elle de l'espoir qu'une autre l'écrasait.

Finalement, non sans peine, elle prit une décision. :

— Non, Fredrik. Tu as fait ton choix à l'époque, et nous en subissons les conséquences. Crois-tu que nous pourrions nous marier comme s'il ne s'était rien passé ? J'ai maintenant ma propre vie. Il a fallu longtemps pour que je remette de l'ordre dans mon existence après ton départ.

Elle marqua une pause et leva les yeux vers le clocher.

— Une chance s'est présentée à nous autrefois, mais le destin nous a séparés. Nous vivons dans des mondes complètement différents, Fredrik. Je ne vaux rien pour toi puisque je ne peux pas avoir d'enfant. Tu as besoin d'un héritier, la situation n'a pas changé. Tu dois continuer ta vie et épouser une femme qui te donnera des enfants.

Désespéré, il la prit par les épaules.

— Jenny, regarde-moi ! Ne comprends-tu pas ? Je ne veux personne d'autre que toi ! Je n'ai plus besoin d'héritier. Je t'aime tant que je suis prêt à renoncer à l'usine.

Il l'implorait du regard, mais elle secoua lentement la tête et dit tout bas :

— Non, il est trop tard.
— Tu ne m'aimes pas ? demanda-t-il, abasourdi.
Jenny resta longuement silencieuse avant de lever le menton :
— Non. C'est fini.
Fredrik n'en revenait pas. Il baissa la tête.
— J'ai nourri l'espoir que tu m'aimais encore, mais je constate que j'avais tort. Je te demande pardon de ne pas l'avoir compris.
Il se leva lentement, le regard meurtri.
— Pardon, je dois te quitter, dit-il avec amertume. Je promets de te laisser tranquille désormais. N'aie pas peur, je ne te demanderai pas en mariage une troisième fois.
Il s'inclina raidement et partit à grands pas vers le pont, sans se retourner.
En larmes, Jenny mit la main devant sa bouche. Elle avait réussi à garder contenance, mais les derniers mots de Fredrik avaient été de trop. Elle avait l'impression qu'on lui arrachait le cœur avec un couteau. Elle avait envie de lui crier de revenir, mais elle ne le fit pas. Il était trop tard.

La nuit, Jenny n'arrivait plus à dormir ; le jour, elle n'avait plus d'appétit. Elle remuait les aliments dans son assiette avec sa fourchette. Sa poitrine était oppressée par le sentiment atroce qu'elle avait commis la plus grande erreur de sa vie. D'un côté elle était écorchée vive d'avoir dû renoncer une fois de plus à Fredrik, mais d'un autre elle avait pris la bonne décision. Elle devait le laisser partir. Le sacrifice aurait été trop grand pour lui. Il serait sûrement devenu aigri avec le temps et aurait regretté leur union. Un jour, Fredrik retomberait amoureux et l'oublierait.

46

Dans les salles de classe, on chantait le cantique de l'été. Les merisiers en fleur formaient de blancs nuages et répandaient un parfum sucré dans la vallée. Les champs de blé verdoyaient lorsque Matti et Aapo quittèrent l'école pour les grandes vacances. De même, chez les Tallgren, les cours particuliers étaient suspendus pour deux mois.

Une lettre de Juhani annonçait que le chantier de Koroinen avait obtenu un financement de la ville de Turku et que les fouilles reprendraient début juin.

Dès la première semaine, Jenny emmena les enfants et alla voir son vieil ami.

— Ravi de vous revoir après si longtemps ! s'exclama Juhani en agitant la main de loin dès qu'ils arrivèrent au cap.

Ils répondirent à la salutation en souriant.

Juhani n'avait pas changé. Ses cheveux étaient peut-être un peu plus longs, mais ses yeux scintillaient toujours autant.

Jenny permit aux enfants d'aller jouer au bord du fleuve. Ils partirent en courant tandis qu'elle marchait vers la pointe au côté de l'archéologue.

— Les ouvriers n'arrivent que demain. Je suis venu aujourd'hui pour planter les poteaux. Comment vas-tu, Jenny ? demanda-t-il, soucieux. Je vois que tu as maigri, tu as l'air fatiguée. Tout va bien ?

Elle tressaillit. Il était terriblement clairvoyant.

— Merci, nous allons très bien. C'est seulement que je dors mal ces derniers temps. Mais nous nous débrouillons à merveille depuis que je suis préceptrice chez les Tallgren. Par ailleurs, je donne également quelques cours particuliers.

— Je suis heureux que tout ait fini par s'arranger. Même si je présume que tu n'envisages pas d'accepter ma proposition, ajouta-t-il en riant.

— Je te remercie, répondit-elle en souriant. Et tu peux être sûr que je serai toujours ton amie.

— Soit, n'en parlons plus, trancha-t-il avec un regard entendu. Viens, je vais te montrer la zone à fouiller cette année.

Ils se rendirent de l'autre côté du cap.

— Nous allons creuser vers l'ouest en partant d'ici. Cette fois-ci, nous n'aurons pas autant de moyens : comme Fredrik Barker déménage à Stockholm, il ne participe plus au financement des fouilles.

Jenny faillit perdre l'équilibre. Une sensation glaciale s'empara d'elle, l'épouvante lui serrait la gorge.

— Fredrik Barker déménage ?

— Oui. Je l'ai croisé chez Rettig il y a quelques semaines. Il a vendu ses parts à son cousin et va bientôt partir pour Stockholm. On peut donc comprendre qu'il ne souhaite pas dépenser davantage pour les fouilles.

On aurait dit que le monde s'arrêtait de tourner, Jenny avait le vertige. Fredrik déménageait ! Elle ferma les yeux, angoissée.

Il ne lui était pas venu à l'esprit qu'il pût vendre l'usine fondée par son père et quitter Turku. C'était impossible ! Elle rouvrit les yeux et essaya de se concentrer sur les fouilles de l'été, mais Fredrik occupait son esprit.

— Voyons, Jenny, tu ne m'écoutes pas, remarqua Juhani sur un ton de reproche comme elle ne répondait pas à sa question.

— Je te demande pardon, mais je ne vais pas très bien. C'est sûrement le manque de sommeil.

— Tu as l'air vraiment mal en point. Ton visage est tout gris. Viens, allons chercher les enfants et je vais emprunter la calèche de la ferme. Je vous ramène à Turku.

Mécontents, les garçons protestèrent bruyamment contre l'interruption de leur jeu. Leur grande sœur les sermonna :

— Vous v'nez, et plus vite que ça ! Tata Jenny elle souffre tell'ment et elle se sent si mal qu'elle doit vite aller au lit.

Les frères se turent et se regardèrent, tout penauds.

Juhani arriva bientôt avec la calèche du fermier de Koroinen et ils montèrent en voiture. Pendant le trajet, Jenny était assise à côté de Juhani, qui lui donnait des nouvelles de Helsinki. Elle répondait peu.

Rue de la Berge, Juhani arrêta l'attelage et aida tout le monde à descendre.

— Au revoir. Revenez quand tu iras mieux. Les enfants, veillez bien à ce que votre tante Jenny aille tout de suite se coucher, et ne la dérangez pas !

Ils promirent et dirent au revoir.

Lorsque Jenny eut enlevé ses vêtements d'extérieur et ses chaussures, Martta vérifia qu'elle allait tout de suite sous la couverture. Elle renvoya ses frères :

— Allez jouer dehors, faut pas faire de bruit ici. Tata Jenny elle dort.

Elle tira les rideaux devant les fenêtres du salon et alla préparer le dîner dans la cuisine.

Jenny ferma les yeux et chercha le sommeil, sans succès. Elle se retournait dans son lit avec agitation et ne ressentait qu'une immense détresse.

47

Dans son salon, Fredrik Barker regardait l'Aura par la fenêtre. Le vapeur *Helmi* passait lentement et allait débarquer dans le port, le pont chargé de passagers montés à Ruissalo. Le bateau pour Stockholm partirait le lendemain matin. Tout le nécessaire était emballé. Il tripotait distraitement une feuille de palmier. Ses pensées ne cessaient de revenir sur Jenny, comme toujours. Que pouvait-elle bien faire en cet instant ?

Après bien des nuits blanches, Fredrik était fatigué. Il s'assit dans un fauteuil en cuir et enfouit son visage dans ses mains. Il avait fait beaucoup de mauvais choix dans sa vie, et sa plus grande erreur était de ne pas avoir épousé Jenny tant d'années plus tôt. Son mariage avait été une misérable mascarade. Ils n'avaient pas appris à s'aimer, et Emilie était aigrie par sa maladie. Ils avaient vécu comme deux étrangers sous le même toit. Mais ces erreurs n'étaient imputables qu'à lui, idiot et vaniteux qu'il était. À présent, c'était trop tard. Il avait fini par perdre et Jenny et l'usine.

Il eut un rire amer. La vie lui avait donné une sacrée leçon. Plus rien ne le retenait à Turku. Il allait prendre un nouveau départ. Il pourrait fonder une autre usine de coton en Suède, ou acheter une aciérie. Mais il avait du mal à s'imaginer vivre sans Jenny. Sa vie n'avait plus de sens.

Fredrik émergea de ses pensées en entendant des pas dans l'escalier. Le maître d'hôtel Wilén entra et s'éclaircit la gorge. Ses lèvres formaient un rare sourire.

— M. Barker, une dame que vous connaissez est ici pour vous voir.

En se retournant, Fredrik vit Jenny dans l'embrasure de la porte.

Il n'en crut pas ses yeux. Était-ce une hallucination ? Elle était venue chez lui en personne, de sa propre initiative !

Jenny entra prudemment. Elle était pâle, les yeux cernés de noir.

— Fredrik… commença-t-elle sans assurance. J'étais obligée de venir. Je voudrais te parler.

Il retenait son souffle. Elle s'approcha et plongea son regard dans ses yeux, pleins de désespoir.

Il se leva pour aller à sa rencontre, sans se détourner un seul instant.

— J'ai appris que tu allais déménager définitivement.

Fredrik acquiesça.

— Pardonne-moi. Je t'ai menti, avoua Jenny avant de déglutir et de baisser la tête. J'ai pensé à nous tant de nuits, reprit-elle d'une voix tremblante. Si j'ai refusé ta seconde demande en mariage, c'était par fierté, je m'en rends compte à présent. C'était trop dur après la vexation que tu m'avais infligée autrefois.

Fredrik essaya de l'interrompre.

— Mais mon père m'a appris que le plus grand des péchés est l'orgueil, qui ne conduit qu'au chagrin et à l'amertume. Je croyais savoir ce qui était mieux pour toi. Fredrik, je t'aime tant… avoua-t-elle, en larmes. Je ne puis supporter l'idée de ne plus te revoir. Je n'ai jamais cessé de t'aimer.

Elle marqua une pause et le supplia du regard.

— S'il te plaît, emmène-moi avec toi.

Jenny ne pouvait plus se retenir, les larmes coulaient à flots sur ses joues.

Fredrik la regarda, incrédule. Était-ce possible ? Lui qui croyait l'avoir perdue ! Il passa son bras autour d'elle et la serra fort contre lui. Elle posa la tête contre sa poitrine.

— Je t'emmènerais jusqu'à Tombouctou ! s'exclama-t-il d'une voix rauque.

Un sourire de soulagement ralluma le visage de Jenny.

— J'avais grand peur d'arriver trop tard. J'ai cru que tu étais déjà parti.

Elle se tut un moment puis leva son visage éploré.

— Fredrik, consentirais-tu à devenir mon mari ?

Il la regarda, stupéfait, puis il éclata de rire.

— Jenny Malmström, décidément, tu n'en finiras jamais de me surprendre. Es-tu en train de me demander en mariage ? De combien de demandes avons-nous besoin, au juste ?

Fredrik souleva le menton de Jenny et la regarda avec des yeux débordants d'amour.

— Oui, je consens à ta demande. Cette fois, tu ne peux plus refuser !

Les yeux de Jenny s'illuminèrent de bonheur. Mais une ombre passa encore sur son visage.

— Pardon, mais je suis obligée de te poser une question : accepterais-tu de prendre aussi les enfants ?

— Bien sûr, ma chérie, répondit-il avec un sourire de plus en plus grand. Je ne pourrais imaginer te séparer d'eux. Je promets de les traiter comme les miens. Nous allons enfin devenir une famille.

Jenny larmoya de plus belle. Elle caressa le col de Fredrik et murmura :

— Si je puis me permettre… nous avons aussi deux chats…

De nouveau, Fredrik éclata de rire.

— Tu peux bien emporter toute une ménagerie, pourvu que tu sois enfin mienne !

Puis il reprit son sérieux, saisit le visage de Jenny entre ses mains et la regarda profondément dans les yeux.

— Je t'aime, Jenny Malmström. Plus que ma propre vie. Je n'en reviens pas que cette dernière chance nous ait encore été accordée. Heureusement que tu as eu le bons sens de venir me demander en mariage.

Il se pencha vers elle et posa sur ses lèvres un baiser qui, enfin, l'assura de l'ardeur de son désir.

Au loin retentit le sifflement du vapeur *Helmi*, signal du commencement d'un nouveau voyage.

POUR CONCLURE

Si mon roman *Jenny* s'appuie sur des faits historiques, les événements et personnages du récit sont fictifs. L'action se déroule à la fin du XIXe siècle, mais avec une certaine licence artistique.

L'Anglais **John Barker** (1791-1854) fonda une usine de coton à Turku dans les années 1840. En réalité, il n'avait pas de fils.

Le personnage de Kosti Vanhanen a pour modèle **Konstantin Vehanen** (1858-1887), enseignant au lycée privé finnois de Turku à partir de 1881. Il fut éditeur du journal *Aura* de 1882 à 1884, puis rédacteur en chef de 1885 à 1887. Vehanen soutint une thèse de droit en 1886. Il était vigoureusement fennomane. Membre de la Société finnoise de Turku et de l'Association des travailleurs, il fut élu à la Diète de 1885 pour représenter la classe des paysans de la circonscription de Turku et Pori.

Explorateur et professeur de littératures orientales, **Georg August Wallin** mourut à Helsinki dès 1852, mais dans cette histoire il est encore en vie. J'ai souhaité l'inclure pour que les lecteurs puissent découvrir ce passionnant personnage et ses récits de voyage.

Les « Associations de la gent féminine » (dans le livre, « Associations des dames ») furent fondées en Finlande au XIXe siècle : les membres étaient des femmes de la haute société. Il s'agit des premières véritables organisations caritatives du pays, et il y en avait dans presque toutes les villes. Elles finançaient leurs activités principalement par des kermesses et des tombolas.

Fredrika Olivia **« Vivi » Malm**, née Trapp (1837-1894), était l'épouse du consul Carl Mauritz Malm. Active au sein de l'Association de la gent féminine, Vivi Malm organisa un grand nombre d'événements de bienfaisance à Turku. Elle fut élue au conseil d'administration du Musée historique.

Une première bibliothèque populaire fut fondée à Turku dès 1863. Son activité cessa par manque de moyens en 1870. Une nouvelle bibliothèque vit le jour en 1874 et devint municipale en 1878. Un an plus tard, l'institution s'installa dans ses nouveaux locaux, à l'angle de la rue du Château et de la rue de l'Aura.

Nils Henrik Pinello (1802-1879) fonda en 1861 un « Cercle éducatif » à Turku. Il était docteur en philosophie, écrivain, propriétaire d'aciérie et homme associatif.

Jenny Maria Montin Tallgren (1852-1931) a découvert les ruines du château épiscopal de Koroinen. Grâce à elle, les fouilles ont débuté en 1898. Son époux **Ivar Tallgren** (1850-1936) fut pasteur de la paroisse Sainte-Marie de 1887 à 1936. Ils eurent cinq enfants : **Oiva, Kaarlo, Aili, Mikko et Anna-Maria.**

Pehr Fredric Rettig (1843-1914, « von Rettig » à partir de 1898) était un homme d'affaires, industriel dans le tabac. Il fut influent à Turku entre 1867 et 1914. Il fit construire des logements pour les ouvriers dans le centre, près de la manufacture, et fit des dons considérables à la ville, notamment la bibliothèque municipale en 1903. Il fonda également le Musée historique de Turku. Rettig possédait la villa de Marjaniemi à Ruissalo.

Ernst Dahlström (1846-1924) et **Magnus Dahlström** (1859-1924) étaient des hommes d'affaires de Turku qui firent de nombreux dons à la ville, notamment le Musée des beaux-arts en 1904. Ernst Dahlström possédait la Villa Erstavik à Ruissalo.

Augusta Heurlin (1826-1888) fonda une école de jeunes filles à Turku en 1861 et la dirigea jusqu'à sa mort.

Johan Wilhelm Lillja (1817-1878) était libraire, journaliste et éditeur à Turku. Il possédait la librairie Frenckell, à l'entrée de la rue du Château. Au sein de cette boutique, il créa en 1851 une bibliothèque de prêt privée qui, avec près de 50 000 volumes, allait devenir la plus grande bibliothèque de Finlande.

SOURCES

Aho, Juhani (Johannes Brofeldt jusqu'en 1907) : *Papin tytär [La Fille du pasteur]* (SKS, 1885) et *Papin rouva [La Femme du pasteur]* (SKS, 1893 ; version française de J. Perrin d'Agnel, Nouvelle Édition, 1946).

Canth, Minna : *Työmiehen vaimo [L'Épouse de l'ouvrier]* (WSOY, 1885), *Köyhää kansaa [Pauvres gens]* (G. W. Edlund, 1886) et *Hanna* (G. W. Edlund, 1886). En français : *Hanna et autres récits*, trad. Anne Cornette (Zoé, 2012).

Ibsen, Henrik : *La Maison de poupée*, pièce en trois actes traduite du norvégien par Maurice Prozor (Savine, 1889).

Topelius, Zachris : *Vanha kaunis Suomi [La Belle Vieille Finlande]* (Karisto 1981, 1e édition 1845).

Pälsi, Sakari : *Vanhaa ja katoavaa [Choses anciennes en voie de disparition]* (Otava, 1921).

Jutikkala, Eino : *Turun kaupungin historia 1856–1917 [Histoire de la ville de Turku, 1856-1917]*, tomes 1 et 2 (Turun sanomalehti ja kirjapaino oy, 1957).

Suomen historian pikkujättiläinen [Le Petit Géant de l'histoire de Finlande] (3e édition, WSOY, 1989).

Lindberg, Ernst : *I Åbo på 1800-talet. Bilder och minnen av Ernst Lindberg [À Turku au* XIX*e siècle. Images et souvenirs d'Ernst Lindberg]* (Åbo tryckeri och tidnings aktiebolag förlag, 1921).

Cederberg, A. R. : *Elämää Suomessa 1800-luvulla: Kotimaisia kulttuurikuvia [La Vie en Finlande au* XIX*e siècle – Images culturelles finlandaises]* (Otava, 1934).

Knapas, Marja Terttu : *Suomalaiset pappilat. Kulttuuri-, talous- ja rakennushistoriaa [Les Presbytères finlandais. Histoire culturelle, économique et architecturale]* (SKS, 2009).

Innamaa, Kerttu : *Kaarinan pitäjän historia [Histoire de la commune de Sainte-Carine]* (Kaarinan historiatoimikunta, 1981).

Kaukovalta, K. V. et Kaukovalta-Kaila, Eila : *Maarian pitäjän historia III [Histoire de la commune de Sainte-Marie III]* (Paroisse et commune de Sainte-Marie, 1950).

Laaksonen, Hannu : *Maarian pappila ja sen vuosisatainen puutarha [Le presbytère de Sainte-Marie et son jardin séculaire]* (Union des paroisses de Turku et Sainte-Carine, 2008).

Juvelius, Einar W. : *John Barkerin puuvillatehdas 1843–1933 [L'Usine de coton de John Barker, 1843-1933]* (John Barker Oy, 1933).

Salkoranta, Marja : *John Barkerin puuvillatehtaan työntekijöiden työ- ja asunto-olosuhteista 1900–1949 [Des conditions de travail et de logement des ouvriers de l'usine de coton John Barker]* (Université de Turku, Kulttuurientutkimuksen laitos, Kansatiede, Monisteita 13, 1977).

Wallin, Georg August : *Tutkimusmatkoilla arabien parissa: otteita matkapäiväkirjasta ja kirjeistä [Expéditions chez les Arabes : extraits de journal de voyage et de lettres].* (WSOY, 1989).

Seppälä, Eila : *Turun kaupunginkirjasto 1863–1963 [La Bibliothèque municipale de Turku, 1863-1963]* (Ville de Turku, 1963).

Hypén, Kaisa ; Koivunen, Leila et Tunturi, Janne : *Kirjoista kokoelmaksi. Kansansivistystä ja kansainvälisyyttä Turun kaupunginkirjastossa 1800–1900-luvuilla [Des livres devenus une collection. Culture populaire et internationalisme à la Bibliothèque municipale de Turku aux* XIXe *et* XXe *siècles]* (2015).

Harjula, Janne ; Hukantaival, Sonja ; Immonen, Visa ; Ratilainen, Tanja et Salonen, Kirsi : *Koroinen. Suomen ensimmäinen kirkollinen keskus [Koroinen. Le premier centre religieux de Finlande]* (Turun Historiallinen Yhdistys, 2018).

Halmekoski, Jouko : *Orjamarkkinat. Huutolaislasten kohtaloita Suomessa [Le Marché aux esclaves. Le sort des enfants vendus aux enchères en Finlande]* (Ajatus Kirjat, 2011).

Kallioniemi, Jouko : *Entisajan arkea ja juhlaa. Turkulaisperinnettä ja perinteistä Turkua [Vie quotidienne et jours de fête de jadis. Traditions de Turku, Turku traditionnelle]* (Kirjatorni Oy, 2004).

Rosengren, Carola : *Kesäksi Ruissaloon! [Cap sur Ruissalo pour l'été !]* (Turun yliopisto, Kulttuurihistoria, Turun maakuntamuseon julkaisuja 8, 2005).

Soiri-Snellman, H. et Willner-Rönnholm, M. : *Ruissalo: huvilaelämää 1800-luvulla: sommarliv på 1800-talet [Ruissalo : villégiature d'été au* XIXe *siècle]* (Turun maakuntamuseo, 1995).

Brunow-Ruola, Marjo : *Hélene ja Augusta. Porvariston elämää Turussa 1870–1920 [Hélène et Augusta. Vie de la bourgeoisie à Turku dans les années 1870-1920]* (Otava, 2001).

Lahtinen, Rauno : *Villa Erstavik. Huvila Airiston rannalla [Villa Erstavik. Une villa au bord de l'Airisto]* (Rauno Puolimatka, 2013).

Turun eläinsuojeluyhdistys 1871–1921 [La Société protectrice des animaux de Turku, 1871-1921] (Uuden Auran kirjapaino, 1921).

Talve, Ilmar : *Suomen kansankulttuuri [Culture populaire de Finlande]* (SKS, 1990).

Vilkuna, Kustaa : *Vuotuinen ajantieto [Almanach traditionnel]* (Otava, 1950).

Ollila, Anne : *Turku vanhoissa valokuvissa 1865–1915 [Turku dans les photographies anciennes, 1865-1915]* (SKS, 2012).

Kopisto, Sirkka : *Puku Suomessa 1750–1900 [Le Costume en Finlande, 1750-1900]* (Museovirasto, 1996) et *Muodin vuosikymmenet 1810–1910 [Les Décennies de la mode 1810-1910]* (Museovirasto, 1991).

Mannerheim Sparre, Eva : *Kreivitär Eva Mannerheim Sparren keittokirja herkkusuille ja tavallisille nälkäisille [Livre de cuisine de la comtesse Eva Mannerheim Sparre pour les gourmets et les affamés ordinaires]* (Otava, 1936).

Aartomaa, Ulla ; Grönholm, Kirsti et Tamminen, Marketta : *Kulttuurihistoriallinen keittokirja [Livre de cuisine culturo-historique]* (SKS, 2001).

Page 5, citation de la Bible (Luc 2:1) dans la traduction française de Jean-Frédéric Ostervald (édition de 1867).

Sources non imprimées

Musée *Ett hem*, une maison bourgeoise et son Noël. Visite d'exposition, Noël 2018. Turku.

Chambres de style et objets du XIXe siècle au château de Turku. Table de Noël d'une maison bourgeoise. Exposition « Les tables de Noël dressées », Noël 2018.

Musée du Satakunta, logement ouvrier reconstruit dans l'exposition permanente, 2018.

Visites des presbytères de Sainte-Catherine (anciennement Sainte-Carine) et Sainte-Marie de Turku.

Croisière à bord du vapeur *S/S Punkaharju*, lac Saimaa, été 2020.

Maison-musée du directeur d'usine Sinebrykoff, Helsinki, été 2020.

Finna.fi : Turku au XIXe siècle, dans les collections photographiques des musées de Turku et de l'Åbo Akademi.

Turunen, Eija : *Jenny Maria – Kotiseudun harras ystävä [Jenny Maria – Une fervente amie de sa région]* (Musée de Raahe, 15/02/2018), article en ligne : http://www.raahenmuseo.fi/jenny-maria-kotiseuden-harras-ystava

Chants

Leipuri katsoi uuniin (*Le boulanger regarda dans le four*). Chant populaire finnois.

Mirrin kolttu (*Mirri a une robe…*). Chant populaire finnois.

Fiskarsång på hafvet (*Chant du pêcheur en mer*). Musique de Henrik Borenius (1840-1909), paroles suédoises de Zacharias Topelius (1818-1898).

Le sapin est décoré. Texte original finnois de Gustaf Oskar Schöneman (1839-1894).

Les petits cochons de maman. Morsgrisar. Chant populaire suédois.

PAPIER À BASE DE
FIBRES CERTIFIÉES

hachette s'engage pour
l'environnement en réduisant
l'empreinte carbone de ses livres.
Celle de cet exemplaire est de :
500 g éq. CO_2
Rendez-vous sur
www.hachette-durable.fr

Photocomposition
Nord Compo
Imprimé en Espagne par RODESA
Pour le compte de Hachette Livre
(58 rue Jean-Bleuzen, 92178 Vanves)
Dépôt légal : avril 2024
ISBN : 978-2-501-171-793
2412605

Finito di stampare presso Grafica Veneta S.p.A.
Via Malcanton, 2 – Trebaseleghe (PD)
Printed in Italy